如雨未止

火嘶 著

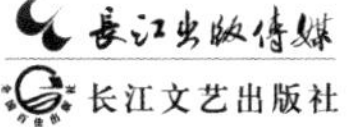

图书在版编目（CIP）数据

如雨未止 / 火嘶著. -- 武汉：长江文艺出版社，
2016.12
ISBN 978-7-5354-9196-1

Ⅰ. ①如… Ⅱ. ①火… Ⅲ. ①长篇小说－中国－当代
Ⅳ. ①I247.5

中国版本图书馆CIP数据核字(2016)第255293号

责任编辑：胡 璇 沉 河　　责任校对：陈 琪
装帧设计：扬子鳄书坊+一涵　　责任印制：左 怡 胡丽平

出版：长江出版传媒 | 长江文艺出版社
地址：武汉市雄楚大街268号　　邮编：430070
发行：长江文艺出版社
电话：027—87679360
http://www.cjlap.com
印刷：广州市德佳彩色印刷有限公司

开本：880毫米×1230毫米 1/32　印张：7.375　插页：2页
版次：2017年1月第1版　2017年1月第1次印刷
字数：168千字

定价：36.00元

与其说这是一个故事，
还不如我们权且认为这是刚刚发生的事情。

序

风也有精疲力竭的
时候。再近视的人都能看到
远方。手有余汗，暗有芬芳

你问我尽头，我说
不如让诗歌多一些空格
酒后的断片使多少时间丧命？

曾经，河畔上的村子
安放着冷静的思索和
断了桥面的青春之木

河水拥挤在一起，只为了
更深的呐喊
而我们分散在四季

（小说《如雨未止》由黄俊棠、马建师、甘集友共同完成）

一

与其说这是一个故事，还不如我们权且认为这是刚刚发生的事情。

对于一个曾和死神玩过牌的人，老罗深切地记得那一瞬间软绵绵的绝望，就像一把沙砾撒在大海中央，他整个躯壳平静得失去温度，眼睛像一觉而起前那样半睁半闭，手臂和腿部隐约做着最后的挣扎（他似乎还能感觉得到筋皮在抽动），但他不能确认自己是否还有心跳。唯一绝对不可否认的是：压住他整个躯壳的湖水，像快速播放的黑白幻灯片一样显现出——他童年藏在衣柜角的玩具，厨房里的母亲的背影，他常爬上的矮墙……

老罗的脸紧紧贴着生命的玻璃……把生命放进眼睛去哪里？体态臃肿的行囊喃喃自语：回家吧，我们的家涂满阳光。但他的这个假期似乎有点长（用他自己的想法来说，是一生的假期）。

时间缓缓而行，像一位久经沧桑的老人在相片里散步。

二

足球场上，球鞋走远了，空旷得如一幅画。骨折的草叶在风中呻吟，阿江感觉大汗淋漓后才能够尽情释放自己。

蛇身材修长，游出洞穴，对人间的三月尤为动情。阿江手中的泥块十分惶恐，希望能砸烂它罗曼蒂克的脑筋。

不知道为什么，阿江特别怕这种动物，只有跑步跑累了，才敢把全身心交付给草地。偶尔会看到风筝，一直登高到白云端，这时他就会想：如果云朵里埋伏着硫酸，腐蚀它的翅膀和骨骼……比阿江更离谱，或者美其名曰多愁善感的莫过于叶笛了。名如其人，唉……以前读初二的时候，数学课本第二页那里就有他歪歪扭扭的几行字——

蝴蝶应邀赴百花的舞会
如果鲜花怪异地香消枯萎
谁能保证她们不会殉情？

那时老罗便嘲笑他发春了，叶笛傻乎乎地笑起来，历时一分半钟。那时的窗外下着春雨，下着那种会勾起某些人对残花败柳迷惘的雨。

雨下在雨里，云藏在云里，有没有一只背着秒针的青蝶躲了起来呢？风因失重而肆虐，从半个春天的温暖缝隙中，一遍遍、一遍遍侵略着云和雨。

那种雨声，如屋檐弹琴，偷偷地剪裁春雨的精雅。用心去听的人，便不难发现，大地盛满了形状各异的琴键和花鼓。更有绿叶的翅膀，无一不迷恋雨水的缝隙。

从这密雨倾流下的若干浮想，与开始无关，与结束无关。唯有一只蜘蛛爬回老巢，激愤地抖落几滴暖流，在老罗仰头瞬间。

早春暖昧而躁动，睡醒的蛇竟带着四蹄，迷失在一小块油菜花里。

高楼隐约，远远可见学校墙头外那一株早春的病柳，没有人在风雨中扶住它。它是有经验的车夫，大喊一声出发！

听到没有！响亮一鞭子打进春天的皮肤里。春天是匹纯种的高头大马，柳树驾着这辆马车，载动透明于风的凡人渡过河去。

春季，仍存在于它的形成层和木质部之中。伐掉了分岔的记忆，一个人变成一棵树，而记忆的形式仍有可能重新繁复在春雨中——

每个周末下午放学了这几个家伙必相邀去一个名为“渠离”的小村庄。那个村庄因为太靠近县城，所以几年以后不得不“出家”了，那密密麻麻的树桩就是戒疤。砍伐的树几经周折，变成一些蛀虫们嘴角燃烧的香烟纸，那些树桩，搞不好也会变成它们附庸风雅的茶几台。

一些宝贵的宁静就那样，跌倒在废墟之上，树木也纷纷抛弃了绿荫。云朵相互的拥抱被机械舞起的风拆散。铁元素用最粗粝的吼声掘开新鲜的泥土，那宝贵如命的泥土。

一条路，尚可修补自己的皱纹。而一朵花凋谢了便无人再关注，就像原来的在这扎根的几重茅屋，被城市的诺言敷衍，只留下一个影子，突兀，孤独的暗色，性别——灰色。

绿色短暂，来日茫茫。他们转动彼此的脖颈，继续在尘世里沉迷。

什么叫作永恒？注意！现在说的是城市。亿万年前的鹅卵石，经过一位妇女斥责，被年幼的孩子随手扔弃。

三

老罗实在受不了她秋虫似的饮泣，好像真的有虫子开始吞噬自己的心房。他曾向阿江教授泡妞技术的时候，阿江就深切地记得一长句：如果你没有深陷其中地真的发现有且只有那么一瞬间心脏像拧紧毛巾一样的感觉那证明你没有真的爱过。

此刻老罗发现了泪水的同时，她也发现了他，他的心凝结成黑夜之核。明天他就将要离开王宁尧——大学生涯最后一位女朋友。把甜攥紧吧，让弯月隐入指尖，她怕是在藏躲，收敛住翅膀的图案。在水木氛围中，颤抖有五个手势。只有水波中轻漾灰灰的树影，落叶也不会沉默，曙色将随牛眸而至。

在这个爱的小巢里，逗留着风的错落，解开过谁的心锁？

似乎银河决堤了，星星们都流落到大街上。有时这种生活显得可笑，也许你总是赞成我反对的，你也总是占有我失去的。老罗一脸茫然地望向窗外，抱着怀里的女朋友却又让他想起自己大学的第一个女朋友邹萍，真的是花朵的影子背叛花朵，森林的影子背叛森林。

飞机开始疯狂地摩擦天空，难道单单是为了获取将要离开大地后无依无靠时稀薄的勇气？

远方是一种摩擦，近则是一种黏稠。今夜的模样分身出来，无人解释这恼人的温差，这是何等无奈和无助。

还记得那时，凄清的朝露刚刚流满秋天荒芜的大地。秋天透明的嘴唇很干燥，恋人的嘴唇也很干燥。天空清净无云，不用风来打扫。邹萍蜷着身子，像一只小羊羔一样，她的脖子枕着老罗的左手臂，额头抵着他的下巴。她应该可以说是已经全身心地把自己交付给了老罗，虽然还存在另一种说法（她的舍友基本都有男朋友了，她没有的话会很没面子），但是老罗正因为善心尚存，才没有霸王硬上弓。许多年后的秋天，当他想起自己也曾将心比心地和一位可爱的萝莉谈过恋爱，他脸上的皱纹仿佛一下子年轻了十几岁。

四

通往市区的公路正在大修中，前进的路颇为坎坷颠簸，坐在公共汽车上，很有骑马的感觉。红尘滚滚，使人深切感受到西部大开发的气氛。这条路，将在叶笛毕业之后修好，修好又怎样，还不是今天刨个坑，明天挖条沟？中国的公路，难免要接受这样那样的考验。今天是去看招聘会，感觉像是闲逛菜市场一样，什么也没买到。回到宿舍叶笛才幡然醒悟，原来人家才是来收购的，他们才是菜，虽然很便宜，但还是没人买。和老罗一样，叶笛也即将毕业投入社会的滚滚人流中。阿江早已先在广州随波逐流，可是叶笛和老罗还是六神无主，不知道是去跟随阿江还是自谋生路。

梦想是若隐若现的情人，诱惑你同时又躲避你。阿江找工作四处碰壁，逛着逛着天就黑了，没想到肚子竟然不饿了，明明下午的时候还“击鼓鸣冤”，恐怕自己的胃病便是从此落下的。看到前面簇拥着一群人，脚步便拖着脚步上前。原是一地摊，用气枪打气球，奖励是连胜 10 球送一包“玉溪”。可见老板揣摩出人心，跃跃一试的都是血气方刚的年轻崽。阿江旁观了一阵，只见闲家都一一铩羽而归。地摊上摆上十几包玉溪，直看得旁人生羡。阿江接过一个“摇摇头”手上的气枪，专门挑肚子很大的气球开炮。“啪”“啪”“啪”“啪”“啪”“啪”“啪”“啪”“啪”“啪”，一气呵成，阿江都暗暗为自己宝刀未老而喝彩。围观的纷纷投来赞赏的眼光，一个 20 出头的小伙子马上叫喊开：“哥，再来几轮，输了算我的！”阿江怕他是个托，赶忙拿了烟就跑。

相逢和离别各具深意。唯一能确定的是呼吸：朋友，我们还活着！天地间的蜉蝣一样活着，荒草一样活着。阿江跑着跑着，竟然远远便看到了老罗（这家伙居然一声不吭地从一千多公里外自己一个人过来）。两个人就那样，像庸俗的电影镜头里面一样庸俗地拥抱在一起。

五

可怜了老同学西奎，要和阿江和老罗挤一张床了。对于老罗的到来，西奎很是热情，好酒好菜固然是少不了。想当年读高中的时候，西奎还经常偷偷翘课回宿舍给老罗传授吉他秘籍，两人着实有着师徒之谊。不过实在难为了西奎，教一个完全没有音乐细胞的人弹一首《痛哭的人》花费了差不多一个学期。三人聊着开心的往事，竟发觉这酒怎么喝都不醉。

时值八月。南方已热气逼人，可怜西奎住的还是最高层：六楼。屋子里只有一台小得可怜的台式转页扇。

这个难熬的夜晚在风扇营造的风中飞舞，就连房屋都快要熔化了。炎热的冰和近处的冰啤酒造成三个年轻人除喉中、理想外身体的干渴。

西奎谈到他的工作：

工作之外每天只需要十句话即可生活！譬如："老板，猪肉怎么卖？""阿姨，给我一把青菜。"西奎身体里的一束闪电告诉他：你，属于荒凉的远方。

嘴里的荔枝不需要说话，盛满酒的碗也不需要说话。早已无用的书籍和流泪同样不需要。门安了一个翅膀，更不需要。

一个人在外地长久的寂寞和沉默当中，已经学会了倾听。西奎最擅长的事情就是沉默，所以只能把每一句话煮熟，吃回嘴里。

恰如某些词语一经说出，就如此难以咽回，西奎为了远方，抛弃家乡已有数年，但他的远方还是很远。

是近处的不幸福或不快乐吗？还是第一次离开学校和父母进入社会造成老罗察觉不到的痛苦？他看着窗外突然感觉到一丝丝不安。

昆虫居然把绿色的卵产在衣架上，夏天就孕育其中。看来这是一个昆虫的夏天，一个有翅膀的夏天，飞在你我他之间，靠近嗡嗡的各自空虚。

天上的月神率领一群行星匆匆又悠悠。地下河流众多，人群无序地经过。而一个个你我他也执着经过，像清泉流过石头。

一面面哑鼓在夜里放出光芒。远方有车，运来白色黄色红色，一朵咬一朵，如此凶猛，月亮注定溺死于人造光。这面寒镜的目迹被几百万人所饲养的尘埃掩埋，她迷途的声音像一滴水那样显得渺乎其小。

阿江冲凉两次了都仍不解热气。老罗干脆提议到楼梯过道去过夜。阿江一拍大腿：呀，我咋就没想到呢？

看楼梯铺的瓷砖就可见房东是个爱干净又有钱的主。西奎住在六楼，出门一拐弯上去便是偌大的楼道拐角，睡两人都没问题，更不用扫帚扫地，裸着上身躺下丝毫不感觉脏。脱下长裤正好可以当枕头。

头一歪刚好可以从楼道的阁窗瞥见城市的一角天空。天空的胎盘——乌云试图把低糖的月亮围歼掉。人们把阳光泼掉，星星彻夜不眠。庞大的月光前来稀释星系一颗很低的星星。

阿江瞬间莫名地想到了远方。

远方，对于大多数人来说，意味着什么？理想？成功？或者别的东西？经过时间冲刷之后，这些人也许会开始怀念最初出发的地方……那个地方叫渠离，也就一个县郊的小村子，阿江、老罗、叶笛及文峰经常相约周末前往。那时都还读高中的他们哪知出了校门以后的世界！故而那时也就是玩耍散心，有事没事聊一聊许多人所不齿的文学。

有一次叶笛说：诗歌存在于无诗之处。

阿江说：诗歌在写完的那一瞬间就不属于作者了。

老罗提问了：怎么样才能使比喻新颖呢？我之前用过的顶多是暗喻而已，再能想到的就是借代。

叶笛说：这个简单了，你不要用视觉来比喻视觉，不要用听觉来比喻听觉，应该用声音来比喻看到的事物，用气味来比喻听到的事物。

阿江补充道：通感，知道不？通感！

老罗继续问道：那么所谓的超现实主义，是不是可以理解成通感加比喻加拟人加夸张？叶笛回答：这只是表面的特征，最重要的还是靠你自己的想象力。

阿江说：连词副词要谨慎地运用，断句也很重要。

叶笛插话：而且遣词造句不能太文艺腔，不能太晦涩，又不能太直白，缺乏陌生化。

老罗坦白了：其实我现在想写篇小说，但是，我想先弄懂什么是反高潮写作、对位法、复调小说、关键词写作（重新定义）、元小说、黑色幽默、魔幻现实主义、作者闯入、昆德拉……

阿江和叶笛没辙了，纷纷表示：你自己回去百度吧！

谁不想扬帆远洋？阿江和老罗的航向此时浓雾横亘。脚生不出眼睛，就连几平方米陆地的能力都微弱匍匐。而现在他们就硬生生地躺在本就不属于自己的几平方米空间，天亮后把它再还给这个陌生的城市。

今晚适合倾听远处的声音。远处有什么？远处有近处。而他们还将会有多少深远的目光被饥饿的天空吃掉？

先抽支烟吧！阿江劝诫勿谈圆顶的天空。

然而老罗等不及了，烟没接过来先点起打火机来。

翌日找工作的时候他们路过一家蛋糕店，从玻璃橱窗中可见一位女蛋糕师傅制作蛋糕的过程，倒有点意思。师傅的动作非常之娴熟：切面包，挤奶油做成很可爱的造型，杨桃切成绿色的五角星，菠萝刨出心型，没多久工夫，就制成漂亮的蛋糕，色味俱佳。观看了一会，来了一个八九岁的少年，似乎很害羞，他把头稍稍探到橱窗边，目不转睛盯着蛋糕。透过半透明的口罩，阿江隐约见到女师傅的笑容，原来是为少年的样子而莞尔。少年越看越入迷，索性完全走到橱窗面前来。阿江的好奇心转到少年的身上，他的衣服有一些污渍，左手提一个蛇皮袋，装着捡来的废品；脚边还放着一只塑料袋，里边是几个拾来的塑料饭盒。然而让老罗诧异的，是少年的耳朵上别着一根香烟。——他的脸还未消完稚气呢，香烟却进入了他的生活。老罗想象着少年的家庭，他的父母，他的童年，但抑制不住地往悲的地方想。又一个蛋糕制成了，依旧漂亮。少年走了，拖着蛇皮袋和塑料袋。大街上依旧人很多，很忙。

老罗早就通过网络投了不少简历，但几乎都杳无音信。大街上唯一好找的工作就是饭店的服务员和专卖店的售货员。可是连阿江都不想如此耗费青春，老罗更是高不成低不就。

叶笛读大学的时候因为爱好使然无可厚非地进了汉语言文学系。毕业后也和许多人一样经历过打工生涯，起初他是跟着同学们一起去广州实习。根据他比较文艺的回忆而言，大概是这样的：

广东是张大床，在上面睡时，一宿无好梦来探视，醒时反是噩梦开始。农村的鸡鸣已濒临灭绝，人们饲养的各种机器唤醒了早晨和自己。充满辣子味的四川、翘着舌尖的河南和平仄不分的广西纷纷醒来了，或者惊醒，但显然睡眠不足。青春与自由，作为支流汇入湍急的流水线，经过加工、包装行销四海，我们的手指捡起几张落叶——几张落叶般的钞票！广州、深圳、东莞在海边跳跃，狂奔，速度一日千里。我们是被抛弃在身后的脚印。眼泪浥不了喧嚣的轻尘。急流中的树叶被想象成巨舰，劈波斩浪啊劈波斩浪，故乡愈来愈小……烛光逐渐黯淡：我们不是光荣的水手，而是树叶上的一群蚂蚁。我们以为月亮注定圆满，月亮却背负浑身的瘀痕。我们以为天堂充盈幸福，却连空气也窒息而死，传说和神话慢慢地、慢慢地布满裂纹。不能奢望珠江上游漂来的一只木盆里面盛着我的故乡，因为故乡之河无法注入这条大血管。我四肢化鳍，溯流而上，应该知遇一滴故乡的水。

老罗忍不住调侃他：“你想长成一棵树吗？结果却成了一片漂泊

的叶子；你想乘风去流浪吗？结果却坠落在沼泽里；你想被某位小姑娘捡起放在心里吗？结果啊，呵呵，不幸蒙尘；你想腐烂在春泥里吗？结果被火焰焚烧；你想虚无为青烟消逝吗？结果温暖了别人的十指；你想物有所值物美价廉吗？结果却遭人踏灭，只剩下残缺的精神和躯体。小朋友，洗洗，睡吧。”

七年后的同学婚礼上，叶笛回想起当年同去打暑假工的同窗好友，想起“卖猪仔”的班车，漏水的廉价旅馆，将他们扫地出门的工厂，露宿的车站，疲惫的生产车间，工友递过来的廉价香烟，搭伙聚餐的凹凸不平的大铁锅，光着屁股抢着洗澡的贵州兄弟……

他真想对他们说，这么多年过去了，你们还好吗？感谢在那个艰难的夏天里有你们陪伴，毕竟那是永不能回的青春——

摇晃车厢里，他们熟知的躯体无法平放，他们被卖给未央的黑夜。

还记得一伙人被卖到星月玩具厂门口吗？旁边放着草席被褥饭盒，个个蹲在门口像极了乞丐！到了晚上终于有着落了，却是被没收身份证后男男女女同睡在一大间的屋子，成为埋进石榴里的红宝石矿，紧密而团结，等待合理的“运用”。

是的，他们就像红宝石紧密团结，秋凉如此，夜深如此，不断有勇敢的男生安慰将哭欲哭的女生。有沉默不语的宁静，有无所谓的面孔，有假装坚强的表情，也有视死如归的豪言壮语……场面都有点像电影里准备行刑的监狱。

睡觉前想着应该明天会更好……第二天他们又辗转到了东莞长安，这下可好了，终于进了个厂！也终于吃得上一碗像样的饭菜了！然而还没有等到乏味的流水线把他们拧进机器并生产罪恶的玩具，每个男的又像犯人一样排着长长的队伍被“逼问”，而且还私自带到一条通道问话……最终你们被赶了出来！然后个个拉着行李走在带点儿月光的夜晚的小路上，背影甚是凄惨！当时何去何从……是个未知数！这时候实在忍受不了的女生最终脱离你们的队伍逃回了家！

廉价旅馆里，纸牌算命，水舌头伸出无力的手臂。

干净整洁的厂房外，有人在生命里并不是最痛苦的夏天含着泪离开。

车站没有车，他们边睡觉边解梦，无人窃取家乡。

如今那个她嫁给丰沛的河流，那个你生养新的天使，许多的他的手掌仍在广东漂泊沉浮，谁还会泪水簌簌，怀念曾经闪烁的那些眼睛？

叶笛的钱包里始终装着星月玩具厂的工作牌，无意中翻见到的话，他会是什么样的表情呢？

叶笛肯定还记得刚上车那天晚上充满的憧憬。现实却是在半路被放下车来，用三个小时等待着未知的等待，大家心里都隐约知道被骗了，就和领头人在路边吵闹。但是去闯荡的执念胜过了一切，争吵了一会就和领头人妥协了，继续等另外一辆黑车。

风凉了，钻进他们的身体取暖。

稚嫩的月光缓缓开道，拉长他们人生的新高度。就连月光都能洞悉他们的脉管：一路向前，不需要方向。

六

搭公车，人总是很多，老罗和阿江只能站着，像个长臂猿似的挂在高扶手上。看见有两位老人，应该是夫妻俩，年过花甲，头发都已经花白了。因为人多的缘故，他们挤坐在同一个位置。老奶奶坐在临窗的地方，公车座位本就不大，老爷爷腰板挺直，背靠着她，两腿只能朝车厢过道伸去。没有人听见他们说一句话，也许是人太多，时光因拥挤而失散，也许是他们根本就没说什么。

这样的日子，对他们来说显然是太寻常不过了。因此，他们有理由平静，安详，不紧不慢，与世无争。这倒让阿江想起，有天在江滨公园，看着一群退休的老人在跳交谊舞。老人们个个精神饱满，特别是其中一个男的，虽然后脑勺的头发掉了大半，但是他精神矍铄，腰杆挺得笔直，舞姿潇洒而流畅，居然带出点西方式的优雅，全然看不出岁月的痕迹。阿江看着，忍不住说，什么时候我们才能过上这种生活呢？老罗则说，很快了，不急。

在广州一个多月了仍旧找不到合适的工作，眼看就要坐吃山空，阿江撑不住了，跑去中山进了灯珠厂。而老罗混了一份“股票期货经纪人”，做起了白日梦。

老罗每天 8 点和 14 点左右在电梯中，升。

老罗每天 12 点和 18 点在电梯中，降。

他自以为是井中之水，时升时降。他在命运的掌中升与降。直到他渐渐明白：掌中无门。

他知道自己现在选择的道路即便是藤蔓，也不会永远向头顶攀援。停电的时候他下楼梯曲曲折折，但他必须下楼梯。

一枚舍利子被投进去测量深度：深不见底。

这楼梯的漩涡，这哑默的喉咙，似乎还有一些幽怨声在身后，切记不能回头！

他走在蛇的清凉脊背，蛇年很快就降临，于是有人挂起天琴。

他弯曲如一个指节。有时候吃完中餐，还没上班的间隙，老罗从高高的天台俯瞰着这个城市的一角：

一只鸟，颜色黑白相间，在一个普通的下过雨的中午，选择在矮矮的红瓦上钩留，旋即飞走。它应该是迷惘着自己为什么找不到同伴还是对这个城市同样也有迷惑？

叶笛知道：短暂的东西最甜美。他想起停留在他办公桌旁的声音前天刚离开——那是个温文尔雅的女孩子，同事了一个星期，老罗居然还不知道她的名字。他只是偷偷观察和注意着这个有点奇怪的她喜欢把水果核收集到一个透明的瓶子里，可能她认为这样子的话瓶子中就充满了被人遗忘的美。

但她还是离开了，老罗再一次失去可能邂逅的感情，老罗坚信着她的离职信上的理由不是她心里真正的理由。

她把自己的名字衔走。此后，再没有人知道她的名字。

那些名字彼时会不会落在别处生根，发芽，或皈依沉寂呢？

推动影子向死亡靠近，机械不间断地呐喊。双手被迫开始工作，对于同样一件事物，左手紧紧抓取，右手随意抛弃。半成品灯珠，穿过手心连串，换肤。阿江的脸，忽绿忽蓝，一排一排。工友投来发光的眼神，瞬间在时间的缝隙里坠落。

夜晚他不必说话，白昼的八小时提前预订了他，他既不属于亲人也不属于爱人，甚至不能属于自己。

阿江曾经渴望亲吻天空蓝色的脸庞，却不嫉妒飞鸟的翅膀；他曾经渴望投入森林绿意盎然的怀抱，却鄙视按时领餐的猛虎；他曾经渴望触摸海洋最柔软的肌肤却哀叹水族馆的海豚；他景仰某人昔日的荣光，时间和空间，可他拒绝成为另一个某人。他甚至有的时候厌恶生而为人，可是至少现在的他还能带着牢笼一起苦旅一起打工。

他用所有骨骼朝深谷呼喊一朵模糊的兰花，可惜山的胸腔没有回音。他又朝水里投掷坚硬的意志，然而水的脸上没有皱纹。他干脆焚烧象形文字，没有火焰，时间转为灰烬。

日日被牵引在流水线上的手指没领略到激情的半个焦耳，工作驱使他把天空漆成原始之蓝，忙到最后，连天空也要熄灯睡觉了。天空装满浓度极高的黑梦。天空死了，多年以后，他仍然能嗅到它在某处。

七

公园里游荡着许多灵魂，似乎肉身只是陪衬。池塘里长出一个清澈的阿江，彩虹将他的身体劈开，伤口长出五彩斑斓的羽翅。阿江触碰到了无所事事的云，金鱼陪同他翱翔。

谁化作了白鹭，搅乱沉在池里的天真？

步履蹒跚的傍晚站在身后，想将阿江推进夜的深沉。门里面有人，那是曾经的自己。蜡烛把自己的身体，奉献给阿江的黑暗。而他的手，却又掀开另一片黑暗。

这一天，阿江就是一粒尘埃，安然落定。

如果可以选择遗忘，倒是可以选择纪念这减去的一日青春。

如果你是一只蚯蚓，你应该撮食几片月光，在天亮前尽情地呼吸；如果你是一片浮云，你应该呵口热气，变成甘霖普降尘世；如果你是一匹伊犁马，就应该奔驰在沾满牧歌的野果上，绿洲的湿岛永远回响着蹄声；如果你是一絮雨花，你应该打湿女孩子的睫毛，并告诉她年韶的湿度；如果你是一枝徘徊花，你应该长出更多的冷刺，给爱情更多的考验；如果你是一羽青鸟，你应该不停地转动脑袋，寻找更多的方向……和阿江的性格不一样，老罗连续换了几份工作，顽强地在广州辗转，并生存着。仿佛越是忙碌越能忘记孤寂空虚和贫困潦倒，即便吃着廉价的快餐也是山珍海味。他觉得与其拥有航线断裂的半个天空，不如开辟随意行走的大地。他像初生的芭蕉叶那样，全身绘满脉络。

玻璃杯玻璃的空虚，还可以用圆形之水填满。树木的空虚可以用大朵繁花来填，用果实的沉重来填满。众雨用无数的翅膀，捎带填满男女两双眼睛之间的距离。

一座岛屿，无意间弄丢自己的名字，却还可以用海水来填满。天空因空虚得名，又得用什么来填满呢？

戒指的空虚用无名指填满，刚刚好。其他手指弯了弯关节，没有说话。

一个人的空虚被另一个人的空虚填满，刚刚好。当老罗想到自己风流了十年，对比一下现在的孤零，他说不出此时自己凄清的颜色，眼角默默地落下晶莹的泪珠。不知何故，突如其来的肾结石让老罗一下子落到了最低谷。没有亲人在旁，最近的朋友西奎正在上班中无暇来顾。老罗斜躺在空旷的小诊所里，眯着眼看着点滴瓶里面的液体，一滴一滴，一滴一滴，像圆形的生命慢慢消逝。

这种疼痛怕是许多人没有承受过：坐立不安，隐隐发作，任何挤压和弯腰都无济于事，很像是几十只小蚂蚁在肾里面分食、咀嚼神经。

老罗突然有一种怕死的感觉。因为他联想起有一些不抽烟不喝酒且经常运动的人，还是死于肺癌肝癌甚至骨癌，而有些人几乎很少生病但生起病来往往就无力回天了。

护士走过来换瓶，可能是看到老罗发紫的嘴唇和满头的大汗，遂关切问道，是不是感觉不舒服？要不要紧？老罗无力地点点头，有气没力地问道，有没有马上起效的止痛药？护士回头瞄了一眼，见医生不在，才敢回身，用个小纸条写给老罗，并嘱咐道：你到别处去买吧。

这时候老罗好想好想攥住护士柔嫩的手不放，可是昏眩的疼痛已经完全战胜了感激和对少女的欲望。

捏着沾湿汗水的纸条，铺开一看——“盐酸曲马多”。老罗弓着腰走了许久都没找到个药店的影子。这时候抬头一看，摩的随处可叫，自己为什么就那么折腾呢？看来人一旦没钱了，潜意识里都已经没有“消费”这个概念了。不过这点小钱还是作罢吧，治病要紧，虽然打完点滴似乎稍微不那么疼了。

时间不容他多想，老罗一挥手，马上就有个两轮子摩托飞了过来。脑袋无力地靠在摩的师傅的后背，一股淡淡的酸汗味让老罗忍不住想起了自己的父亲——那个不可理喻的废材，工作的时候抢着干，明明工钱是按人头分；一定没有这样迂腐的傻子，偌大的仓库废铁凌乱，宛如无人注意的废钞票，随手拿一点就是一斤猪肉啊；也一定没有这样愚蠢的白痴，春节值班都不懂偷懒，实在是朽木不可雕也；更一定没有这样脑残的笨虫，自家灯泡都没有空换，放下筷子去帮对面街的老太婆换水龙头，弄一身湿，换一句简单的感谢；最不能容忍的是这样言而无信的混蛋——

学前班时，大雨从破簸箕倾倒，从校门口一步一步地背老罗回家，别的同学都是坐三轮车的。

“让你看看爸爸有多大力气。”

小学的时候看别人同学都有钱买零食吃而泪光闪闪。可他却说：“等你小学毕业了，给你买辆最漂亮的自行车，比全班同学都漂亮的自行车。”

初中时小野马脱缰了。他还是敷衍道：“现在你腿还不够长，等你上高中了我亲自教你骑摩托车。”

高中了，老罗的心摇起银色的铃铛。老家伙察觉到了，一本正经地说，外面的世界很精彩，美丽的姑娘数都数不过来，到时候我绝对不拦你。

大学时赌博，缺钱了。电话里那头传来干脆胜过迟疑的声音：该用的就要用，多考几本证书，继续读下去，不用担心，家里的甘蔗准备入厂了。

其实，五十年代的老树，树干都弯了。浓浓的树荫覆盖在一株幼苗上，轻轻地。

其实当时老罗觉得他的自行车最普通不过了，才用了那糟老头子一个多月工资，在同学面前毫无优越感可言。

其实后来那老王八蛋把摩托车钥匙藏得像珠宝一般，并郑重其事地狡辩：这车本来就是公家的，钥匙在班长那里。

其实经常打探我在学校的情况的人用膝盖猜都猜得到是谁，好像罗大爷我泡一下小姑娘惹毛了他一样。还用什么缓兵之计！

……

想着想着眼睛已是关不住的水龙头。开车的师傅听到了哽咽声和老罗身体抽搐的声音，忙停下车问道：小兄弟，没事吧？要不我送你去医院吧，我不收你的打车钱！

老罗摇摇头，下了车，头也不回地仰着头走掉。要仰着头才行啊，并且必须要快速地睁眼，闭眼，睁眼，闭眼，睁眼，闭眼，否则这该死的眼泪无法咽回去。

老罗发现一名快递员躺在路边，被电动车压住了小腿，老罗看着这虚脱的马匹痛苦地仰望蓝天。他和他的工作像孩童的玩具撒在路边，腿部的血朝路面流淌，他拨通阿拉伯数字：我跌倒了。主管的耳朵有没有听解释？！

还有很多快递没有送。他的血流得比较快。暮秋在他身边停歇，所有的树叶都尽数变成黄色。

很多人在家里清数时间：包裹什么时候才会到？他的血继续流着，和他平时投递包裹的速度一样快。许多包裹，没有噪音，甚至忘记帮他通知医生，因为还有很多快递没有送，还有很多。和老罗一样，许多路人匆匆一瞥便快步离开。

麻木地坐上回去的公交车，老罗一任天桥纷乱，砸下半脸蓝天。市声漠漠，猝然没顶。

老罗感觉道路成为一条河流，走在河流两端的人表现得同样的痛苦，因为他们从此不必再见面。

老罗隔着冰凉的车窗面无表情地看着外面，他躲不开歪歪扭扭的残壳，在人海摇来晃去。这么多人，这么多以诚为心的人向他倾注。男人、女人，面孔相似，表情一致。

有人躲不开失控的马群，领悟六十秒惶恐。人们没有避开老罗，径直从他的身体穿过。人潮打湿了眼睛，将漂浮的灵魂推远。

原来老罗就是出口，他也有权穿过一万个男人和一万个女人。男人和女人之间的孩子是风铃，相互碰撞，击出晶莹剔透的声音，坦然若水，明快如一阵清风，降落在老罗的眼前。

欢迎风中新的疼痛，让幽微的影子返回太阳，灰烬返回火焰，回声返回声音，期待闪电回来打在夜的背上，让黑夜的缆绳更加绷紧。

都市的傍晚已经很美丽了。城市无论白天黑夜，都睁着无数的眼睛。美丽的光晕，美丽的裙裾，美丽的花环，美丽的泥砖，美丽的钢铁，折叠在他眼里，并且试图诱唤包括他在内的异乡人给予美丽赞词。

热闹的湖最美，每一个来这里寻梦的人都一闪翅膀，加入渺小而广袤的光与热的战场。

公交车上的人们鳞片般紧紧挨着。一样的鱼嘴啜这异乡黄昏空瘪的秋果。鸿雁衔着白露经过，并用翅膀，弄斜最后一点晚霞。在这归泊的扁舟上，玻璃外：烽火，依然无比辉煌。梅蕊的夜巷劈过老罗的躯壳，吐出一格暂时属于他的国界。

来广州后唯一接触到的女性就是楼对面的几朵黄色水仙。那一双双刚刚烫过华梦的眼睛，总使他不敢回头凝视太久。这几个并未成熟的西瓜，却早被采摘，在那残余的年华里连酒精中都兑着催熟的贞操。

小卖部里有卫生套和卫生纸，下水道里有未见天日的生灵，她们身边有不同面孔的他们。黄昏后，他们及时打开身体的阴影，身体铺向天堂或地狱，努力，努力，努力摩擦，直至黑夜被打磨出黎明的光芒，直至重新发现露水中的城邦。

老罗还曾幻想过挽救这些滚辗来滚辗去的奴隶们。夜里的[illegible]笛早已污秽不堪，因为被青春残余的汗水饱历，被岁月涂抹的血液啮啃。当青春渐失，年轮的快乐一一失约。她们骨瘦如柴或丰腴过度地躺在摇摇晃晃、满是肚脐眼的嘎吱作响的木板床上。她们是母体，却无法分娩出膨胀的眼泪，只能默默地把每一朵夜重复酿造着或成火浴的烈酒，或成凝皱的淡醋。

老罗与她们隔着天井，怎能捕捉得到那佝偻的帷幔后面的屈辱辙迹？像无力合起的手掌。

他深切地记得无意偷窥过一次，因为其中的一个窗户没拉好窗帘。碧玉元气上嵌着姣好的面容，吹弹可破的皮肤上却耷拉着两个与年纪不相符合的大木瓜，火红而花白。红颜未谢，但芳径苔深。

过人头的芒草丛中，青鸟不甘寂寞地鼓翼了。为待下一场杨柳风来得更快，她把歌声唱得如此枯黄。沙石拥挤的河岸上，无名的野花呵，你们为谁而芳？

谁如浴沼泽，一点点失守自己，并重复着意乱情迷，并让它鲜血一般爆发？几杯浊酒，火光摇曳在爱的边缘。时光在鱼缸里晃荡，前奏苍白。

没有血丝的手掌握住太阳，幻觉像含羞草一样收敛，阳光留下的温度无动于衷，消化每件即将发生的小事。它的眼睛在无味无畏但无谓无为挖掘她泥泞的心。鱼缸里的鱼喋喋不休，蜜蜂聚精会神窥探谁的容姿？甲板被月光弄斜，醒在摇晃的呼吸中，而夜，只剩下下半身。在完成敦伦后，感谢造物主给予的几秒钟战栗，有人说这很关键。

不知何故，老罗竟丝毫没有感觉，像是在看一部粗制滥造枯燥无味并缺乏字幕的法国文艺片的上半部分一样，不夹带任何心情和表情。

他只联想到一种动物：海贝。它一边咀嚼一边分泌，它同时痛苦同时麻醉，它是肉体也是躯壳。

八

叶笛似乎混得比阿江和老罗好那么一丁点，刚一毕业他舅舅就托人找关系，把他发配去了县城里一所初中教语文，还是一步到位做了班主任。

一上任就碰上校运会，学校把其他非体育老师也派去做裁判。连叶笛居然要做投部裁判员（第一次听说这个词），到比赛场地一看，才发现是裁判实心球和铅球比赛。比赛开始后，由于对比赛规则不是很熟，不知道实心球是要原地投掷的，叶笛和另外一位语文老师（也是裁判）还鼓励学生助跑，结果新的实心球记录诞生了！

学校喇叭没歇过，那是在播学生的广播稿。叶笛忽然想起高中校运会的时候他还是写稿组组长，不小心把稿子写成“发令枪一响，我班运动健儿势如猛虎下山，一马当先，似若脱兔……”比赛真激烈，是哪种动物他自己都分不清了。赛后班主任还表扬了他：“以叶笛为首的写稿组，积极为我班写稿……”怎么听怎么像“以叶笛为首的犯罪团伙”，愣是没听出表扬的味儿。

校运会颇有意思，原因是看着这些风华正茂的幼苗青春活泼的影子，总不免感觉又年轻了许多，又回到校园了。尽管目前粮饷不多，还没有考入编制，离正规军还有差距，但是叶笛还是很高兴地请朋友和同事搓了一顿。

慢慢地叶笛才知道为什么他一下子就可以做班主任了原来这是份苦差事：预防甲流每日晨检学生打架原因是他多看了他一眼学生月考成绩太差作业没改作文没批星期一下午全体教师会议星期三下午班主任会议又有新的工作任务但是上个月的班主任津贴还没发下来领导说要认真工作难道没钱就不工作了吗只是迟了几个月而已嘛张三踢女生椅子李四开电风扇有人感冒了某女生居然去扯男生裤子主任说要办理学生校讯通老师我头痛你头痛我也头痛啊。

这些学生带来了哀愁，他们无知无觉，只歌唱衣食住行恋爱明星，暂时无法进化成羽类。

在叶笛疲惫了一天准备打烊收工的时候，居然收到大学同学的一条短信："我梦到你了。"叶笛连忙回短信："梦到我什么了？"过了一会儿收到："梦到你很疲惫。"叶笛很诧异，同学是怎么知道我很疲惫的？

看手机短信这会才发现，居然已经七点了。身后的学生宿舍楼，再过一两个钟头，就很容易使人联想起废弃的蜂巢。蜂飞出去了，蜜也飞出去了，大门将紧闭如一只忘拆的信封。怪不得老罗说过：谈恋爱最好的时光，还是我们读书的时候。不用一大束的玫瑰，也不用戒指或手链，更不用房子车子，用纸就可以了，哦，是信纸，稍微也磨点嘴皮子，脸皮再厚那么一丁点，就基本大功告成了。

叶笛可没有权限去管这些个不大不小的学生的课外生活，赶紧蹬自己的破单车回家犒劳犒劳肚子才是关键。

九

也许真的存在心有灵犀。老罗休养肾痛没两日，罗父就打电话过来了，说是通过亲戚联系到一份国企的工作。

"要是累了，就回来吧。"就是这样不懂言语，只懂背着壳向着远方谛视的声音。

在车站等车的时候，一对母女进入老罗的视线：母亲约莫三十岁，或许也应该不到三十，朴素的衣装和行李，一看就知道是打工妹，小女孩估计是她女儿吧，四五岁，应该是在幼儿园里无忧无虑玩耍的年龄而现在却要随母亲四处奔波流浪。母亲蹲在行李旁笑着看孩子吹泡泡。这么多泡泡，从风的长发上滚落，复制着每一个匆匆路过的脸庞。这些圆形而柔软的房屋，里面装着孩子、爱情以及少女润泽的嘴唇。泡泡包裹着带弧度的笑声，竟然散发出糖果味，浑身遍布彩虹色的血管。

不知道老罗有没有觉得，自己的心是一座怦然而动的车站而且是偏东边的。持驾照的羲和驾着太阳也从此始发，途经最美的女人和最美的景色抑或最好的爱情，每天一班，所有人都有位置坐。

所有温暖而拥挤的气息如飞虫叩响玻璃，旋即走散。只有那些脱掉全部色彩和衣服的在广州的最后一幕泡泡水愿意长留在老罗的心间。

十

方向相反的人生，曾如斑斓的蝴蝶翅膀，轻轻收拢在一起，相互吻合。蝴蝶休憩，无人说话。进工厂做流水线的工作，该有多单调就有多单调。阿江只得在空闲时沉溺网络和书籍，暂时地忘却现实。就好像一棵树，来到城市太久了，站在路边，都不敢说想家了，用几个夏天伸展臂膀，想拦一辆回程货车回到森林，却被冠以修剪枝条的名义，斩落无数的手掌。

天快亮的时候，树木忘记了斧头给予的疼痛，忘记了冬季整夜的细雨。一边流泪一边沉睡，因为它梦见燃烧自己，用仅剩的树干来取暖。

生活的无奈和颓废本该理所当然地存在，好比《加州旅馆》淡淡的余音惆怅地徘徊梁顶，前进的方向再一次枯萎，迷惘。

阿江看电影只看科幻片，似乎越不真实的世界才是他想拥有的世界；他看球赛只看过程，而不关心结果谁输谁赢；很多时候，他喜欢的老歌总是可以单曲循环。

他想他大抵是害怕着。喜欢的东西总是旧了还留。走过的城市总是恋恋不舍，向往的地方总是念念不忘。矛盾着。是好是坏？是走是留？渐渐麻木了平淡无味的日子，劳累到只想睡觉，什么都不要整理，什么都不去追求。

天气预报说，多云有阵雨。现在，小雨。

每次和雨重逢，他的伞，总是向隅而泣。灯光识趣地洗却他肩头的夜色。

他需要认识一些更猛烈的雨水，因为涸辙里的梦奄奄一息，思想在喉咙的深渊盘旋，甫一开口便苍白无力。他渴望绚烂如闪电，却又拒绝轰轰烈烈的雷声。

女娲补天，今又惊破。阿江真想抓住一把雨盘问春之所在。厂外的池塘边，蛙类用男中音演唱，鲤鱼把红色的未来产在渌水下，而廉价至极的雨水，自阿江掌中的盆地蒸发。

十一

超市的休息区人不少，忽然发现旁边的座位上坐了两个老人。一望便知是一对老夫妻，皮肤苍老，乡间人的打扮，显得很朴素。他俩在分食一个苹果，把它削成薄片。上了年纪的人似乎很喜欢这个吃法，大约是牙齿不佳的缘故。看着老头儿把苹果片儿放进干瘪的嘴巴里，一下一下咀嚼的样子，实在有点可笑。可是叶笛笑不出来，老夫妻一对，安安静静地坐在那里，可能他们在等儿子，情形倒像很听话的小孩子在等他们的父母。叶笛的思想，忽然有那么一刻很平静，顺便想了一下子小时候的自己和老了的自己。这个时候，有个男人提着买来的东西，向老夫妻走来，招呼了一声，这对老夫妻安静地跟着男人走了。或许男人就是他们的儿子。

区庆放假，闲来无事，叶笛唯有江边小村一游。但见村中油茶花开得繁盛，整树的白，站在花树当中，人前人后，每一朵花五瓣皆白而胜雪，蕊却是金色的，暗香盈袖。手肘不小心碰到花枝，哪知道这花如此娇弱，就是这轻轻一碰，便掉了好几片，树下早已铺了薄薄一层落英，真有点“无可奈何花落去”的味道。香径徘徊，不觉联想起川端康成的小说《古都》，里面写樱花落在女主角千重子的肩上、发上……

而许多年后叶笛的记忆被包围住。油茶树的手掌长大了一些，嫩枝有粗毛，在林中空地，鲜花盛开，像一张张倒卵形的脸。白色的誓言啊：让我离开。

不要问为什么，如今只想回去，回去修改誓言：让我留下！

让我留下！和油茶树在一起。但油茶树已被砍伐，白花被实现。

正在感慨之时，忽然听闻花树后传来几声猪叫。赫然一头肥硕的母猪，带着一群小猪出来玩。小猪们兴致勃勃冲在前面，与叶笛相遇，顿时都愣在原处。老母猪见状，也停下来，警惕地注视着他，一声叫唤，小猪们全都躲在它的后面。叶笛摆摆手友好地朝它们走去，但猪群却不解人意，扭头便撤回竹林里，或许是他打扰到了它们游玩的兴致。

两只蜻蜓，偶然相遇在尘世的阴影下。复眼中以为彼此就是最美的彩虹。她们相互亲昵，占据池塘的一角衣褶，占据叶笛疾步的目光。她们肩负轻轻的阳光，谁也不知道她们是否想倾诉些什么。

如果再飞得高一些她们就丢失自己的影子。他也无法接近她们。此刻，城市与农村的边缘缩小成两种生物的对峙。

她们从水面一瞥澄蓝的天，拍一拍翅膀，转而又屹立荷尖！她们蜕皮十次，十次，八个季节，静静的呼吸只为精灵羽化。她们伸开蜘蛛之触须必定无比疼痛，或只为翅芽能喷吐光艳。

这让叶笛联想到：为什么，我们的泪水习惯了黑夜？而她们是最坚强的精魂，总是日落离水，日出飞翔。而莫名的小树，必会迎着她们带来的更大的雨生根发芽。

十二

秋霜咬过残叶似的思想，褒义词们顿时艰难匍匐。

为了所谓生存，远古的陌生人麇集在一起，围着火焰跳舞，跳舞……直至相知相爱。而今同样的目的，却迫使现代人分离，散落到城市各个角落，流汗或者流泪，带走身体里宝贵的盐分。

异乡的月亮是多么清热解毒，投进水杯里，却怎么也化不开。

听说秋天的哀愁能压垮一座城市，更何况今天是中秋节。节日是让幸福的人更幸福，孤独的人更孤独。

转身的前面是一场华丽的泪影，转身的后面是一片辉煌的悲凉。

下午下班后，阿江突然感觉无比迷惘。远处的市区，多么像发光的蚁穴。人生如蝼蚁，所做的，也只能是自己照亮自己，在夜色下默默前行。冷暖自知，甘苦两忘。

远处的太阳披头散发，一言不发，它像烧红后浸入水中的铁，在无端呻吟着。

有女朋友的舍友早已不知何踪，离家最远的建鹏霸占着电话机嘘寒问暖，该玩电脑的就玩电脑，该吃饭的就去吃饭了。阿江会抽烟，烟瘾不大，但此刻他的脚步已经不由头脑控制迈进了厂外的小卖部。

烟从天穹把他吸出来。微蓝的舞姿啊，那蓝，不寂寥谁的蓝，像忧郁在飘举，学着让天空慢慢变黑。日子戴着面具徘徊，孤独随手指的烟雾上升，妄图扭曲一缕天空。

搭上前往市区的公交车，阿江想逛一趟超市顺便买点日用品，但是他犯了一个低级错误：人越多的地方更难掩藏自己的孤单。

临近市区的时候行人并不算多，只见路边被揉皱的报纸抱着栏杆呜咽，不愿给晚风带走。此时阿江方觉天气微凉，手不自觉地插进裤兜。

唉，下车，抽烟！下车了他就后悔了，走着走着竟然迷路了，不知道公交站牌在哪里，也不知道哪里有可填饱肚子的餐馆。秋天的脸啊——轻蔑而霸道，让一些没有编号的路人在街上轻飘飘来往的姿态，跟晾晒在树枝上的衣服没什么区别，似乎面具和肉身已然萎落，随风飘拂，只是保留着人大略的样子。

阿江一个人走在晚风中，忍不住像树木这么荒凉。

景观灯投射在工商银行裸露胸口的骨骼上，白森森的。廊下无人，垂死的蟋蟀在墙角，啃食黑夜。阿江的影子，同样被灯光所迷恋。

震颤的天桥上有三颗蓝宝石一样的女孩子。一只，是在风中追逐月亮的兔子。

一位外国女郎使用欧洲式的微笑。

桥的脚下倾泻车的洪流，有人乘坐浪花而去。

一男一女骑自行车对向而来，近了，近了，更近了——女子横着伸出手掌，男子似乎会意到了，也伸出手，两人微笑着击掌而过。阿江觉得这是今天看到的唯一温馨画面。

垃圾桶旁，一只肥硕的老鼠长眠了，可它的孤独还活着。活在它饮过水的厨房栖过身的柜子底，在它爱过毁过的对方身边，在追捕过它的野猫面前。

它的血终会流走，肉身尘归尘。阿江把它无主的魂灵埋进一首悼诗。这首诗被读过一百遍依然还是孤独得如如注的热雨，读得最孤独最动情，就像一个人爱过并失去过一次，更容易感受和体会到孤独。

在绿化道里，夹竹桃花开得粉红，以黄色的人造灯光校对自己的影子。虽然它的体液足以致命，但阿江仍认为它是美丽的。它的此生，注定充满各种剧毒：痛苦的毒，快乐的毒以及令人失声失颜的毒药。他不知道自己是否能一直坚持它的美丽，像神农尝百草一样尝遍每一株可能的生活。

一个表情麻木的女人挎着坤包，秘密如香水。她抱住自己，脚蹬长筒靴走过。路面细数着她的脚步。街边一棵树妄想抖落路灯的光。对树来讲，有白天的太阳就足矣。白天需要太阳，正如长夜需要黑暗。在痛苦的时候其实最需要的恰好是痛苦。这个女人，抱住自己，普拉达救不了，直觉告诉阿江：她的感情在蜕一层皮。他遇见此女人的孤独而不必拥有。

在无知的街道上，阿江面无表情地走过树下，顿时沾到树的影子。他走过稀疏的行人旁边，也碰到他们的影子。他也被铁栅栏、指示牌和天桥叠叠的影子所蛊惑。他招呼了所有的影子，希望带上他们一起走。

今夜，也许他只爱远方。今夜拖动黑夜方圆百里的大阴影，使得双眼变得寸步难移。

他喜欢长途卡车睡在白云区……如此多的阴影对他来说已经足够了，以水墨的形式描绘梦的印象。整个白云区，整座僵硬的城市，在地上轻轻滑动，就像整块欧亚大陆轻轻滑入大海，而阿江像一面帆扶着风站起来。

四条路写一个字：十。十字街口：绿叫唤一些人的眼睛。面对一个又一个十字路口，阿江更加茫然了。

这座城市和那座城市是相似的，都繁衍着同样款式的房屋。这棵树和那棵树是相似的，人们把它们都称之为树，无论哪一棵。

所以他迷路了。

她的眼睛和另一个她的眼睛是相似的。她是不是偷了别人的五官来用？今年去年是相似的，这一秒和下一秒是相似的。所有花朵都将凋谢，所有美人都将成为骷髅。

所以她也迷路了。

这份工作和下一份工作是相似的。工资既不会让你痛苦死去，也不会让你活得安逸。你的病征和她的病征是相似的。不是你把病毒赐予她，就是她把痛苦送给你。

所以你也迷路了。

依此推测，白昼黑夜将来会是相似的。任何时候高等动物都可能盲目。孪生的两条岸难免是相似的，所以桥梁就不应该建筑和存在。

所以它们也迷路了。

水与火是相似的，爱与不爱是相似的。你可以私下篡改她本来的读法和名字。沙漠和海是相似的。呼吸与不呼吸是相似的。万物的终点站其实谁都知道是空阔的死亡。

所以生命也迷路了。

莫非，日渐熟悉的风景，更容易使人迷路？

不远处有礼花战栗，如一群五彩小鱼从瀑布里倾斜下来，流离失所。黑夜贫穷得只剩下黑夜，就像阿江穷得只剩下自己。

就连路边也有三两顽童私放囚在火柴头上的光芒。今晚的祝福已升得足够高，橘红天灯把黑夜低垂的眼皮多少次抬起？

矮矮的山丘在离阿江十里外的地方收拾马蹄，稍许迟疑，就像几匹马载动黑夜与他相遇，与星星留在他身上的骨头相遇。它与住在他心上的不确定的她首次相遇，促使黑夜和白天一样干净美丽，促使尚不存在的爱情和她的身体一样美丽。

忍不住叹息的阿江顺势把劣质烟草的生命吐了出来，他不得不想到自己的初恋情人。

时间的碎石，堆积在眼睛的运河上。一些往事乘着轮渡，轻松地溯流直上。

其实阿江已经不怎么记得她的模样了，他只深深地记得她紧紧握着学校的栅栏哭着看转学的他离开的情景，那时阿江 12 岁。关于她的其他记忆已呈现中年男人秃顶的趋势。甚至阿江都忘记了她的姓，只记得她的名：佳萍。

吹笛的金风从西边苍凉而来，本以为谁会带回镰刀的消息，没承想到这匆匆道别后，两人彼此都缄默犹如一盏露水。

现在阿江仍在一滴雨水里赶路。车马泥泞，陷入情欲之间。万物潮湿，远方的爱情鞭长莫及。这一滴雨水，悲伤有余而力度不足。这段旅程并不甜美。

阿江想在一枚琥珀核心赶路：生动细致。永恒，或死亡。这滴雨水有一生这么广，一苇难航。前路无限朦胧，看不到所谓的地久天长。也许他和她不会相遇，也许他们不会这样相遇。前路须臾懦怯起来，整个年少的湖泊仅有一滴雨水，不少不多，刚好可以淹没湖边的植物。他的手指无法拧干湖泊，湖泊下的眼睛也不忍直视这爱情现状。

她像画中水一样消失掉，只用留白诠释了她的存在。

十三

“冬修水利”仿佛已是成语，少有“春修”之说，据说此次冬修是供电视宣传之用，不少人去露一下面，取个镜头即圆满完成任务了。去便去，叶笛匆忙回家操起一把铁铲。

听其他同事说，目的地原是县城旧址，名曰“旧州”。既曰“旧”，总应该有些名堂，于是兴修水利休息期间，叶笛转悠了一下，村头屋边，树木成荫，特别是干渠边的一株沙梨，繁华满树，如雪，足以娱人眼目；另有一株木棉，无叶而有红花，火一般姿态英武，倒有几分英雄气，倘此树移栽至学校很是增华彩，校领导说回头跟这个村的人商量一下……附近有旧州黎氏墓葬，据石碑断代应为明清时期，墓一人多高，旁有杂草，看上去颇具古味。

众同事正休憩水渠间，谈笑风生，忽手机铃响，校长接到前哨密报，县委书记即将莅临。于是一声令下，众同事分散开来，片刻之后，数顶新鲜草帽沿干渠而来，一人曰：大家辛苦了，书记已经走了好几公里……大伙也不老闲着，挖泥，锄草，放火，正午十分才收工。叶笛伸掌一看，起泡了，多半是平时疏于劳作的缘故。骑自行车回家，下坡，差点没冲到江里喂鱼。

有时候出出汗的感觉着实不错，洗刷完毕了，想到正值周末，刚好可以出去闲逛闲逛。叶笛别看他戴一副眼镜斯斯文文的样子，但绝对不是娘炮。逛超市逛商场哪怕逛街这些个事几乎与他无关。他一般只去人少清净的地方，譬如河边和县郊，空气又好又可放松心情，何乐而不为?

在树林间，在弯曲的天空下倾听嫩绿的声音，倾听蓝色的红色的声音，叶笛感觉自己是唯一的听众。偶尔有麻雀跳来跃去，舞动他的双眸。这种画面简直就是波斯的细密画那般极致唯美。

有些树是偶然播种在这里。每个深冬，才能收获枯黄的利息。

微微地寒。站在贫穷的树底，仰望布满哥窑瓷器精美裂纹的天空。大花紫薇的花期已过，只见球形蒴果，黑褐色而微微张开口。一群大蚂蚁衔着命运，沿颤抖的枝丫向天空天真地思考。它们在暮云里筑巢，然后俯视大地，会感觉与众生一般大小，尽管多是徒劳。

一只蚂蚁抛开世俗的偏见，站在白天和自然交汇的界限上，左看看右看看不同世界两端的人。左边的蚂蚁把头颅献给尘世，其余躯壳已尽然沸腾。右边的蚂蚁悉数归巢，第一只高高仰望稀松的土壤，最后一只深深埋在岩石边。

蚂蚁队去搬动生命，也搬动爱情。蓝喇叭花请演奏《第十三双眼睛》。蜻蜓们围绕着黄槐树并转动着天空。叶笛看见树杈间的云端绣上十朵金花——那些雨还没想好要不要下。

河对面的路边新栽下的树木生死未卜。如果树木活着，它们也将围绕生命转动。如果树木枯萎，将围绕死亡转动，像墙上钟表的指针偶尔冷静地重合。时间以蜻蜓的形象出现，围绕未知的灭顶之灾，谁将会围绕黑夜走上一圈？

如果距离不下雨，请珍惜这些痛苦，假设以后它能使野果子发生香甜。

他想和无名的石头坐在那里不怎么说话，被辽远以外的白天认真托举。大花紫薇的春季，读一篇暮云，一贫如洗。四野流转，叶笛半睁半闭着眼睛，跟着微微动摇。

突然手机响起。

“什么情况？”

“老子衣锦还乡了！”

“是不是啊？有没有带点海鲜特产回来啊？”

“那倒是没带，不过精神特产还是有一点，你赶紧的吧，晚上摆几桌，就当是接风洗尘吧。”

“好的，好的，我现在还在河边溜达。”

原是老罗已从广州回到家中。扳扳手指，两人一别已近两年。

叶笛慢悠悠地选择陌生的小路返回，稻草人为他指明方向，这是一条年轻稻子的必由之路，也是虫豸们卑微的路，也许还是日月星辰的路。

原本平静的路被掘成池塘，真的要涉水而过？以水蜘蛛、雨点的方式？或者一只翠鸟亮蓝色的方式还是红鲤鱼的方式？

莫放春秋佳日过，最难风雨故人来。今有二三老友叶笛文峰老罗雨夜相聚，谓为信然。

暴雨即万箭，马群从屋顶驰过，从芭蕉叶上驰过，蹄声飞溅，割破空气浅蓝的皮肤，以便证明水的翼展如刀。

老罗嘟囔道：为什么我们总是挑下雨天喝酒啊？

叶笛回答：难道我们有得选择？来来来，先清底，我们来玩成语接龙，谁接不上喝两杯。

他们脑海里有鱼，所以用来成语接龙——但雨越下越小了，一滴一滴，如指轻叩。酒断成杯，时间是破碎的，时断成分，分断成秒。

夜晚不是拿来造梦，三个人都抓住黑暗成语的叶子。雨包围了耳朵，使他们听觉泥泞。喝太多的忧愁，他们在骨折，变成开放的桥梁。

酒过三巡，叶笛告诉他们：有一次大半夜的阿江打电话对叶笛述说生活的痛苦，但是叶笛实在不知道怎么安慰他。

现实就像某人在他的杂文里说的一样“方圆几百公里内，连个现实的励志故事都没有”，于是叶笛又一次和他谈起了他们曾经共同热爱过的穷酸的诗歌……

叶笛说，我可以用诗歌来麻醉自己，所以对于曾经热爱文学的阿江或许同样适用。

老罗听到了当即表示异议，认为这只不过是在意淫文学罢了，他说，唉，文学这种东西不能饱腹，也不能暴富，其实也就一包袱，你还想有什么抱负？呵呵，太遥远，太虚无缥缈，太不现实了，呵呵。

叶笛说：意淫和麻醉是不同的，意淫是让人集中注意力，麻醉是让人转移注意力，尽管两者之间有重叠。

最后老罗看着窗外的雨发呆了一会后，勉强表示了赞同。可是叶笛后来绕着疑点点起篝火：“如果诗歌本身又是一种痛苦，又能靠什么来转移注意力呢？”

如果谁还写诗，谁就能在水的清颜上，听星月回荡，春流复苏。

如果谁还写诗，谁就可以在伊人凝目而鼻翼微动时，躺在草地上，无所思虑。

如果谁还写诗，谁就放逐无边的白夜，那咏絮之花簌簌落在墨染的窗台。

如果谁还写诗，或圆或弯的头颅呵，你又带我回到故乡吗？

如果谁将不再写诗了，谁将随文身的蝴蝶，在流霞的边界奔旋，僵化……

后来老罗真的与文学决然分野了，连他三十大寿那天叶笛送他的一套《特朗诗集》翻都没翻半页，随笔散文也不再写了。他真就全身心打理他的海鱼店了，原先在河边许下的“我一定要写满100篇散文，然后拿去投稿，稿费拿来摆他个三五桌的”的豪言壮语已然风干。

叶笛也只有叹息的分，他跟阿江网聊的时候感慨道：我们最先衰老的从来不是年龄，而是原先那份以为会不顾一切的执着。

十四

照片深处有人探出头来，与老罗咫尺相对，定格在冬天的脊背或指掌，用一片浮云作为标签。

在照片里那条河流重新流淌，只是少了河畔边的脚步和飞得最慢的白鹭。老罗清楚地知道不能再掬一捧往昔的夜色，仿佛照片里的女子从未到过，从未离开。但照片上的名叫李美秀的女孩子确实曾经就站在那里，清唱了一首萧亚轩的《雨季中》给老罗听。她那有板有眼一本正经的模样，让老罗微笑中带了点说不出什么缘由的泪水。

好几本旧笔记垒在面前，光看封面老罗都不记得里面到底写有什么内容，连他自己都忘记了。其实里面有几首诗是他自己写的，可他还误以为是从哪里摘抄的。

能记得一些同样也失掉一些,老罗变成选择性遗忘。云抬起右手，在抛掷一枚月亮，其一面印着李美秀的头像，可惜，他的腕表没有刻度。

把一个问号拗直，再把它细细剁碎，六小段，变成省略号。略微发霉的纸张，仿佛过期的药丸谋害了必然路过的时间。被键盘废掉的手指，再也写不出那些个年轻的正楷。恋人的秋天淹没在冬天的诗行，却再没有从花朵中醒来。那一笔一画里的狂傲此刻似乎在乞求被释放。而箍住昨天的今天不也被囚禁了吗？脸颊下的河流早已干涸，那些水珠变成尘埃，牢牢地守护着最初的封面。

信笺从书本滑落，她们与他的脚尖偷偷吻别，泪儿已是无言的残叶。

许多年前发生的事情，今天他才流下眼泪。就像饥饿的时候，面条吃了一半，才发现没有放盐。

不知道是受叶笛和阿江影响还是自身的原因，老罗经常容易动容容易落泪。有时候看看一些煽情的真人秀节目或者电影里一些感人的片段他都忍不住自己的情感突然喷发。

老罗还是匆匆收拾好这些东西，没有带着去港口开始新的生活。

工作岗位早就留好了就只等着老罗来报到。老罗生平第一次看到了大海！天色渐暗，可他的内心澄亮起来，充沛着愉悦的色彩。

日暮后警醒的夜身披黑袍，埋伏于树冠层层叠叠的脸上，须臾之后占领了坎坷的天空，唯有孤独的星芒不屈，与宽阔的海平面对峙。是的，唯有孤独的星芒不屈，它们多么像一个个最干脆的词：不！

海平面上紧裹着一层层透明的空气，仿似绣花于尺寸巨大的布匹上，海豚与飞鱼们都有点厌倦了，鲸鱼藏在某处思考减肥问题，没了高擎水柱的得意。老罗隐约发现有三座仙岛从传说深处启程，缓缓航进尘世宽阔的梦。桂月撒下光线编织成的网，浪花开得柔柔弱弱，被长风驱逐至海滩，干渴而死。

谁把心掏空成空螺壳？在沙子拥挤的滩涂搁浅，吹奏自谱曲的哀愁。美人鱼缓缓回归童话，摇曳着清妙的歌声，潜入雕栏玉砌的深宫。

目光一开始便触礁了，始终盼不到满月时涨潮。又一颗心选择风化。渺茫的音符飘向渺茫的水里，唤醒定居海底的居民。

这种在新泊位看到的星光真的很美，很美，浪花纯粹在抚动螺壳和一些调皮的小螃蟹。没有脚印的沙滩也很美。工友们嘶哑的歌声有着粗犷的美。远方的船吻着远方。世界停下欲望，躺成他的形状。呼吸，呼吸，呼吸。

老罗进的是中国外运，好歹算是大国企，这让他多多少少有一点自豪。最起码旁人问及罗母老罗的情况时，她会假装讪讪地回答，哎呀，没什么本事和前途啊，现在在中国外运那里打打杂罢了。

十五

每回春节，喝酒都喝怕了，加之寒雨霏霏，故整个白天叶笛都足不出户，围着炭火蜗居。捧本屠格涅夫的《猎人笔记》，发觉封面甚凉，如冰块在手。作者是俄罗斯人，倒给他错觉，仿佛西伯利亚寒流从书中袭来。遂取书至炭火上烤了一下，才开卷读之，亦是快事。

翌日一大早，叶笛尚在梦寐中，大院里的女人们就已起身杀鸡宰鸭，一直忙乎到下午。有人给鸭子抹脖子，手起刀落，鸭子犹作曲项向天歌状，未死，招另一人取笑：“这一刀太浅了，等一下鸭子还能跑出去几公里呢！”末了，扫鸡毛，堆积如山，甚重，一肥妇手指那堆鸡毛打哈哈：“这么重，里边可能还落下谁的一只鸡也不定。”众人又议论今年香菜之贵——十五块钱一斤，猪肉为之不敌，往年五毛钱，一大把，还没人要呢。鸡鸭煮熟，叶笛随母亲去城南祭拜土地公。小小土地庙，闲时冷冷清清，此刻人头攒动，香火旺盛，这可能是一年之中土地公最忙碌的时候。

天空吸着青烟，鞭炮销于声音之外。众生的神灵坐在云端微笑，似乎人们已经习惯去烟雾中求得真相，去喧嚣里求得安宁，去别人身上寻觅自我。

神灵端坐云端，也住在山间，但此刻就静坐在庙堂中央微笑，大音希声，大象无形，从下一秒开始保佑着希望被保佑的众人。他的左手有真相，他的右手有安宁。

叶笛本想也上前许个愿，怎奈前边人未走，后边人又到，求神请愿，烟雾缭绕，看土地公那么忙，恐怕没时间搭理他，只好作罢。

今年狮事不盛，大约是天太冷，又下雨的缘故罢。往年锣鼓喧天、火树银花、鞭炮齐鸣的场面今年算是见不到了，只是在县城里远远听到一些锣鼓的余音，提不起什么兴趣去看。其实最能引起叶笛注意的，并非舞狮的过程，他更想观看的是舞狮前给狮子“开眼”的仪式，惜乎更没有这样的机会，只待来年了。唯一不变的传统节目是：喝酒。估计整个中国没有任何一个镇子能和夏火县思阳镇相媲美了：随便那一条街巷都可见烧烤摊和茶座（美其名曰而已，其实大多是没有茶水供应的）座无虚席，猜码声不绝于耳，熙熙攘攘，你争我夺地好像今天不好好喝上一喝明天就没得喝了一样。注意，这里说的是每一条大街小巷！

老罗的总结语是：知道什么叫全民皆兵吗？随便在街上捉十个成年男子，都有八九个能喝的。其实想想他说的也有道理，穷乡僻壤的地方，好客和酒量过人是很正常的延俗，随便来个客人都是七八个酒菜好生伺候。不像阿江曾和母亲去了趟远方亲戚那里，大老远跑去三百多公里，对方只弄了个三菜一汤，更甚者居然没有酒，一点儿都没有尽地主之谊。有一次老罗就听来一个真实的故事，说是本镇的一个校长和三个领导一起出差，在饭店等着上菜的空暇玩玩扑克，就搞定了六瓶五粮液，在旁的服务员看得呆若木鸡，都忘记了上菜。

十六

春天已薄如一张纸，背面写满了初夏的字。桉树褪掉褴褛的外衣，袒露白里透青的肤色，仿佛正在生长的薄胎瓷器。

纤细的雨滴柔若无骨，扑入蕉叶宽阔的胸膛，凄迷、绵长地倾诉。

阳光灿烂地拍打大门，眼睛蛰伏于幽暗的深闺，细数着古典主义的红泪。

阿江踮起身后的背影，多希望一瓢清澈的月光滑过鼻尖，让梦想和春笋一较高低。

他的喊声推开熙熙攘攘的尘世，未曾收获任何回音。向远方奋力投掷石子，打不皱一丝秋水涟漪。阿江又来到山巅，他走得和他的喊声一样远。他的回音死于半途，再也不会回来。他疲惫嘶哑而短促的呐喊，第一次拥有了颜色，有谁看见了吗！

他奔波在沿海城市的各个角落，他摇晃在公共汽车上，没有位置，他的双腿慢慢消失，无人感到惊奇。

他依靠在马路边的肮脏长椅，他蜷缩在廉价平房，辗转反侧，他吃五块钱炒的菜津津有味因为添饭不需要加钱，他从来都是徒步而归因为能省下第二天早上的包子钱，他的身躯渐渐消失，无人感到惊奇。

他被淹没在招聘会的年轻狂潮，他一次又一次的面试杳无音讯，他的脸和头颅正在消失，最后他只剩下空空的两只手掌，他握紧拳头或者选择举起投降，围观的眼睛都将散去，依旧无人感到惊奇。

昨天和今天有什么区别？明天和今天有什么区别？昨天是今天逝去的光华，明天是今天受苦的延续。

爱情的季节已经过去。还会有谁问起：你现在在哪呢？你还好吗？

夏意放下身段跟随阿江，不安与躁动走进树的世界。大叶榕那抽打时间的胡须缠住他的思绪，尖叫连连。

捎上他的影子去流浪，个人简历是单薄的翅膀。阿江和一群无名的雨相遇，街上许多伞匆匆赶路。

踏碎的月亮散成星星，顺道问候初冬的稻草人：成熟的水稻已嫁入农家，为什么你仍守望天涯？

是不是所有的水滴都向往投奔大海？

阿江走进人口密集的树林里，也变成了树林中的一张黄叶。时间是冷血的剑客，只容他折几条空枝。他点起一支辣口的香烟，抬起头，面对宿命的仰望，只见一只飞鸟藏住远方的速度。

阿江走进这前所未有的夏季。夏季热情地鼓励毛桃长出鬓毛。天空这口大鼎有些发烫，以至于树荫的蝉鸣想把夏季锯短一些。阿江带领自己走进一座不再孤独的村庄。

是的，有时候他是两个人。他是两个人。一个恐惧、愧疚、伤悲，另一个负责责备与长久的安慰。

可见度高的荒草和细碎的野花使他没顶在黑狗的红舌上。村庄在晒太阳，白色的太阳去端详夏季的三个月份。

埋过先人的土地上，新鲜的绿色蔬菜掐出几滴冷静，治疗发烧的夏季。人们戴上太阳旅行，把巨大的阴影留在家中。

这么快就到了夏季的门槛，粘在他额头的蝉声持续挥发，阿江只衷心祝愿所有生命的夏季随平静的河流，愈加漫长。

十七

在路旁店铺门前看见一只鸟笼，里边住的不是鸟，而是一只鸡。不过这样说似乎也不对，因为鸡与鸟本是同一祖先，鸟大抵是被关了太久，饭来张口，翅膀退化了飞翔的本能，所以变成了为人们提供肉、蛋的家禽。

不知怎的，这让叶笛想起另外一件事情。前几天，两个平日算是比较认真听课的女生来问他：拼音怎么拼？——快要期末联考了，怎么还问这种问题？叶笛大惑，遂问全班，有多少人不会拼汉语拼音？结果是全班有四分之三的人举手。——天啊！他教的是初中一年级，还是小学一年级？怪不得，每次考试，第一道选择题（主要考拼音的）都没几个人做对，原来压根就没几个人会！看来，下学期的第一节课，叶笛该考虑找本小学一年级的课本来教他们 a、o、e 了。

他们，又是被什么关住了？

有一次一只稚嫩的小手来问叶笛“葱茏”怎么写。叶笛当然知道他是打算用来修饰春天的。

叶笛告诉他：其实春天根本不需要任何辞藻。

春天的日子出门容易被春天所伤。一小部分雨在抽着香烟，油菜花站在菜畦上没有撑伞，被熏得东倒西歪。

飞机的声音像是帽檐压得很低，把叶笛所知的全部语言中的尘土震得纷纷落下。

叶笛又告诉学生春天是怎么来的：骑马或乘风。但他无法告诉他们春天是怎么走的，因为他的体内已经有三十个春天不辞而别，哪怕他很爱春天，爱她唇齿间掩不住的春色满园。

十八

港口的暮色天地混沌，合成没有形状的形状，把地平线吞没。远村的灯火，隔着窗户在老罗的视网膜上，幻化成缺弧的黄色圆形。

再猛烈些吧，暴风！让平坦的大地扬起缀满雨圈的大披风。

这罕有的冰雹雨突袭了城市的右脸。许多港务局的工人赶忙抛下劳动工具，躲进现代的洞穴：集装箱。

火车站旁的小山丘，暗绿色的指爪惶乱地挥舞，被暮色紧紧纠缠住。沿路躲雨的铁路工人像皮影戏般鲜明，又像被支配的假人：影影绰绰，又毫无意外地迷失。老罗不得不感慨了：在大自然面前，谁也跳不出自己的微小，只能任短暂的迷惘茁生。

地面矗起人类虚荣的蜗居，孤零零地生长着。如伸展的大拇指，从风雨的唏嘘中一划而过，空留漫漫海水，灰得惨白，覆没轻帆的桅杆。

明夜，低喃的海水，将轻轻覆盖这鲜灰色彩。

老罗任凌晨的冷水一一爬过头部手臂躯干。所有的肉体指证水桶的荒凉，但同时它蓄满三种时态。

“逝者如斯夫，不舍昼夜。”这句话老罗坚信是对时间最强烈的思考。但他不明白个人的肉体究竟属于何时，反正它不会停留于任何一站。

他逐一饮用骨汤可乐矿泉水，无济于事。他依次失去现在、未来、过去。

十九

一日叶笛惊闻一老翁上吊于县教育局内一扁桃树下，据传此人年已古稀，曾任本县代课教师，因社保问题未能解决，故出此下下之策，实令人感慨万千。警方经过多次实地考察，四处明察暗访后，实在查不出凶手。

凳子不愿意伏法，绳索也否认有罪，树木更是大喊冤枉。它们纷纷狡辩：我们只是想让卑微之人站得更高更直，离开不平的地面。

也不知道是巧合还是冥冥中的注定，叶笛就在这时准备着辞职，决定离开学校去南宁谋生。

老罗猜想他估计是考不进编制，待遇太低；阿江则认为初中生调皮捣蛋不好收拾，心烦而丢掉此鸡肋；文峰没有说什么，临别前就是尽情地猜码喝酒，末了来一堆废话："南宁大沙田那边有好多失足少女等着你去解救啊！你就当作为了搜集文学素材，深入地展开工作……"

叶笛自己很明白：未来不太可能存在于枯槁的《公共基础知识》干尸里。未来是什么？未来还不值朋友为他饯行的一杯酒。

身边景物和去年、前年都如此相像。叶笛哀叹一声，丢掉泥土路的红色，头也不回地跃上蓝色马鞍。

从车窗看风里的水库，麻鸭吊儿郎当地航行，水稻依旧黄色。天空在鹰隼的头顶滑行，路边的松树停下来歇歇脚，没提起远方的尺子。景物与上一次离开时竟如此相像。叶笛突然觉察到自己的未来纯净如水，像隔着这一层车窗玻璃。

昨夜一杯接一杯的黄金兑上黑夜，此刻才开始在叶笛的胃中旋转。一时间，恐怕难于消化吧。

车子很快进入高速路匝道，只见亚热带树木被汽车旋转。叶笛从窗口把树影抛弃掉，同时，树也完全抛弃了他。

渐行渐远的轨迹让叶笛莫名地兴奋起来，似乎他真的需要一个全新的旅行和生活。

然而，去南宁 × 校面试的时候，不认识路，居然迟到了。等到面试成功，主管告诉叶笛说，明天 9 点钟上班，不准迟到。第二天他提前到达，结果 9 点了，一个人都没看见，主管也没来。9 点 15 分，同事们才陆续到来。从此过 9 点了，他也很从容地去上班了。不料有一天，按老时间去上班，主管又说道，怎么迟到了？原来新来一位校长，管得比较严格，主管事先在会议上也说过了，可是他，忘记了……

好不容易挨到发第一个月的工资，叶笛大喜过望！第一个月没上几天班，竟然有一千多块，于是得意地去买了不少东西。过几天开全体会议，主管找他说："怎么发错工资，你也不跟我说的？"叶笛大受打击，忙说："我怎么知道是发错？发错了多少？"

"多发了七百多。"主管随即又温柔地告诉他，"不要紧的，下个月再扣回来就是。"

二十

别说一朵洋紫荆不存在时差，你的手无辜而无知。恰似花朵瞬间展开接住这落花，手指们将会下降，凋落，终归于黄土。

死神张开手接住我们的爱与恨。凡是花总会凋谢，恰如死神凋谢在一个饱经前世的婴孩面前。

喝过比黑夜还黑的酒比白昼还白的牛奶，开始有点弄懂——四季皆为异乡人。你在城市的纹理间寻求木头的帮助，最后在孤独的身体里找到白色的柴火，沾满寒霜的白色的柴火只有剥离城市才发现猎户星座很温暖地仍在卫护着你，保佑着你。

星星是黑夜脸上的痣，尽管不懂《麻衣神相》里母亲的声音，父亲的声音像水里的航船远远地离开。

你想要不下辈子要做就做一棵树吧，或者做棵芒草吧，在野地里慢慢呼吸。

你以比这个城市慢十倍的速度在街头散步，你走在它前面，但远远落在它后面。土壤的颜色也在慢慢行走，大地紧紧跟随。

朴素的光华构成树冠，树叶很少。月亮是结在枯枝的果，如彼岸海鲜市场有鱼仰望月亮上的静海。阴影与阴影来了，你问苍老的树皮几点钟了。两个外国佬走来布道，甚至邀请你去肯德基一叙，可惜你不是信徒。信仰在长椅上坐着，好不沉默。你想吃掉月亮，因为它实在太圆了。

你信教吗？你信水中有火吗？有人不愿像条短信那样回家。你信我随便买张票去外地吗？可以在早晨或美丽的黄昏出发，但在深夜才能回来。你信我吗？脱离城市的手掌，暂时轻松一点，因为你假装不需要这座城市。某些门你想开而不得，某些门洞开，你又不想进。你们不复存在。你们要怎么办？兵来不挡，水来任淹？手指：又想哭又想笑。你们太简单普通了，以分子的形式，游走在无赖的社会。

河堤上十个人不到，姑且找不到十个影子，但同时也有无数影子。尼古丁很想念叶笛，酒精也很想念叶笛。有双眼睛陪多好，异性的灰影子也许就在一侧，哪怕只是谁徒然地看着谁。

因为这里不是他们的岛屿，他愈发相信漂泊。

彳亍在这午夜街头，目送着汽车像一枚枚幽暗的冷棋子在公路上移动。同样冰冷的水母游过秋天的头顶。人群后退，疏影浮动在小老鼠衔着的一片黑夜上。

灌木丛里藏着一组发光的蚂蚁。石头，像螃蟹走来走去——他们也在白天睡觉。

而雨落入安全之地，明天将有人活在记忆里。

站在用叶子交头接耳的树下，叶子正像舌头说话，品尝世人的疑惑。树木沉寂在 22 点钟的时候，郊区工厂开始散工了，北风朝南，浅蓝色的年轻人使郊区更加寒冷。

外边温度——很低。几乎捆绑住了我你，只有独自在铁轨上滑动的黑夜不怕冷。你听她深邃的喉咙里有火焰被撕碎的声音。还是跟孟夏时一样，黑夜只穿薄薄一层衣衫。透过黑夜单薄的衣衫，你看得见她胸口的白痣——那些揭示命理的星星，只有一种可能。

先躺下，两棵树木站起。打开枝叶收集月光灰色的重量。我起身，你随即散开，水划动河岸前行，风放牧水声。黑夜鞭策我。让我推动石头统治的世界，缓慢流浪。

倒悬的夜晚，连同星星明寐的树叶向大地生长，向你生长。这种夸饰的夜晚，随时可能坠落。当夜晚击中你，你便躺倒在命运的臂弯，做起一个简洁的梦。

南国，鲜花不断，并期冀着秋的彼岸。夜中，那经久不息的鲜花，无论开与闭都充盈芬芳，她们像一群盲鱼的眼睛，退化为香气，喁喁而语。

痛苦依旧四季不分，不像那些树叶，总在某个时间长出，并在某个时间谢幕，变成红色、黄色或我们极难分辨的颜色。

我们的祖先是些生存在岩洞中的人。他们带上火、饥饿、长矛、繁衍、勇气和孤独，离开岩洞。

如今我们的灵魂又误入岩洞当中，像一群灰烬，一些生物，不管是猛兽还是昆虫，都热烈欢迎！

在倒悬的夜晚，有倒悬的魂灵，但又不是蝙蝠，才能看清世界的本来面目。于是痛苦纷纷坠落，你是回声。回声，你是。

坐在洞穴般的房间深处，谛听夜车行驶之声，像一个拜火的远古人揣测野兽的距离。你看不见司机，想象着无人驾驶，想象着无法刹住的车辆，想象着没有心脏的人们，想象着没有尽头的公路被缚住手脚。司机坐在使人腰椎疼痛的驾驶座，谛听室内的叹息声，像一个宿命论者艳羡你三四点钟的失眠。

梦盖起一半就倒了，世界依旧皮包着骨。你掀开凝结的黑暗，秋风在门口笑着。水杯微微颤抖，月光因此学会了仰泳。汽车疯狂地呐喊：请把远方还给我。路灯都睡了，还有什么可值得留恋的？稻草人仰望星空，陷入幻想。

试图在杂草中找寻迷失——幽默感不辞而别，像垂挂胸前的时间，不再唠叨。乐于水上行走，脚印才不被人所俘虏。只有狗埋怨你的冷漠。发冷的笑在别人后背游离，渴望更多关爱，像闪电意志尖锐。你摘下菊花惊叹。

你梦见自己放弃五官放弃呼吸，想象着无人说话，无人哀悼的时间。同时也想象没有心脏的你，想象没有空间的房间把心脏挤出门外。你们的梦无法交换，无法重叠。

尖锐的一点钟！手指还没完成工作，你还没洗澡，白衬衫化为黑夜，可以休息一天。昨天你没洗碟子，今天还没发薪水，爱情会来得更晚。

祖先们早早离去，你的声音却刚刚开始，但你的火焰也将逐步死去，因为有些梦想很轻很容易坠落。

哈哈，这是一个多么宽阔的黑夜兼凌晨。

天已夜了，夜已永了。过去无法过去，未来无法到来。你是两种人，其实就是一个人。

二十一

刚挤上公车，阿江忽听见一阵歌声“天大地大不如党的恩情大，爹亲娘亲不如毛主席亲；千好万好不如社会主义好，河深海深不如阶级友爱深……”，原来是一个五六十岁的男人，旁若无人地正欣赏着自己手里录音机放出来的歌曲。似乎是很遥远的歌了，而且山寨版录音机的喇叭声特别大。车上浓妆艳裹的女人们和刚割肾把苹果换回来的男人们纷纷露出厌恶和嘲笑的表情。这首歌曲绝对属于这老人的那个时代。阿江禁不住联想到那些落马的官员，在那个物质贫乏的时代，理想是狂热而危险的；而在当下这个理想贬值的时代，终于轮到物质狂热而危险了。

叶笛也搭公车，等了老半天，结果来的是一辆空调公车，要2元车费。想想大冷天的，搭什么空调车？浪费，不搭。又等了老半天，来了一辆1元车费的公车，他一个箭步蹿上去，车门随即关上，公车继续行驶，然后一掏钱包，不是吧？没有零钱？没办法，只好投了5块钱。车厢里拥挤的光线从拥挤中醒来，散发可能的爱情香气，杏仁味还有批判现实主义的汗臭。人们的脚既静止，又移动。似乎匆忙的他们爱上相同的一线时间，他们爱上类似的事物。他们吞咽银白的痛苦与平庸，还有猩红的焦灼与愤怒以及铁灰色的睡意。有人说到泰国，有人谈论自己的经理，有人说不。

枝叶在挡风玻璃上画萧疏的自画像，与司机的脸相互叠加，成为不知名的硕大果实。

把汽车赶走……有些落叶搭上车，但不知道去往何处。

清洁工人打扫干净路面后，有些东西还是存在，尽管水晶之瞳看不见。

叶笛像一枚涩果，被浸泡在注满蓝色光芒的公交车厢，面无表情地看着身旁一些摇摇晃晃的疲劳。他似乎有点爱上这种陌生如水的状态。

公车缓缓开过市中心，这孤独却拥挤得闷热、爆炸、晕眩。北京时间18点以后，装满人海的罐子摔碎在白沙星光十字街口。白马公交，白沙大道，白马非马，白沙无沙。白马的蹄声播进耳膜，白色蹄声像大粒海盐撒入听觉的伤口，白沙在异乡人心灵的荒漠上堆积，迷乱。

棕色白色相间的狗嗅出了闷热的时间。小叶榕的气根将下降。堵车之频之久让叶笛苦苦一笑：这莫不是要去往空旷无土的生命之地？

还没到站，他昏头昏脑地下了车。城市是一位女性，把这个男人的影子延长。

叶笛走向她，就像离开远方。众人拼命逃离之地，恰是他们明天所到之处。

连日来的雾霾并未见消退，城市的脸在雾中，她也看不见他。这些无法言状的薄雾消融了不知道多少目光。

夜车横过发光的城市，他将在钢化玻璃后面作为礼物，送给谁？

广告牌上的鲸鱼图案寓意什么？叶笛又何寓意？

在永远破碎、动荡不安的鸡尾酒之海上，人们交换着情欲，交换着各种痛苦。

所有不相识的树木都浮在空中交头接耳，耳朵太多了，反而无人倾听。

如果可以的话，他也心甘情愿模拟树木，停在川流不息的路边想一下所谓的远方。乡愁太盛大了，他不得不考虑准备寄一些回家。

昨日叶笛依旧用电话处理和家里的距离。叶母把自己躲到阳台，学花盆里的天竺葵和他说话，因为叶笛从电话里头听不到浑浊的在屋里的回音，反倒听出一丝蟋蟀的顽皮声。叶母很是惊讶：呀，你怎么知道我现在正在阳台晒衣服呢？

叶笛询问庄稼生长，又问起雨下过多少，然后才问起母亲忧患的身体。但平素絮絮的舌头，不愿明示。

还有一个月，时间才浸到端午的水里。叶笛不知道时间吐露得太快还是太慢，他只知道他自己退出两百里之外，而弟弟弃身一千五百里之外。今夜没有月亮，只有浩瀚太空上的通信卫星才能同时看见他们四个人。

二十二

老罗有一次被失手落下的尖凿偷袭。目标：脚拇指的指甲四点钟方向约 0.1cm。

老罗直愣愣地看着满满一拖鞋的血溢出，带着一丝微微的温度，有点黏糊糊的。后来的后来叶笛才知道老罗从小到大都不怎么吃水果，而且卖过六次血浆，所以才导致血小板匮乏，即便轻微的瘀伤和破皮都要很久很久才能愈合。

老罗也还清楚而模糊地记得自己卖血的过程：平躺在满是农民工的抽血室，其实针头插入血管的时候并不是很疼的，只是后面就开始慢慢感觉有点胀痛。护士分发给每人一根类似擀面杖的玩意儿，嘱咐着用手掌捏紧再放松，再捏紧再放松。其实老罗知道这样子意欲何为——无非就是想让抽血这个过程尽快一点。不过每个人都照做了，唉，毕竟长痛不如短痛。

昨晚上夜班还没休息就乘车过来的老罗发觉有点吃不消了，两只手都似乎很无力，很想闭上眼睛眯一下。不过他有点怕自己睡着了再也不会醒过来，只好转移一下注意力，看着旁边的人进度如何，看看有没有年轻漂亮点的护士，看看窗户外面一缕风腰间的落叶。唉，这时候，有支烟就蛮好了。约莫过了半个钟头，老罗终于 mission completed。等待他的是血浆站的饭堂里面的萝卜干和稀饭。他亲眼看见了一个贵州仔，华丽丽地喝了六大碗，就差没打包了。反正不吃白不吃，老罗可没嫌弃，刷刷两下也搞定了一碗半。只是里面的人绝对不知道，老罗只是碍于面子和自尊心没有跟家里要钱罢了。而来血浆站的可以说无一例外的是经济拮据的外来务工人员。真正有爱心献血的人，都会去无偿献血了，而不是卖血。

出了血浆站老罗匆忙买了一包红金龙香烟犒劳一下自己。这种廉价的蓝色软盒装才四块钱一包，相对于绝大多数年轻人来说都不屑于抽这种低档次的香烟，老罗却早已习惯这种有点呛的口味。之前去湖北读书的时候，抽的就是这种产地也在湖北的烟。当时老罗正是风华正茂风流倜傥舞文弄墨青春无敌的时候，他都有点欣赏红金龙香烟的品牌口号：思想有多远，我们就能走多远。

天已入秋，老罗本想四处逛逛，但倦意袭来，还是选择打道回府吧。回到宿舍早已空无一人，他和同事的上班时间是错开的，他上班别人就下班，他有空的时候别人正好在忙。老罗把窗帘拉好，门关好，匆匆洗掉一身疲倦的尘土，关上灯，观察梦境。可见几束光穿过玻璃独自熄灭。

啊，这片刻的黑暗，竟十分美好。

实在是又累又困，准备醒来时已是接近黄昏。老罗的工种是三班倒，又得到明天早上才上班，真的很想再好好躺躺，可是肚皮已空瘪如纸了，赶忙起来洗漱一番，跑去吃快餐。

晚上没什么节目，又是舍友喊着三缺一。老罗绝对是随叫随到的角，尽管技艺不精，但还是屡败屡战。十几局下来，卖血的钱已尽数掏空，还欠了二百五。

赌徒本身不知道自己的处境和心态的，就算懂，也依然执迷不悟。老罗就是如此。输钱赢钱都是一副散漫无所谓的样子，似乎他只享受过程而已不论结果，输了想着再弄回来，赢了照样想搞更多。老罗这个骰子不介意在黑暗空间里再次沉沦。

用拇指捻到自摸的牌那一瞬间的快感总能带给老罗流露出像电影里面的杀手成功完成任务后的复杂笑容。

舍友每个人都赢了老罗的血汗钱，纷纷提议去吃烧烤，颇有点“取之于民，用之于民”的意思。老罗不是“记仇”的人，当下就应允了。

港口露天的烧烤摊还是几乎爆满的，只是他们营生的烧烤和海鲜口味着实不佳，跟夏火县的没法子比，老罗实在不敢恭维，暗暗嘟哝了一句，还是坐定下来。

烤鱼还没上，舍友的电话就响起来了，他们只好怏怏而别，留下老罗一人独酌。老罗当然不能怪他们，谁叫他们上班时间还想偷偷喝酒呢。

一个人真没意思。这时候老罗才想起前几天认识的姑娘：韦凤。一个圆嘟嘟极为可爱的女孩子，戴一副黑框眼镜颇为斯文的样子。

要说是邂逅绝对是邂逅。老罗上班都差不多半年了，班长尤为关照，有事没事都不让老罗干活，顶多是形式主义一下，让老罗送送运单，跑一下腿。闲不住又偷着乐的老罗选择了找兼职，去一个打印室应聘，刚好就碰到韦凤也来应聘。老罗的视力绝对是可以，随便一瞅就记住了她的手机号码。

老罗泡妞的水平没得说，三下五除二就跟韦凤混熟了，俩人都拉手一起去广场玩了，并且还袒露心扉地互诉彼此的许多秘密和心事。

这个时候这个时间，夜黑风高的……嘿嘿，老罗一想就乐了，赶忙拨通了她号码。

“在干吗？”

“我现在在网吧上班了，你呢？”

“我想见你呢！诗歌没有发表，国足没有夺冠，我现在很伤心，很伤心。”

电话那头立刻响起开心的笑声。

不用怀疑，这小子得手了。看来追女孩子，该幽默的时候就幽默一把。当女方失去戒备心，顺着下好的套一步一步来，那离成功就不远了。

老罗不知道舍友等会儿还有没有空过来，摸摸口袋，空空如也，再看着桌上的四瓶啤酒发呆，好在舍友方才付钱了才离开。一个人的孤寂着实让老罗有点不自在。匆匆喝完一瓶啤酒就走了，留下一口都没动的烤鱼和孤零零的三瓶啤酒。

韦凤十二点才下班，现在才十点多，老罗鬼使神差地竟走到红灯区去了。此时，夜的脉痕已经完全吞没白天，五颜六色的光开始活跃起来，甚至纷纷拦下路人问：帅哥要不要来吃快餐？

暗夜的光线，无知，无觉。她们迷失在现实的现实。

老罗是有这个爱好，不过吝于在此渠道花钱，感觉不划算。本着为了搜集文学素材赴汤蹈火在所不惜的严谨态度，他的口眼耳鼻一拥而上，就差没动手动脚了。只见流莺们一个比一个年轻漂亮，习惯了昼伏夜出的她们一点都不怕冷，裙摆被一次次习惯了缩短。

老罗盯着她们的大腿，联想起农民的休止符是日落，挽起长裤腿，大口吃酒，身边大黄狗的背被抚摸成庄稼的模样。而流莺的多音符是夜深，褪下肚兜，大口喘气，纸巾垒成半融的雪人。

二十三

阿江是念家的人，但是往往一回到家又不想在家里待着，因为他很了解父亲的秉性和冲动，随便什么鸡毛蒜皮的事都能让父亲大动干戈，轻则厉声训斥，重则刀枪棍棒。阿江干脆躲在屋里看电视。可是依然得理不饶人的父亲一脚踹开房门，指着阿江的鼻子大声斥道：畜毒没老（壮话，意指咒骂其亲娘），衣服都不洗，老子是不是应该帮你捶捶背！

阿江哪敢作声，低着头赶忙关上电视快步走出屋来。发白的牛仔裤，搁浅木沙发上，像一片皱褶的山脉。其实这条裤子前天都洗干净了，只是阿江忘记收好罢了。此时他吭都不敢吭一声，麻利地把裤子拿到屋外，洗涮一通，拧干，晾好。叶笛的电话不偏不倚，刚好赶来。阿江迅速躲到墙角才敢接听。

“哦”一声便挂掉。

没啥鸟事，无非又是晚上聚聚，难得放假的叶笛刚返回家中，不喝几盅哪行？阿江没有多想，进屋拿了钱包便闪，耳朵后面还陆续传来父亲絮絮叨叨的碎语也不去理会了。母亲就坐在井边，眯着眼睛，习以为常地看着一切。伸出墙外的枝条自顾自地发愁着，院子里没人来转动黄色的井轱辘，绳索寂然。

脚下的路像只流动的手安慰阿江的村庄。擦掉野花们黄色的花粉，群鸟旋起又转下。村民烧起稻草，青烟带着淡淡的香气。老黄牛用一种莫可名状的眼神目送着阿江。

远离故乡，故乡又时时附体。而回到故乡，故乡又化而为鸟，弃他而去。

村子后面的矿区在爆炸，石头划破天空，烟尘飞过阿江的屋顶，仿佛村庄在猛烈咳嗽，灰尘激情地伴舞，年久的破玻璃以花落式的身段，跳出了窗框。房子长出了裂痕，许多惊弓之鸟惊慌失措。壁虎还睡在裂痕上，额头有一条，心上也有一条。村人似乎早已习惯了，依旧做着自己应该做的农活。

一处荒坡上，芒草和矮松随着太阳和风起伏，随着物质地久天长了。

阿江渡过浅浅的河流，含羞草在彼岸合掌。野花太像贪婪的蚂蚁，爬满傍晚清甜的枝丫。

再回首，坡上就是他的村庄，乌云遮住半片水稻，水稻遮住半个故乡。

这些年轻的水稻和他，有着不一样的年龄，现在它们挥舞长长的风与他说再见。

一片不愿折腰的稻子席卷村庄而去，不断生长波浪的海水，涌进地平线尽头为太阳降温。

风吹水稻低，风吹不见影。

水稻的秋收结束后，仍然保持喷射谷穗的姿态，依旧丰饶，——指向天空，这是另一种一无所有的丰饶。

这不得不让阿江想起他在城市的夜里仍然渴慕谷穗嫁给镰刀之后的稻茬。在城市里，阿江认为讨生活的人总以为自己再渺小也是星星，其实他们顶多算清冷的萤火虫，随着城镇化进程的发展，被消灭殆尽。

阿江承认有一年，他邀请火，他们一起走进水田。风追逐在火的身后，稻茬在火的拥抱中，激动得失去了重量，一部分上升到云的理论，一部分成灰，还给泥土。秋天把她自己的翅膀卸下，仅保留三对。最后发现原来是天空太沉重了，枯枝折断如骨头，她的拥抱出现缺口。火焰邀她跳舞，她如一匹中国丝绸飞升，圣殿顿时充满烟云。圣哉！空中游泳的女子。

记得小时候下秋雨，阿江总是蹲坐在自家门口，看着潮湿和枯黄的稻茬发呆，他甚至认为雨将下满两百年。那些从星星上降下的雨是灰色的鸟，发出灰色之声。张老伯总是把脚印扔在淤泥里，他身边积聚的雨，是些浑浊的鱼。

青春多像被钓上来的黄色的鱼，逃离他的手，之后再也找不到它。

这就是生活，不像一篇清澈的小说。这就是生活！耸耸肩，呵呵，多好的理由啊。

秋后水田上有穿着破布的稻草人守护稻茬，枯黄加枯黄。候鸟从他头部偷渡去中南半岛。不久后又将迎来一个充满火焰的冬天，那火焰来自发烧的天体，阿江总觉得它比他要富有，至少它不会经常流落他乡，至少。

阿江的脑子闪现过小时候分鱼的情景。四月天，抛秧、种甘蔗、砍柴、吃杨梅，安详而安静的生活。四月通过一些稻穗也将学会缅怀。

水瓜藤像半句话悬在篱墙之外。何四婆眯着眼睛坐在门口，微微地张了张嘴，却不是在说话。几条狗在暮色中游荡，忘记了争辩。老房子的习惯：用几十年甚至更多时间来倒塌。两竿树木肩并肩，又高又瘦，来看又低又老的日落。人们在田野里，把对话远远抛掷。慈姑田里的慈姑，水叶皱巴巴，随意给阿江指示了方向。

有些人走着，变成一缕蟋蟀声，他们像一个个各有韵味的声音弥散了。每一种植物都如大地微微摇动着，曾经的幸福呀毋庸置疑。野花小小的声音很苍白——碧池塘上，水面冷得发抖。火光匍匐过的芒草丛旁边，两个小孩子在玩耍……

这是他的村庄，这是他即将又一次离开的村庄。

蹄形树叶，时间的蹄子踏过头顶的天空，扇动洁白的狂野。心像所有往事一样干燥的尘埃趁机在脚边嘲笑未来。软弱的旅程啊，没有翅膀的尘埃竟然飞舞起来。

月亮带来光辉，却没能带走黑夜。

不习惯流浪的阿江和习惯了流浪的阿江本来就是阿江。

他知道他必须回来，因为灵魂眷恋故土。他也知道他必须离开，因为身体热爱远方。

云中的雨尚未流尽，尚未枯萎，一如他熟知的母亲的皱纹。

村头的夹竹桃开得如此秾丽，以致他忘了它所欢喜的毒。

一些树被车运向远方，只留下扬起的灰尘包裹住路边的阿江。他体内传来宛如汽车齿轮运转的声音，微弱的火苗的声音。

他没法选择他的生活，因为生活已经选择了他。打工生涯中不注意饮食，他被查出了胃息肉，但这并不影响他继续挥霍生命。他最喜欢和老罗以及叶笛在一起喝酒了，任由一杯杯酒在面前升升降降，仿佛一群野蜂从掌中分散。生活如酒还是如蜜，不可想，他们当时也没去想。尽情地玩遍所有能劝酒的游戏，喝到天昏地暗，然后再坐在县郊的桥上聊彼此的趣事聊唐宋情调，任满腔喜好荡漾在月光偷袭中。这三个人都不是君子兰，因为他们不接纳世俗给予的经脉。更不是清莲，谁叫他们日夜托梦与文学的三教九流絮语。

许多星星被拥挤的城市赶到河滩上。有多少夜虫的欢声，便有多少油腻的细语。

谁播种了肉色的情侣？长满河流的各个角落，疏疏落落，密密麻麻。

所以他们酒过三巡后，总是游走在蛙鸣与情侣幽会的滩涂为祖国的计划生育工作进献绵薄之力。

清风开始放假，三个傻瓜一同调侃及抨击几桶白水游吟，或者齐声诵读与赏析几瓣奇葩片段。

有一次还围绕顾城和海子，三人差一点吵了起来。

阿江说："每次看到成片的稻田，我想起喜欢写土地和麦田的海子，我还想起海子死后他的父母，这两位纯粹的劳动人民，养育出一位北大学生后来成为大学教师的儿子是多么不容易啊。他和顾城这样把诗歌当活法的人，连唐朝也未必有多少人像他俩那样疯狂——写诗写到自杀。海子死的是时候了，因为九十年代之后的中国已经不怎么推崇诗歌了。但海子是真疯了，我很讨厌他——抛下双亲，没有留下骨肉，十几二十年的含辛茹苦最后是孤苦的两位老人白发送黑发。"

叶笛说："我认为作品和人还是得分开看，周作人是汉奸，可是散文写得不错；宋徽宗荒淫，可是画着实不赖；奈保尔沉溺嫖妓，可是其文获诺贝尔文学奖；昆德拉对自己的祖国耿耿于怀，可是文学影响力有目共睹。海子既然真疯了，他的双亲，显然已经不在他的掌控之中了，那我们如何又能去怪他太多呢？"

阿江不服气："写诗歌词赋的，写小说散文的，画画的书法的，偌大中国上下几千年的文学文艺历史里，出了多少个牛逼烘烘让我们提起来就倍感自豪的人物，为什么他们不自杀？海子和顾城，跟那些牛人比，论艺术水平文化价值比不了，论文学地位历史地位也比不了，凭什么轮到他俩自杀就牛逼了？"

老罗跳出来赶圆场："这个问题涉及共性和个性、死亡与艺术、生存与理想，道德与理性种种，已经不是我们三两句话就能回答得了的了。"

有时候喝高了，偶尔还有模有样地来一两场尽兴的演讲和表演。老罗说："有一次和阿江同睡一张床，聊到女孩子，我突然听到阿江喉咙吞口水的声音，咕噜，咕噜。"老罗一边说一边模仿得惟妙惟肖，害得叶笛直拍大腿，笑得眼泪都出来了。

多少年后，这几个曾以执笔为欢的蝼蚁，似乎遁进自个筑拼的壁垒，好像失去了蜜蜂的蜂房，再也甜蜜不起来。

打着补丁的河水徒然地自我呜咽，在许多语言虚脱以前。时光在水中流动，声音清如水，流，动，漂来睡莲般的笑容。莲花盛开，无人打扰。这是没有异性参与的，最好的时光。

东方已经怀孕，即将分娩翡翠的清晨。阿江觉得自己的心脏已休眠多年，但此刻竟重新发芽，穿透胸腔长成巨树，时时摩挲天堂。

有时候他们也不怎么说话，就那样，低着头，看着流水，像看着一本怎么读也读不懂的书。桥上的他们和水面的他们无法重逢，他们相互凝望，他们相互憧憬。

直到听见第一声鸡鸣才告歇，然后各自打道回府。次日，依旧。

二十四

七月的首府感冒了。七月的首府在睡温热的午觉。

花朵依旧很热烈，七月的她们在预习死亡。

河流还活着，还在动，只不过已经学会更圆滑地拐弯。

两条河岸：男和女。桥趁着黑夜逐渐合拢。

七月的世间也在预习死亡，你看城中村里的南瓜藤和黄花被一一摘去。但时间还是这么年轻，巷子尾的修表人却和钟表一起老下去了。

而在家乡，七月的洪水太高，也高过叶父的眉毛，他的眼睛是两条逃脱的鱼。

叶父透露七月的雨很广很吵，西街的马路上都能挽起裤腿捕捉来自池塘的鱼。

叶笛仿佛能看到泡在水里的矮树，还没学会游泳。折断的枝柯是折断的呼喊。

树木站在水里，恨不能为舟。

树木们在水里吃鱼，吃不完的绿鱼晒干，挂在沧桑的指上，可以饲养秋风。

你不再爱那悠悠的春光了吗？如不被水葬，而被水救的话。

七月的故乡在上游肯定很高。

七月！故乡是一条没有螺旋桨和舵的采砂船，在雨后挖空他胸膛上的河床。

这条河逐渐倾斜，并在远处，被大海抚慰。

七月的大洪水高不可越，你离不开的汹涌浑浊的水，年年不定期淹没在他的身体内部。

在无人而多雾的早晨，它们渗出地球的表面。

太阳神的温度好心，正在帮谁擦着眼泪。

受天气突变影响，叶笛变得“风流涕淌”，可是还得去给学生上课。一对一上课，看见学生也流鼻涕，于是给了学生一张纸巾，没料到，学生擦完后，把那张纸巾又递给他，说：“老师，还给你！”叶笛当时就郁闷了：“擦完就丢掉啊，还给我干嘛！”过了一节课，该学生又流鼻涕，这回他主动说：“老师，你还有纸吗？”说着伸手就往叶笛的书袋里掏出了那包纸巾，“全给我吧，老师。”叶笛说：“老师也感冒，给我留一张。”这小鬼竟然从那包纸巾里拿出一张纸巾大方地递给叶笛，就把剩下的全拿走了！

最吐血的一次是给学生上作文课，写人的。叶笛就引导学生说，你找自己最熟悉的一个人来写，谁都可以，比如你的同桌。学生想了想，说他不常见到自己的同桌，不是很熟悉。

“那你对谁比较熟悉？”叶笛问。

“我对坐在我后面的同学比较熟悉。”

“很好，那你就写他。其实写作文没那么难的，你就当成是和我聊天。现在你跟我形容一下，你的后桌长怎么样。”

“他两个眼睛大大的……”

“还有吗？”

“鼻子大大的……”

“单凭这两点，还是没办法把他和其他同学区分开来啊！再想想看，还有别的吗？比如他做了什么事情，给你留下比较深刻的印象的？”

“嗯，……老师，我只想到这些了。”

“再仔细想想。”

“……老师，要不我带你去我学校，你自己看就清楚了。”

叶笛的学生最小的读小学一年级最大的读初三，实在难为他又要卖萌又要装老，指不定碰上什么极品学生，有时候闲得没个人样，有时候忙成个鬼样！

吐血也就罢了，还有个能喷血的：给一个三年级的学生上课，要求用关联词“一边……，一边……”造句，学生说“妈妈一边吃饭，一边织毛衣”。用“只有……，才……”造句，学生答“只有好好学习……”就卡住了，叶笛便鼓励道，前半句还可以，继续啊。学生说：“只有好好学习，以后才能当大官。”

有错吗？仅论造句而言是没错，可是得好好引导才行。叶笛就说再造一句。学生想了一下，开口道：“只有好好学习，以后才能当更大的官。”

连日阴雨，自然也有停的时候。路上看见一老头儿，由于天气寒冷，他将两手插入口袋中取暖。可是手上还拿着一把长柄的雨伞，该放到哪里去呢？拿在手上自然稳妥，可是手就暴露于寒风中了；挂在手臂上，则雨伞太长触到地面。老头儿有点意思，他将雨伞的勾把挂在大衣的后衣领上，背在身后。叶笛从他后面望过去，感觉他好像拖着一条清朝男人的辫子似的，只是“辫子”在脖颈处断了一截。

在路边买橘子，两块钱一斤，精心挑好，摊主一过秤，又往袋子里装入一个橘子，张口说是 3 斤整。叶笛拿手一拎，明显感觉分量不足，便问道，才这么点橘子就有 3 斤？另一个先他买好橘子的顾客，站在一旁没走，附和叶笛的说法。虽然小贩短斤缺两是常有的事，但没料到摊主的回答还是出乎两人的意料之外。小贩仰起脸并且是理直气壮地说："你到今天才知道，买一斤得八两啊！"

不过这种小贩还不算极品，想见识各种各样的小贩还得到老罗家门口那一条西安街上去才行。

老罗家门外的峡谷里，每逢节假日必有散户与城管周旋，土鸭与饲料鸭对峙。鸭毛飞起小屁孩的追逐，小贩辨识着真正的买家，如同狗嗅寻着猎物。有时候老罗就喜欢窜在人流里学习讨价还价以及推销促销的知识，无心插柳柳成荫，没想到这竟成为他后来开海鱼店无形地免费地上了许多培训课。

鬼卒附身在小偷身上，尖锐的镊子四处游逛，在人的浪涛里，用魔手采撷沉睡的贝壳。奈何桥上，他们拿着一手自溺的酒壶，一手青黄不接的赌牌。

妇女们抱起心仪的鸭子搁在手腕上得意洋洋地挤过夹道。女孩子面无表情地跟在她娘后面像一头被牵去宰的牛。

二手小贩演技一流，伪装成枯黄的残叶。皱巴巴的表情，皱巴巴的笼子。

妖艳的女郎经过，竟无人关注。

被堵住门口的生意人，怨妇一般的目光，嘟嘟囔囔，作为不满的搏斗。

四轮的丰田辘辘而过，鸭农赶忙把鸭脖子从轮子下抽回。大胖子叼着烟，开始认真验证自己买来的车技。

笼子里的剩鸭，用最末的呐喊统领了街道。太微弱的翅膀，太臃肿的体态。

十六点。一地的黄黄绿绿。像刚离开的八月。那鸭棚边上的野花泛着凄美的荒凉。

二十五

想当年老罗写作文经常得满分，随笔散文诗歌都不在话下，而当他毕业以后进入社会了，似乎自然而然地失去了当初的那份激情和习惯。当文学和生活冲突之时，他不知道是否必须放弃诗意的向往。他要丢掉可怜的月亮或淹死守海之人的海洋吗？

文学是失去进行式，文学是未完成巨大阴影的面积，只能筑蚂蚁之巢，它绝不是商品房，不是股票基金不是社保也不是宝马轮毂。

当你备好所有柴火，抵抗寒冷，纸上的生灵将被火焰烧死。待你准备好一切安逸的物质，文学就不存在。但文学可以带给你什么？没有，什么也没有。

文学式微了，诗人连坐。文学这个胆小鬼早已被耻笑，并且没有办法改变。文学在结束时开始从零变为一，一是你。

文学不知道属不属于生活：集所有爱所有恨，人活着就像半首诗。当文学和生活剧烈冲突之时，你和物质将充满另一种诗意，也包括不可能放弃的诗意，譬如深秋的呼吸。

诗是一截空管子，可以用来窥探世界的不安，泪水可在里面徘徊。革胡子鲶鱼可以养老，你可用来吹旺零度天气的火苗。诗是一只袋子，没有金币叮当响，也没有粮食，里面有时只装西北风，没事就拿出来吹干伤口。还有半朵积雨云像毛巾，一拧天和地就湿了。诗也是一个树洞，树洞里住着一对人的耳朵，一只鸟闭嘴静好，没有户口本的鸟或一群马蜂是永久性公民。里面还住着一个打坐的人，而这个流动人口，流进树根，里面住着一个佛，整日思考，树心就死了。

在长满月亮的时候老罗想起自己写过的那一首首用满怀胸腔镌写的情诗。月亮携情诗相依为命，如老罗和他的那些她的快乐及悲伤相依为命。

但人们已不再需要月亮，不再需要一首无论长短的情诗，人们只关心自己和自己。

正因为这样，老罗还是有意无意地放弃了，哪怕他也曾经是学校里面的风流才子，是独当一面文采飘扬的主力军。在软绵绵的现实面前，他无心无力去反抗另外一个他。

好好工作，天天向上，争取当上班长，再升主任，副经理就不远了……

二十九夕词章，只好深深地隐藏在他的胡髭中。

阿江则认为：伤感是一种幸福，只有悲伤甚至绝望，才能看到真正的诗。因为伤感是情感中最丰富的元素，可以瞬间激发潜意识里的词汇。

二十六

早晨，城市的脸沾满露水，轮子轻轻转动，在相互纠缠的路上，擦出一群群野蜂般的人流。沿途的站牌前，人们依然提前盛开，等候公交车来采走。

正午，城市的额头渗出汗水。大地复发了哮喘病，喧嚣将太阳缓慢抬升，所有陌生人共进午餐，一如数百万头蚕，咀嚼一片宽阔的桑叶之后，吐出丝包裹住摩天大楼。柏油路分割城市的脸，无数的车辆一一碾过这张日渐斑驳的脸。

傍晚，太阳是圆形风筝。北京时间17点26分是将断掉的细线。太阳手足无措，印堂发红，被缠住的天空随之左摇右摆。太阳的赤羽逐渐脱离。整个城市脱干了水分，人们从他萎靡的骨架上穿行，白茸茸的狗嗅着蓬松的秋，用它那温厚而潮湿的鼻子。

入夜。锦鲤印上南宁邕江的封面。首府此刻繁华如酒。荒凉的市郊区亦喧哗，亦沉寂。独立个体的空虚渐渐黑下来。

工作当然像钟声坐在楼中，中午在工作，晚上也在工作。一栋楼藏住叶笛，但显得好辛苦。一点一点的他，藏得真好。

于是没有人来结束他的游戏。

堤岸上有黑夜。夜里有夜火。明黄的焰，橘红的炭，如同一小堆松皮橘子。黑夜没收了堤岸的形状。灵巧的火又重塑了回来。

火里有微雨，微雨里有叶笛说过的一切，并包含“存在”这个词语——这是极好的燃料。

今晚的月亮好凶猛，一口咬掉大半乡愁，泛舟人孤独在水里。银色小鱼沿双桨跳进舱底，任人丰收，无怨无悔。

既然爱情短暂，就把小艇泊入停车场，可惜车位永远爆满！

划开夜市的人流，灯火荡漾，避开写字楼穹顶，又撞坏月亮的一角。从他左手离开，必将回到他右手，将一条圣洁的河流戴在异乡人微凉的脖子上。

车流如雨，白色的思想无处栖息。月光撕碎一匹江练城市，倒影朦胧成为月亮的头痛。

一位黑夜散发而去，声息如无。

湍急的马路上遗落一只鲎，叶笛记得它的血是蓝色的。它的血液流淌着历史的忧郁，泥盆纪太远了，三叶虫早已灭绝。

它深入这内陆深处，难道它的丈夫业已进城工作？请注意哦，小心马路上有湍急的金属和石油。

那只鲎依旧孤零零的，泛着属于城市才有的光泽，原来它只是某人遗落的头盔。

擦不掉城市污浊的泪水，城市伸出两座长桥，扣住图谋逃逸的对岸，渔船攥紧铁锚不露声色。完全没有人注意到，一条疲惫的无名小鱼悄然游进了江南区。

这条小鱼驾驶电动车，如一枚快速药丸穿过白沙桥的食管。以最高时速骑车横穿堕入夜怀的城市，忽觉一切喧嚣都从血液里过滤出去，变得清醒而寒冷。眼前的这条路似乎没有尽头，在叶笛前面奔跑不止。

后视镜上有太多警示！光在后面像趋光的鲤鱼一样紧紧追赶这条小鱼：叶笛。

这会儿有个词很应该跳出来:冷火。这个词可以联想起年轻的梦，悔或誓言。

前方的黑夜闪躲不及，跌倒在这条小鱼的脸上受了伤。

有人说忧愁能遗传。所以他很可能是光与黑夜的过渡，也是失败与失败的过渡。

作为一张颜色略淡的影子，他把车暂时停靠在猎户座下，抚慰灯火。近旁的交易市场里，一群落魄的牛马在反刍夜色，溺水的影子相互淹没。人们把徐悲鸿的八骏图展于客厅，却把真马送到交易市场卖掉。这些来自田东或者德保的马匹将作为肉马进入各大酒店冒充牛肉出售。远离了出生地，黄牛们相互致以近似汽车发动机的哀鸣，或许它们已预知自己很快就会进化成机器。为什么这么说呢？因为所有机器均有拆解之法，比如西冷牛排就是一个带血丝的三分熟零件。

数年之后，风将吹过风睡过的没有叶笛的围墙。牛马交易市场也将随围墙倾塌。牛马一般的生活随牛马散去，界限不再分明。野蛮的挖掘机定然会修改这城中村的风景，人们会不会再谈论生存和幸福？

遥远的大雨使得叶笛的手掌一片汪洋。遥远的水稻依然饲养着他的家乡，人父人母们在南边，勤奋在北边，乐土在西边，海水在东边，叶笛像个漩涡旋转其间。

九月了，就让那些疲倦的星星在他的眼眸里休息片刻。今夜起风，半生如水。城中村头顶上的线缆轻轻相碰。城中村的房屋，如野兽脖颈上的鬃毛轻轻摇动。城市是一匹纯正的野兽，人们原以为已经驯服它多年，没想到它仍以所有人的血汗为食，以农业时代的美丽乡愁为食。

进入城中村的小巷，叶笛看到两个二十出头的男女青年相拥而吻。那年轻的嘴唇，仿佛两条失水的鱼，在河流小巷相遇，相濡以沫的一吻啊，天色渐晚……叶笛怕打扰到他们，就拐进另一条胡同绕过去，成全了他们三分钟的甜蜜，用来冲淡今后长年累月的苦涩。

这个故事阿江听了直接反应强烈："你怎么知道他们是吻别呢？搞不好人家是初吻好不好？！"叶笛不慌不忙地扶了扶眼镜，"这个嘛，呃，文学，是需要想象力的。"此言一出，立马被老罗和阿江强制罚酒三杯。

他们干脆边吃喝边谈论更无聊更需想象力的事情。

阿江先开腔："有谁能那么容易肯定鱼被谋杀后不会还活着？"

叶笛的眼睛说："这沸腾的汤里有鱼肉一片片游泳，吃起来有点脆。"

老罗表现得比较消极："我们都会死，我们死了能不能在死亡里游泳？"

二十七

墓碑们与活人世界对峙，散缀成棋局，总是有待后辈每一年的四月来破解一次这些经年宿地。

几丛芒草，隔开先祖年年的期许；春寒料峭，但还是有如浪的绿色，自山顶滚下。阿江用纤弱的呼喊，拨开一道道枝丫。

嘴角残留的白幔，开过光的竖砖，坍塌，泥沙俱下——呓语无端夭折。

旷野在哀悼，哀悼：阴阳交汇，白菊零落，只存沉寂的呼吸。尔后，阿江开始用火焰和先辈们对话，燃尽的纸钱看起来就像是黑玫瑰盛极一时的花瓣。

阿江轻喃道：阴阳两隔，一路走好。

清明节之后，该安息的继续安息，该幸福的继续幸福，该痛苦的也应该吃着家人做的艾草糍粑感受着幸福。

一束完成祭拜任务的鲜花，坐在风中痛哭，像几只伤心的眼睛。围在一起，既是为别人，也是为自己。大量的泪水，花瓣褪色，直至全身完全透明。

再无人发现她们曾经盛开！

在岁月的河流中央，我们用鲜花祭奠鲜花，用时间祭奠时间。而我们的名字，恐怕唯有我们自己铭记。

清明收假，站台上的异乡人毋需多时。城市这碗水将这些不同地方不同口音不同姓名带着各自家乡气息与特产的男女濯洗成面孔相似名字相同的人——异乡人、打工者，或美其名曰：劳务工。

所有乡愁都在水里，无论是物质的还是理想的，因为水永远是一支相当良好的稳定的同时也是极端狂热的溶剂。

叶笛也回家匆匆扫墓祭拜，回到南宁时刚好碰上朋友的小孩满周岁，不知道他是脑子生锈了还是怎么着，居然跑去书店买了几本昆德拉的小说集作为生日礼物，这个创意真是前无古人后无来者。

奶油蛋糕里，蜡烛一一站好，佩戴着火焰的小帽子。

上帝说要爱你的敌人，于是朋友和妻子彼此相爱。丈夫扮演蜡炬，烛芯是纤细的妻子。

上帝说，要有光！所以他们一起生活一起燃烧，很快乐。小女儿的脸，便是娇嫩的烛焰。

蜡烛的彩色，举起小小的光祈祷。屋里刚好停电了，桌子上有超市买来的手撕鸡和夫妻俩赶制的寿司。窗外风天雨地，仿佛世界咫尺将离去。不管风占去几分之一，雨占去几分之一，微弱的爱默默无言，总能住满简陋的房间。小女孩被爸爸妈妈逗得开心无比，此时此刻此情此景叶笛突然有一种想哭的冲动，他借口去了洗手间。嗯，你们懂的。

二十八

那一夜老罗规规矩矩地，并没有对韦凤做出什么出格的行为，并不是他没有钱去开房的缘故，即便韦凤早已告诉他她早已不是女孩子了并且现在一直单身。

把她从网吧里接出来后，两个人鬼使神差地牵着手一直沿着火车轨道，走着。

他喜欢用拇指和食指夹住对方的中指、无名指和小指，然后一边用拇指指腹抵住她的食指的指腹，一边用中指、无名指和小指的指腹摩挲她的腕骨。这种牵手的小动作让他自我感觉很有征服感和成就感，又仿佛爱怜地抚摸着初生的婴儿。微胖而白皙的皮肤让老罗想到还在等待他的另外一位女子王宁尧。

走累了就停下来，轻轻地抱在一起，没有肉欲，没有冲动的想法，就那样，很简单地随意地抚摸她的头发和脸庞，轻轻地吻，闭上双瞳闻着她的体香，时不时对着她花说柳说。

追女孩子是老罗的强项。这不，他摆出一副梁朝伟影帝般的表情，不紧不慢地附在她耳边说："我愿意是夜色，才能吞没你，或是空气，更能抱紧你。"

她的体香是甜玉米和香芋混合的味道，和以前接触过的女子略有不同。老罗特别不喜欢香水的味道，他觉得自然而然的感官是最好的，此刻他忍不住深深咬了她一口脖子又放开。

"哎哟"一声后，她微目与他对视着，用星星的白色凝视着他，好像老罗都被紧紧勒住了呼吸。

老罗很享受这样的时光。女孩子和女人他都经历过了，垦荒和耕地的滋味他也尝试过了。相对来说缠缠绵绵的过程远远要比钻井重要得多。他甚至有点喜欢仔细观察对方的表情变化。他并不迫切地需要最直接彻底的接触和结果，能把过程渐进式地最无限地放大放长且不用担心结果如何是他所希望的。

就比方以前他追王宁尧的时候，他就舍得连续 34 个早上风雪无阻地送早餐到她的宿舍楼下，34 天中间不表白不约会，只是偶尔说说笑笑。

这看起来就有点像一些人钓鱼的心态，不是为了鱼，而是为了渔。说到这，老罗这厮显得肮脏和龌龊了，虽然他不尽然是为了欲，但是既然遇了，为什么他就光光想着娱呢？难道他就不怕有朝一日会入狱？想一想那些他接触过的女子也真够愚的。

但是老罗的心确乎已被自己绑架，不愿意谈判，无法解救。

每个人的心里，都有绿洲，有荒漠。内心世界都复杂，繁奥，都有对爱情不同的信念，都在走着亦对亦错的路。每个人，其实都未必像别人想象中的样子或者表面上的样子。就比如老罗在码头看到过的金精矿，看起来就是黑乎乎的废渣。

怎样的预先设计，才不是假的对、真的错？在一段段屈曲亦曲折的恋爱经历之后，才能从那真切的感动中轻拭掉怨恨和不甘。一份感动，也许伴随着一份忏悔。一份忏悔抑或会跟着一份悲哀。

也许执着的坚守就是为了得到结束时的那一滴眼泪。

老罗认为也许是因为漫长而艰苦的过程才会显得天荒地老、海枯石烂不再虚伪。

在孤独横渡的岁月坡地上，老罗没有理所当然地燃烧属于他的青春，鸢飞唳天地去施展他的凌云壮志。在异性面前，他颓废无为庸庸碌碌吊儿郎当只是为了得到一句看似毫无意义的言语慰藉或者激励鼓励。他觉得对方的关怀对于他而言极为重要。

老罗把小舟荡进鼓动的区域，但颠簸的不是他，他是盗取花蕾的贼，也是擅长播种的三月。

有时候他也质问过自己之所以花心的道德和目的，然后心石里面的他回答说：月之身，保持着最初的光明，却始终没有背叛太阳。

他固执地认为，多少年后，当初在一起的那两个人无论最终是否在一起，每当回想起那段曾经，还能用干瘪衰老的嘴唇弯出永远年轻的会心的微笑。

他的初恋曾经问过他：你说我们能走多远？那个问题当时直接把他问蒙了。回答这种问题不能太天马行空更不能显露心虚，实在不知道怎么回答干脆就按第一感觉老老实实地回答，以便好歹给对方一个诚实的印象。

老罗很清楚地明白：诺言是累赘的枯叶，他许下的诺言，披上春意，淡淡的，只为了流失。就比如取出坚硬的羽箭，折断一半。无言之诺，只有它才真正顽强，就像终生不眠的海豚，潜入深海最深处。所以他没有给韦凤任何哪怕只是半句诺言。

老罗实在不喜欢被追问诸如此类的问题，他认为自然而然地相处、交往、交心，一切顺其自然地好好生活下去，才是最真实可靠的。他也从来不会去强求一份摇摇欲坠或者看不清雾障的感情，所以他失恋过十几次。他严肃地告诫过阿江这个恋爱初学者：凑合来的东西绝不能要，无论是什么。

后来王宁尧也问过类似的问题，老罗沉默了三秒钟，用一副快死了爹的肃穆表情，低沉而无力地说：我不怕老去，我只是怕不能和你一起老去，我也怕你不愿意和我一起吃苦。

这时候有一点要注意，话说完了切记把目光挪开，不让她看到你眼睛里故意涌出的泪光，但又要故意眨眼睛让泪水滑落，如果能配合一两下鼻子的抽动更好。如此这般，有哪位女子不心软？

这一招包括这一招的变招老罗运用得炉火纯青，几乎从无败绩。当然，也要看菜吃饭，有一些对手就比较适合速战速决，直接摁在墙上，堵住她想说的话，一旦让对手暂时地大脑缺氧意乱情迷了，很多事情就快刀斩乱麻游刃有余了，譬如 UFC 上一拳 KO 对手。

老罗把唇从韦凤嘴边移开，只是搂着她的腰，看着眼镜里面的泛着奇彩的眼睛，看着这个在他生命和爱情里划过的可爱的逗号。在这初秋的拐角中，这是老罗不愿清醒的小日子。

晚风促使老罗开口了：都一点多了，我送你回去休息吧，要不等下你家里担心你了。

没事，我爸去上晚班了。

这，这，这算暗示吗？老罗不想去多想了。以前就有这样一个极为相像的例子。高一的时候老罗经常碰到他的同学阿耀用单车载着一个蛮漂亮的高个子女生上学放学。

阿耀，你女朋友啊？

呵呵，你说是就是吧。阿耀奸笑着回答。

那到底算不算吗？

她是我隔壁邻居，怎么了？

给我吧。

阿耀听了往后跳了一步，学着周星驰的表情和语气说，这么直接？不是吧？

就是这么直接，最近文采比较好，写的情书没地方投稿。

呵呵，那好吧，拿来给我，我帮你给她。

老罗赶忙用了一节课的时间打造出三封情书，喊来阿耀：你觉得用后现代主义好，还是用魔幻现实主义好，或者用超现实主义好呢？

阿耀白了老罗一眼，然后作揖道：才子，你放过我吧，我随便抽一封啦——咦，怎么信封不封口啊？不怕我偷看？

哎呀，没事的，这种高雅的东西不是随便就能学到的。

看起来没谱的戏也就两三下的，竟真成了事。那位叫李美秀的初三生，显然挡不住老罗的攻势。再一来二去的，俨然和老罗成了恋人。

阿耀赶忙急着邀功：老罗，你看，哦，你怎么报答我呢？

老罗拍了拍阿耀的肩膀，安慰他：我还以为多大的事儿，下辈子你投胎做女的，我也追你就是了。

那时的老罗还是好好学生，晚自习放学后迟了很久没有回家，老罗他叔都跨上摩托车全城搜捕了。老罗拉着李美秀的手正在政府楼旁边的林荫道旁幽会就撞到枪口上去了。没想到罗叔匆匆瞥了一眼就走了，倒是老罗一惊手都出汗了，赶忙送她回家。

我在四楼，我爸妈都去龙州出差了。

呃，噢，那我先回去了。

然后有一次老罗怕再等她就会上课迟到便先走了，然后，就没有然后了。

在老罗的青春诗篇中，出现过许多不了了之的过客。他感慨万分地在自己的笔记本扉页上写道：时序点滴流转，如梵唱般不经意却耐味。你听润色的春鸣，我数交织的过脸。旋不开心结，手握别，忽然而已。

而现在，老罗会如何抉择呢？这，这都到嘴的肥肉了。

他似乎真的习惯了欲擒故纵，真就送韦凤回家了。他就想啊：瓮中之鳖，何惧之有？

二十九

书本收留一群句子和文字。怀抱许多翅膀的书本，正在闭目养神。木制靠背椅悄悄抱住阿江，好像木头抱住阿江。图书馆抱来那么多椅子，等每一个多愁善感的人来坐一坐。蓬松的太阳抱着图书馆大楼，人们都有人拥抱，同时也拥抱别人，可为什么阿江感觉谁都那么孤独？

图书馆持书而睡的女子，短头发休止了，轮到书籍上的汉字像达利的蚂蚁开始阅读她。

她无意间打开的梦很稀薄，看不见，闻不到，很短，或许比她的桃李年华更短许多。

落地窗的玻璃，在很脆弱地保护这一朵很像马蹄莲的女子。

阿江坐下椅子，不小心把她的梦杯碰倒了，泼洒在下午四点半。于是她的梦渗透进正方形的瓷砖里。阿江不好意思地微笑地对她点了点头。

她的眸子醒了，十个手指犹睡，慢悠悠地把单纯的小说送回书架，轮到书籍休息了。

他和她在北回归线切割过的城市相遇。他和她不相识也是极好的，遇到就是好的。

但是当下阿江仍是一个人，只是一个人，伴随着几本静寂的情诗选集。很简单。多年以后，他或许就要怀念现在的生活。纯蓝的天空微微晃动，一株高高的松树投掷太阳，阳光就这样溅到两肩。

图书馆繁复的穹顶下面就是庞杂的名家名作，对应的却是阿江单调的生活。

阿江漫步在图书馆林立的书架间，仿佛走进大峡谷中，书架上大师们目光如炬，使阿江沉静。伟大的太阳们，坐在悬崖上，拦住他的名字。峡谷光芒万丈，剔除他的阴影，使他重新单纯。他希望自己像树木一样，头向天空生长，脚向地心生长。

阿江无意中从三楼的玻璃内阅读不远处的游泳池，但见一只湖绿色的大蝴蝶在彼时清凉地飞起，进入多风多白云多暖阳的秋天。这张蝴蝶影子，滑行于尘土之上，空有蝴蝶之灵徒有蝴蝶之形，因为她只能笑她的笑泣她的泣，卑微如枯叶，无法斑斓世人的眼睛，无法交换庄生凌晨的梦，也无法将卖花声扇过小桥东面，更无法惊起德克萨斯飓风。

池边身着比基尼的女大学生是蝴蝶产下的孩子。不幸的是，她们丧失了飞翔，已经习惯忘记那长空万里，只会在水中重演铁的沉沦。

离开与自己无缘的大学，阿江经过花店，遇见一种说不上名可能叫三色堇的花。他莫名地想到自己的爱情：像一卷无风阅读的诗集，直直插在高高的书架上。无论多少镍币都买不去这朵三色堇那冷色的美。

阿江有时候也会心血来潮去书店买几本诗集来翻翻。轻轻撕开书的皮肤，发出的声音就像时间的嘶吼和亢奋，有点书香乱窜的味道。

点根烟，看看书，让无聊和空虚像烟一样溜走。在他忙的时候想起某个人，而在他闲的时候无人想起他；在他忙的时候他的手化为鱼，在他闲的时候他的心融成水。

树枝打穿阿姆斯特朗科学的月亮，文学的月光汩汩而来，照亮罗扎诺夫的两筐叶子，阿江在城市里读诗歌，他的手游向他的远方。

一剑封喉的诗句，总会让他瞬间精神起来，远远胜过一支尼古丁的绵薄之力。

封面开启，如荡一叶扁舟，闯进别人构筑的城堡。

亲戚或余悲，他人亦已歌。阿江想起南风还没吹起柔水，家乡的稻子却已醒来。

明天可能有暴风雨来访，阿江把沾满太阳余温的衣服收进屋子。他把所有能属于他的东西收进来，但是把一些人落在远方。

今夜未灭，雨已来参禅。而两名比丘尼，说着阿江听不清的话，从高处降落，这是一种可能的寓言。

天气预报说无论哪片叶子都有雨。雨会抚平家里院角那株杨桃的五个棱角。杨桃树花朵细小地跌倒，谁能安慰谁？杨桃树下还会有人仰望吗？

少年时的阿江曾在下午聆听杨桃树发出晴朗的声音，但他找不到那蝉。

或者是太阳雨或者是过路风呢？他没有起身去看，只听到檐上滴下的水音碎了，发出蝉鸣。整个窗户发出晴朗的蝉鸣，玻璃也发出蝉鸣，床首的《太阳石》如是。他的眼睛也如是。

还记得母亲站在杨桃树底下，俯视地上的落蕊，寻找头顶的果实。她说，杨桃树是很美的，在杨桃树底下最凉快。

这使阿江想起道教中的数字一。

人类是树上坠下的杨桃，有五个棱角，像人类一样开始腐烂。阿江感觉自己的一生上天已安排好了，他只需喜乐他只需顺服。

抓一把食盐般的时间投出，惊起一群易碎的水泡。

秋天：直到深夜。

阿江是雨水如何安慰其他雨水？他的清秋如何温暖未知的她的清秋？

只有石头愿意相信石头，别告诉他，这是他们共同的不幸。

所以阿江深知，回不去的那个地方叫作家乡。

他的亲人坐在远方，他的朋友坐在远方，他的爱人坐在更远方。风筝也是他的家人，蝴蝶和鸟儿做他的邻居，海豚最爱玩跳房子游戏——他们住在他儿时午后的梦里。

他多么想变成桌子，他多么想周围坐满人。他像火焰抚摸着孤独的晚餐，像稀疏的树枝在旷野里指向金星。

他的口杯是几年前的，他记得它的诗意：装过四百毫升悲凉的秋水。他的棉被是几年前的，它曾盖住颤抖的梦境，累及梦想的脖颈冰凉。他的鼻子告诉他：你要为芬芳的未来努力啊。舌头招供：我在为苦涩的过去而奋斗。

故乡的湖泊没有皱纹，但还在等他。魂灵什么时候归来，肉体就什么时候出去。西风吹动属于他的乡土。他的命运像纽扣，十分寻常，有时解开，有时扣上。

老母亲屡次核实归家离家的时间：记得带寒衣两件。

复印远远的几记钟声。草木摇落，秋天喧哗。

离家太久，连吃一个芒果都能让阿江思念起家乡。

热带的太阳在里面与甜蜜的芒果同熟。剥开的皮，看起来像船帆，服从远方安排。

这只肾脏形的芒果，莫名间竟然多了一丝一万多个味蕾都品尝不出的苦涩……带一点家里南院外的黄皮果的味道，也带一点母亲从山上采来的野枇杷的味道。

就让阿江按照水果的方式生活吧。既然他生活在梨形地球上（即使已被证明是个太美丽的错误）。请让他像水果一样健康，像柿子压弯枝头那般调皮，像从西域远道而来的安石榴不压抑自己地放声哭泣，像微酸的橘子发发小脾气，像紫葡萄对着秋天深沉，像芭蕉目染晚唐两宋的诗意。

如果爱是些浆果，那恨就是干果，同样充满营养而无法言说。让他像水果一样，在春夏开开花，在秋天结结果，这就够了，即使这同样被证明是个太美丽的错误，因为最后不是被别人吃掉，就是被岁月肆意丢弃。

他就该像个水果敢爱敢恨，采摘自己给他爱的人幸福，采摘自己给他恨的人宽容。果里有核，核里有希望，就让爱情像水蜜桃甜，让亲情像苹果醇熟，让命运如同朴素的牛干果，像所有水果安睡在晚秋的大青藤下。

一棵果树从前饲养的一滴雨如今长大。一场雨。又一场雨。

三十

厂房不远处是在建的别墅群，让阿江和工友们往往是可望而不可即。

石头，在山中做着坚硬的梦，却被请到这别墅群的所谓正大门充当门卫。就连宛若清澈琴弦的泉水，也被关进水管送来这里变为喷泉。

河水浑浊，是土地流失的泪水，是青年迟暮的喑哑，被一排排新生的元素梗塞。

美其名曰解放跪在泥土下的根须，再剪除劳苦功高的枝叶，把年迈的古木挖走，把铁器的锈迹留给土地，把坑坑洼洼的土地留给老人，没有人看得见远方的皱纹深刻得仿佛黄土高原的梯田一般。就连灌木也被从群落中宴请来此，把善听的耳朵割掉，向往拥抱的胳膊同样多余，只给她们留下一个个不真实的圆形头颅。

木头的前夕，可能还留存着脂香。但不幸地，机械地，一节节，只留下一杯杯夕阳浇灌它们灼热的根基，再也不会有一袭袭苍绿矗立。

除了身上渐枯的细纹，它们一边等待成为灰烬，一边在切割机旁失泪。

一床未焚的诗梦，似是而非谁得知？仿似星辰，将因距离而定格成恒久的美焰。

四下皆为洞穴和缝隙以及水泥的硅酸味。一泓阳光无法粲然一笑，她筛滤了七彩的霜花，只能陪一滴轻灵的末夜被点亮。阿江倒是觉得：廉价的阳光是不是收受了贿赂，要不然它为什么淡化了世间的坑坑洼洼？

种植几座花园小区，无可争议。结出的家庭越来越密也无可厚非。但城市这面铜镜总爱惹些尘埃。许多许多年以后，谁能照见故乡深深的草木被深深地怜悯？

在工厂待了十几年的老师傅告诉阿江，别墅群占用的地方是袁崇焕的祖宅和一大片的松柏树，实在牛 × 得无以复加。

袁崇焕当然什么也没说，什么也做不了，从历史的身体旁悄悄走掉。他会不会相信白茫茫的骨骼终会和所有落叶一样俱归黄土呢？

也许，许多许多许多许多许多许多许多许多许多年前来过第一个人——造城者。他投一枚石头入水，所溅起的水花就形成了城市。但是未来之花开在蓝色的郊野，濒危，迷人。

后来当更多的人来到，钢筋水泥已占领田地。人们严阵以待，对着水泥墙发表沉默。在更滂沱的皱纹中，有老人在其间哭泣。

他们不知道城市本属于风，只想回到稻浪那自然的波谷当中。造城者也领悟，可是再不会存在那种可能。

后来的每一个人：毁城者，投一枚枚酸冷的硬币掷入水中，所溅起的水花日渐淹没了城市。

有一天阿江闲得蛋疼，便跑到那些在建的别墅去逛，发现有几面墙上刻有歪歪扭扭的笔迹——

“娟，我想你了。”

“大强想家了！”

或大或小的字体带着淌泪的心酸。等被人造光闪亮时，这些字早已被石灰覆盖，恰如从未被镌写过。

这些梦太过渺小，无数次徒劳地叩打光明。

阳光刚刚好，打在不远处泥土工背上溅起的纯洁汗水上。夜色渐渐覆盖住散发在工具柄上那凉透热血的温度，然后被埋进混凝土里。

他们也许会在黎明的襁褓中醒来，然后才有时间想起自己出发的地方，想起孩子挥舞着小胳膊，想起爱人熟悉的笑容和呼吸。

脚离开家乡多少年了？他们努力睁大眼睛看这变化万千的世界，从自己胡子楂冒出来，从粗手臂中挤出来，从更加黝黑更加伛偻的身体滑出来。妻儿模糊的脸何曾不恳求一见！这个念头，种子一般，偶尔一场秋雨，偶尔艳羡他人的幸福，都会让它长成一缕青烟的形状——与往昔紧紧联络。

他们坚强得像扛着石斧的“男”这个刚劲有力的字，从芜杂走进弹道，弹道是黑的，黑色又让他们变成浸在药酒里的扭曲挣扎的活蛇。他们四处奔波劳累，赶在未明的时序前，希望融入星象某一角，闪着微弱而鲜明但无人注意的光芒。

阿江觉得自己是一张被岁月同化的网，也是滚烫心室滋生的冷菇。自己在静夜的导火索点燃时，变黑白变魔幻变现实的烟花，变三言两语的玄青。从小到大父亲的家暴导致了他离群寡居的性格。

有一次他梦见一条狗，只有老鼠那样大，越过楼梯跑向他，他捧起来放走它。然后它开始分裂：两条完全相同的狗。

它们很友好，像两道溪流，最后重逢了，又合为一条。

因此他感觉自己也有两种以上的可能但所有的可能都只有一个伟大的结果：成为尘土。

他是纸灯爱水的充分广袤，却被水草搔头弄姿牵引。是决堤的文采射中箭靶后，逃成折断的细杆，散成居无定所之微尘。高中没毕业就辍学了，除了经济问题外，主要是其父感觉他读多读少都无所谓便停止了支付学费。后来的经济突变导致的愈发贫穷使得他更加自卑，连谈女朋友的勇气都干瘪了。他的心，筑起栅栏，将本可拥有的光晕隔离在外。

某次在老罗的酒局上，阿江对其中一位女孩子一见钟情。老罗看出来了，遂怂恿道：

“怎么样？我朋友的妹妹，大概二十三岁吧，幼师来着的哦！要不要我拉个皮条？”

阿江的自卑心发作了：“这么年轻漂亮，怎么可能看上我嘛，呵呵。”

老罗摊开双手呈斧砍状，开导他：“你看着以为不能打开的地方，一定可以打开；能稍微打开的地方，一定要全部打开；而原本打开的地方，一定要全都关上。”

“说人话！”阿江一头雾水，似懂非懂，似解非解。

“你看我每次泡妞，哦，我都是先认做小妹，这对于她们来说，也不见得吃亏，这样在交往的过程中对彼此都好，知道为什么好吗？因为双方的微妙关系都可以进退自如；再则，有了这个不算名分的名分和时间来缓冲，对方的智商和防御渐渐会变为零甚至负数，然后你就可以选择快或者慢来进攻并尽量展露自己的优点，过了这个阶段的话，后面的情况就因人而异了。要不我们也可以尝试和探索，像打游戏升等级一样不断积累经验，去打更大的 BOSS。”

“哦，我看，还是算了吧。”

老罗摇了摇头，很无奈：“你总是把早餐放在中午吃，午餐放在天黑吃，你难道不觉得中午有点烫？天黑有点焦？我估计你都咽不下晚饭才得了现在的胃病！而这次的爱情，你又要放到下一次才去品味？下次的爱情，放到后面才认真？我靠，如果你老是这样，那到最后连爱情都凉了。”

可是阿江依旧把孤独埋进一棵草里，昆虫像沙子，纷纷扬扬地无序。

自闭症有点像惶恐绞缠的断肠草，包裹住他本可枝丫漫天的臂膀。

书法是他唯一的特长，粗犷但不失细腻的行草可以让他寄情于无言之境，像是用无形的指掌开垦新生的楚月。叶笛和老罗一致觉得他的毛笔字自成一派，风格迥异，有朝一日终会一鸣惊人。他明显就是一头潜伏的煤，批着暗色大衣，偶尔也会试图向烈火申请光芒。但是过于自卑的他，要经过多少次破茧，才能张开明亮的骨节？

残月之巅，断翼之春，他已迷惘，只好用蒙尘之刀写下倒三角的自己。

有梦的人，步伐就是眼睛。每一个季节都有落叶，每一种人生都有忧愁。而且所有的旅途，都充满了泪水，可惜他是失去方向的引号，还没有学会在泪水上行走。

三十一

上一个三年级学生的课，课文里提到太阳比地球大 130 万倍，叶笛担心学生听得不是很明白，就举了个例说：比如太阳是个大西瓜，地球就是一粒小芝麻一样。学生似乎恍然大悟，张着小眼睛说，那这么说我们的教室就是宇宙了！

还有一次还是这个学生，每次来上课都带着不同的玩具。课间的时候他问叶笛，老师，你们小时候都玩些什么玩具？叶笛说，小时候玩的是滚铁环、塑料小人和弹珠之类的。他听了，说，老师你们小时候那么穷啊，都没有什么好玩具玩。叶笛刚想解释其实自己小时候好玩的东西比这小屁孩多得多了，这小鬼头忽然说，要是我会穿越就好了。叶笛疑惑了，为什么呢？他说，要是我会穿越，就可以带着我全部的玩具给小时候的你玩了。

上课总爱吹水，这次是个六年级学生的课。叶笛说到深海海底水压巨大，甚至能把潜水艇挤压得舱体缩小几厘米。学生听了，就说，哦，老师，我懂了，那是不是我带个柠檬到海底去，我就有果汁喝了？叶笛当即为之绝倒。

被学生放鸽子。叶笛去问主管是什么原因学生没来。主管说，那学生来请假，一开始我不批，后来那学生说出请假缘由：李老师，我要请假，我肚子不舒服，它们情不自禁地冒出来，我想不请假都不行呀！

主管笑着说，我想不准他假都不行，你看他把成语“情不自禁”用得多贴切呀！还是叶老师你教得好！

给一个七年级学生上课，叶笛问学生：孔子、孟子、韩非子、庄子这些人为何都是叫什么什么子的？学生摇了摇头。于是乎叶笛好不得意地解释说“子”字在古代是对人的尊称，一般是称老师或称有道德、有学问的人。因这个学生姓王，叶笛故意问他，如果你生在春秋战国时期，而且又知识渊博、德高望重，那人们应该称你为什么子？学生愣了一下，神情害羞，小小声地说：王子。

课间休息时，在前台，一个九年级学生忽然当着其他老师学生的面，说起报纸网络时常报道的教师性侵学生的案件，并用开玩笑的口吻说了一句，现在老师就是禽兽的代名词！在场老师无不表示尴尬，强调说那只是少数败类所为，不能以偏概全。叶笛也用开玩笑的口吻对那学生说，照你这么说的话，老师们都是禽兽，可你还得让老师来教你，那你是不是连禽兽都不如？

趣事倒是不少，工资也慢慢在提高，但叶笛总感觉少了点什么，女朋友不算以外，他想应该是少了自由和理想，没有人愿意帮他称一下自由的重量。

因为是就职于培训机构，往往是今天不知道明天自己去往何处，又是面对什么学生。假期少之又少，跟一般的学校老师比起来要忙碌得多。未来是什么，在哪里躲藏？有没有变数？

当他在课堂上提到“秋高气爽”，他的眼睛浮出两朵乌云。提到“教辅书”，他的命运并没有像新鲜的河流每日更新不断，反倒是每一段都是渗透上段的浑浊。提到“瀑布”，他的生活一直向下摔得四分五裂，最后只能裹挟伤口和碎片继续前进。

他用挤出来的时间写完十七万字的小说，十七万字的小说并不值钱，十七万字的小说等同于十七万只候鸟，等待它们的沿途尚有长长的捕鸟粘网和磷火味的砂枪。

叶笛远远地受伤，像高原上装满湖泊的碗，每夜月亮滑入碗中，哀愁满溢出来，浸泡东山上孤独的树枝。月亮也在呼救，月亮用她的缺陷用她的美，来对抗世俗赐予的宿命。高原滚滚而来，光阴淹没了叶笛。他隐约记得自己曾讲解到大海的同时，他已被海水没顶，高原覆压在他的胛骨上，隔离天日。

星子偶然睡得忘记发光，发亮。他依然站在高原上授课，有些横竖撇捺的风他没法教会给自己又怎么教会给学生？有些泥土连他自己也不明白，比如宿命的核，比如他之后的他，比如自己的自己。

他仿佛真的在高原授课，大雨倾盆，书本万籁俱寂，几乎忘记还有学生。

有时候吃完午餐备课，中午的脸孔就伏在玻璃中做梦。午间的梦如秒针。远处的喇叭使天空充满声音。

叶笛浅浅的午睡就像芒果的果核停在果中睡眠——极好的归宿啊！

他喜欢在中午，偶尔只是虚度着。但刚享用完午觉，他就不得不把做好的梦丢掉。

去年写下的未完成的长诗，坐在笔记本第 36 页空虚着，但有纸张大面积的白填满。墙壁默默向叶笛走来。一条短信，躺在诺基亚手机里鸣叫，鸣叫三次：尊敬的用户您好，您的话费余额已不足……

叶笛想改变树叶的颜色以及自己的心情，但是什么时候才能向哪个谁敞开凉意和不带词的秘密呢？

饮下一杯秋茶，秋天清澈如玻璃杯。可是倘若推翻茶杯，生活就从里面流出。谁能看见秋风，谁就失意很深。一壶茶仿佛一个没有声音的沙漏。

玻璃内的白色藤椅上，背景人困马乏，拾起一条河流来擦脸。叶笛读到一首无用的诗歌，才想起自己对爱情才是没用的。诗歌的枝叶遮蔽了头顶，人们把这叫作赞美或祝福。他坐在诗歌树下，周围白云满地，烟水渺茫，朋友叫他他不应，母亲叫他他不应，爱人叫他他不应。不痛哭一次似乎对不起缪斯，不痛哭一次似乎对不起生活，不爱一次似乎对不起自由。

什么时候他才能成为白色之马，跑过有一个她的窗口，彼时应是白马非马而花非花雾非雾了。

中午的叶笛变得像卷曲的落叶一样困倦，而夜晚的落叶也有可能变得像他一样困倦，成为一种对位的困倦。

他像它还是它像他，这都已经不用分辨了。一只杯子装满困顿，同时也装满宿命，而他却要一饮而尽，而他却要一饮再饮。

叶笛从一位路边老婆婆那买来仅剩的三只凤梨，他觉察自己买来的是三个沙漠。从色泽分析，黄色主沙漠。他，十七岁那年起就一直想去沙漠旅行。一只骆驼在他体内游移，丝绸包裹着太阳之血，胡杨林和梭梭草伴随荒芜着所有记忆的遗址。

三只凤梨依次排开——暗示着叶笛的前生、今生和来生。他吃掉黄金沙漠，吃掉香甜的沙漠。吃了千年的忧愁的沙漠，只能一个人珍惜今生，回味前生。在驼影如画的沙丘上，用最后一生与未知的她相逢。

这样说起来，似乎一切都毫无意义，一切都充满臆想。

圣经学者雅克·埃路尔在《城市的意义》一书中，考察了在古代希伯来语言中“城市”一词的复杂意义：“通常用来表示城市的词也有‘敌人’的意思。”怪不得有的时候叶笛十分强烈地感觉到这个陌生的城市没有温度，以前他憧憬着来到这个繁华的都城可以鲤鱼跳龙门，可以广结良友，可以在广袤的人海遇到属于自己的贝壳，而现在，现在他似乎渐变了，变成莫名其妙地讨厌博取并稀里糊涂地活着。他躲在开满灯的地方，充当导演也是演员，没有剧本，没有观众，也没有掌声。

那些在太阳里走动如黑子的人与叶笛无关。叶笛只希望不要太多人占据他的水田，尽管这半亩水田在地图上很小，很小。他只是一枚卒子，呼吸未来的空气，用脑子反刍记忆。不能退后在相互杀伐的年代，他焉能不令人厌倦？

彼岸，淡而无味。他只愿在楚河里沐浴，洗干净手和脚，洗单纯语言，放置在风中晾晒。头枕玄色甲胄入梦：戈矛收割汉界的青草，喂饱虚弱的马匹，骑上马匹带上天空，一起愉快飞行……

一次下午下课后，暴雨突然来袭。叶笛站在校门口的保安亭里，傻傻地看着一对对年轻的情人有说有笑地撑伞而过。雨伞挡住情侣们仰视自由的角度。街上行走的一些魂灵，仿佛做错事的孩子，低着头。

天空肯定是发脾气了，要不怎么会把泪水狠狠洒在故意暴露胸膛的叶子上？

树像惊惶本身，躲在闪电和疾雨之间。雨分开湿漉漉的手指敲打窗户。树躲在傍晚的胆汁里。雨说话，甚至用英文说谢谢。夜惊惶地想推门而进。树躲在树皮里不肯出来，可是没有人肯躲在叶笛心里不出来。

花朵红出墙来会有什么结果？太自由的自由约等于无依无靠。叶笛的两只手臂缚在自己的躯壳上，他的一张嘴在无端冒烟。

风一点点现形，只现形一点点。天上落下的这些雨啊，很秋天呵很秋天。

秋天快用去二分之一了。他时不时拎着一个月亮，还没到家。

29 路公交车还没来，他有一块钱，他想去远方，他不知道自己有几种未来，他觉得未来是个小气鬼。

叶笛的过去或能使酒沉醉，他的现实又像茶一样清醒，对于爱情的未来依然空如一只杯子。

他沉湎的赤色荒漠，而今只是一个酣醉之梦，恰似婴孩在天鹅绒上熟睡不醒，或单单是黎明某刻的些许心灵窃听。他为什么想一个人去沙漠？因为荒凉是属于一个人的，最接近于现实生活。

如果真的去戈壁，去西北，楼屋应该是越来越矮，好像渐动的心肌飘动沙丘，召唤他卸下微热的繁缛。

绿柳慢慢变成红柳，山麓与沙幕轮班。清澈的五指陷入深蓝的湖，直至遇见一张张黝黑的童颜。

风雨之际，仙人掌矗立如塔。充血的筋贪婪地嗅着海市蜃楼。老妇人的时岁肉坨干瘪地下垂着。

掬一汪倒映秃鹰的清泉，唯星光陪苦行僧坦诚诵读。夜晚清音无光又焦渴横卧。在盐滩边与鸣沙对峙，与飓风极目相望。匆匆会见蜥蜴和灰兔，把她们的故事种在笔尖，流淌于一身静脉中。

老罗在精神和经济上都支持叶笛，但是叶笛婉拒了，他希望自己的梦想之旅自然而然地达成。

而老罗倒是希望有一天自己能找到梦想中的东北小镇——有曼妙的流水，弯弯的小桥，婀娜的垂柳。能在雨后闻到泥土的味道，旧旧的房屋在冬季的融雪时刻有长长的冰凌，底下有抢吃冰凌的天真孩童。雨后的众树之根，发出昆虫晴朗的鸣叫声。有长长的石子小路，挨水的地方能找出海藻似的绿绿的青苔，有一位长发及腰的女孩……在一旁听得不耐烦的阿江实在忍不住要打断了："最后面一句才是重点嘛！前面都是废话，哈哈！"

其实叶笛一直想来场说走就走的旅行，却因为种种原因无法成行。

假如他能不羁于父母，暂时忘记自己要背负一生的儿女情长，他就能畅游远方的江水泱泱中，不需要太多的车马盘缠，不需要万水千山的寄愿，只需要踏实地迈出第一步。

脑海里的远方是最远的远方，那心里的远方呢？

七月流火，秋天总会有人相爱，秋天的车队迎娶素色的花朵，但这些与叶笛无缘。

打开门窗他跟自己说再见。

还有谁也想去远方？一个不需要三世爱情的远方，那里肯定是长满荒草以及汉代墓葬的远方。

远方需要有他想象中的沙漠和海水，需要摇着铃铛的双峰骆驼，需要鲸鱼圈养在喷泉当宠物。

九月授衣，天空随时很高很清凉，星象一一垂落，让他得知带西伯利亚口音的冬天就要来了。而他收集的几块火焰呼吸微弱，唯有默默祝福不幸的石头。

他倒在想：掘开墙的湿面孔，有从过去爬来的小声音。爷爷的耳朵像挂着的蝉，镂空着。

幻想那么多干什么，没钱也没时间，叶笛收好明天的词语，预备和昨天说一些话。他突然发现了灯与风扇的寓意：一个是为了看清看不清的，一个吹散并翻开一本诗歌的鱼鳃和一位意大利人的哭泣。

一个叶笛，一张影子，用完简单而笨拙的快餐面当作宵夜。

把每一堆日子都啃过一遍，吞下味道和颜色，便开始挑食。狼藉的独宴啊，即将结束。

因为刚刚一次性交了一年的房租，叶笛又成为了月光族；而老罗苦心经营的海鱼店倒是蒸蒸日上，日进斗金，原因是他薄利多销先货后款的思路让很多酒店的老板尤为中意，随意可签单的贪官们间接让老罗富了起来。酒饱思淫欲，票子房子车子都齐了，老罗又想起了泡马子——张北辰。

老罗和张北辰的感情其实早已是穷途末路，并一直，一直坠入不归的黑幽幽的晶瞳。老罗秉承一贯的思维：放，不弃。梨树背后伊人一怒，不过是缀饰的怜惜。他的追赶像一片布满期待的网，埋伏在每一条路的草茎间，滑进几欲湮灭的爱情火炉。如果命运注定无法回顾，就让他不再用蓝墨水飞舞，不再迷茫于午夜的落魄，拥向自己本已牢固的幸福。

作为妻子的王宁尧，确乎也察觉到丈夫想要出轨的征兆。但是这个女人没有在丈夫面前表露什么，相反，她选择了对张北辰倾诉。女人和女人之间是怎么沟通和交流的，老罗无从得知，他只知道妻子居然收编了张北辰，两人俨然闺蜜一般相交相处，老罗自然被晾到了一边。

王宁尧在自己博客上面说：爱情的终极目的不是归宿，是默契和包容。老罗无意间看到了，也只能一笑而过了。

但是没有面包吃的叶笛和吃不下面包的老罗，有时痛苦是相等的。老罗发财了，不愁吃不愁穿了，面对大鱼大肉却吃不出什么味道，反倒是每次晚餐都能自己喝上一两斤米酒。有时候喝多了，一直到第二天还对任何食物没有胃口，无奈，还是要喝酒才行。老罗对这种症状尤是不解，上网一查才知道自己是陷进了慢性酒精中毒的沼泽里。

王宁尧就不解了：按道理说，老婆孩子都有了，车子房子也有了，也有存款和股票，老罗到底还为了什么借酒消愁呢？如果说为了女色，那也不至于啊，他和她的夜生活一直如意，就连自己的每一次包括第一次管鲍之交都是给了老罗，他没必要嫌弃她啊！自己虽然生过小孩了，但是容貌和身材依然青春，他到底为了什么图个啥呢？问也问不出个所以然。

他们都憧憬着更好的未来，仿似现实里太多令他们仍不满足。

记得有一句话总结得不错：痛苦往往来源于比较。而在不经意间与时间竞走，在冥冥间保持同步，捏疼自己的，是醒着的花？还是绽开的梦？还是最本质的自己？偶尔会感觉一刹那的此时此刻，在过去的时间的小溪里曾有笑着的倒影，而且，风那么轻，影子也沉默，他们可以一边听着他们的呼吸，同时也遗忘他们的呼吸。

纹青花的碟子，叶笛把它们洗得干干净净，闲在橱柜装满空虚。他开始有点明白：远离田野，到城市寻找粮食，无异于去沙漠，认领一眼泉水。

一只雌性的碗，洗净的碗，在叶笛眼中变成女人的浅睡。一个女人睡在碗中，雨声被渐调渐小：就像一个男人渐行渐远。这个女人可以有很多名字，叶笛却只有一个名字。

他的心里住着毒蛇猛兽！来，欢迎住进他的心。他已经把毒蛇哄睡着了，他按时给猛兽服安眠药。

他的心里也住着煤炭与地火。来，同样欢迎住进他的心。他已经挖到侏罗纪极夜，他打算给地火疏通好烟雾。

他的心里还住过美和幸福。热烈欢迎住进他的心。他不会收房租，他的幸福是被子，美则是青瓷枕头。

但他的心全被剔除，将是空的，幸好在夏天，洪水能漫进洞穴，雨季过去，最后有个从布拉格来的捷克人居住：他是未变形前的卡夫卡。

他像石头坐在路边，他像石头坐在火焰上。他喜欢眺望天际发出淡淡的蓝色光芒。黑夜之碗扣住梦境，张开洗不干净的星星之网，照在桌子残余的饭粒上。

谁会让他浪费誓言？或者谁会让他浪费时间？他不是捧寿的蝙

蝠，他不能倒转的命运像岩石无法痛哭，像火焰不能涂改天空。

他是石头坐在火焰里，他的火焰坐在草地上，他坐在夜间的草原中，夜色苍茫，梦境无法不凄凉。

请隐忍为沉积岩的裂缝。叶笛咬紧牙齿，牙齿准备撕裂城市的肌肉组织。贫瘠手掌上的两块领土与日荒芜，因没能抓住佳人的手。

即使他不愿意承认自己的手掌是无可厚非的仅存的两块畲地，年年为含盐的汗水所涝，年年歉收荒芜，如天文学家所说的月球。

昙花一现，梦游似的幻想，绽放尚未开始便已结束。

叶笛梦见有人用梦撬门，原来是钥匙记错了楼层。在他睡着的时候他呓语，在他醒来的时候他并不清醒。

所以他觉得：爱情从来都在爱情当中丧失，在自己身上永远找不到自己。

黑夜偷吃完带着酸甜脉络的葡萄，于是葡萄的思想紫色地长在月亮的口腔。叶笛比任何正常的人更热爱巨大的黑夜，因为他无端相信夜的美很美，同时他的寂寞如此微弱，就像秋夜的荒野上那一丝虫吟。

风扇的螺旋桨太冷，有人继续用他的梦撬门，无疑这是一种依赖，而光明近在咫尺。

也许他和她无缘相爱，分完糖果，并收集祝福，然后像活着的时候活下去。

月亮竟然患上夜盲症，海水微微震动，小小的岛屿，就像浮子轻轻摇晃。

黑夜沉睡在他的身体里，他半睡半醒在黑夜的手掌上。蚊帐忽瘦忽胖。被子箍住他的脖子。影子呀，扭着腰在墙上偷笑。他知道是午夜之风来了。

把做了一半的梦强行拧开，黑夜仰头，把他喝下去，他以为从此永享安宁。黑夜如同荒漠迷途的人那样干渴，不仅喝下了他，还喝下交易市场的犬吠牛哞，就连白沙大道不眠的车声拌上灯光也喝上好几口。

叶笛是水瓶里的水，他是水中之水，有时竟也很干渴，那他应该用什么来解渴？住在未完成的梦里，他隐约记得连上个月的水电费都没交。也许喝完液态的星系、月亮，他该把黎明喝下去，虽然太阳照得有点烫，只要有人肯帮他吹一吹，吹一吹。

久违的失眠找上门儿了。闭上眼长长的梦放电影似的。这种浅浅的睡眠，比不睡觉更觉得累。但叶笛无处抓狂！

困倦不堪的眼睛总会闭上，然后看见自己看不见的黑色和白色调和在一起的梦境。

尽管目不交睫，但还是自己跟自己道一声晚安吧。不如就让太阳从他胸前升起，并从背后降下。

叶笛想起电影里火车在荒野里疾驰的画面，把岁月向后抛，把风景向后抛，无所留恋地前行。

无奈夜空太低，按住屋顶的锁骨。叶笛身体内的骨骼扛动倾斜入海的天空，摆放在无尽旅途上方的星座簌簌滑落。液体的梦，汹涌澎湃地灌入他的脑袋，并把过分残酷的现实推醒。他的心充满了噪音、蝉鸣和风雨，还有浑浊的温度。烈火咬牙切齿，直到晶体的寂静，有棱有角地融化在他的领海。

瑟瑟的秋天和他都还没学会今晚如何入睡，像鱼骨头撑住鱼，马骨头站立了马，野火最终熄灭了野火。

让蜉蝣飞向万万年以前，挥一挥不相干的衣袂，如夕阳啼哭，残旗飘扬——

躺在秋虫的枯骨丛中，时间分外枯涸。

——篱墙之手——

——篱墙之掌——

日子克隆得太多。刚开始，又结束。无数的壳，铺满残梦。浑身的汗，渗透独思的黎明。

叶笛有两个好朋友：一个是浅草上吻别的雨点，另一个习惯在黎明扭醒他的耳朵。

只是很奇怪，他明明很少跟他们交谈。

三十二

假如生活 / 欺骗了你，
不要 / 悲伤，不要 / 心急！
忧郁的日子里 / 需要镇静；
相信吧，快乐的日子 / 将会来临。
心儿 / 永远 / 向往着未来；
现在却常是忧郁。
一切 / 都是瞬息，
一切 / 都将会过去，
而那 / 过去了的，
就会成为 / 亲切的 / 怀恋。

小心！痛苦的地方要注意停顿。让我们用沙哑的节奏来读长短不一的句子。读完这篇面具背后的雅歌，你要读出丝崩线断的拥有和离别，你要读出灰白的苦，读出冷，读出腥气，最后一行要灰烬无力。痛苦的字眼通常要像弥留之际那样无力而有劲。

接下来让我们来预习大气中稀薄的欢乐。让我们来预习微茫短暂的爱情和生命。尽管领到的课本每一页都空白无字又无理。尽管这一课书，我们永远都学不好。你要用孩童稚嫩的声音来读。你要用情人的黏腻来读。欢乐是一亩水塘，你朗读的时候，云彩荡漾不？

不为什么。

水中的情感浇灌着火中嘶哑的木头。读痛苦的音节，音节会笑。读欢乐的词眼，词眼也会流泪。

如果你一层一层捆绑的年龄能忘却痛苦，一如盐井，杯中的强颜欢笑便毫无意义。如果你相信欢乐好比信仰宗教，痛苦会赐予你草药和祝福。

此刻叶笛正在教一个七年级的小家伙朗读这首诗。可是小朋友哪里能读懂叶老师目光时而闪烁时而闭目且又抑扬顿挫的情感？十二岁的年龄顶多会学着分好的节奏有模有样地模仿一通。

对了，忘了一件事情。这个时候应该也是要有雨才行。所以，嗯，那好吧！所以叶笛上这节课的时候，窗外是：

涨潮的风和退潮的雨。来，再来一次！雨儿们脉搏柔媚，是迁谪的天使，是游牧的彗星，是奔驰的锋芒，是渺茫的行踪。明霁间，斑鸠鼓起肺叶，编织着密叶里鸣啭的嫩枝。

更容易受伤的天气，都被雨掠夺一空。

下雨的时候忍不住伤感，没有道理，但是符合生活逻辑。

画下数轴，请叶笛画下他作为语文老师所不熟悉的数轴——

有时他穿过原点 0,0 的形象明显是洞穴。去吧，或者回到负数中，斟满一只虚空的酒杯。

-1 像一棵结满果子的树木，尽管果子又酸又苦，但是有毛笔点蘸。

-2 是浓重的夜色描绘自由体，题写先天哑默的诗歌。

-3 咬破食指以鲜血朗读。

在 -4 与 -5 之间和 -6 与 -7 之间，叶笛不是遇到蝴蝶的花纹，就是遇到闪电的贞洁。

-8、-9、-10 隐匿于记忆之雾，泉眼低声摇动弓弧颤抖般的心跳。

区分清楚了正方向，再确立后半生的任务：去 10 的白发间寻找婴儿，回到世代的仇人中相爱，回到坟墓中永生。

从 1 走到 3，小声数着一生二，二生三，三生万物，所以神秘数字

3 寓意一片秋天的海水。4 则是离岛的一面旗帜。

叶笛这只史前鱼类，游得太久又太累，爬上 5 岸边休息，火焰在 6 段木头年轮里舞蹈，照亮 7、8、9 的一鳞半爪，可是永恒之 10 在哪里？

三十三

连王宁尧她自己都不知道老罗和她的马拉松爱情能否有耐力跑到终点。现今她准备毕业了，叔父的瓷砖厂正需要她这样出色而亲信的会计，二哥的连锁服装店生意也如日中天，倘若自己愿意的话，也可以跟随堂姐在台湾闯一片天地，而她又想回到她的家乡，因为那里有她的亲朋好友。可是老罗在等着她呀！她变得六神无主了，因为她是懦弱的。她是懦弱的吗？

她还没有学会用大人的眼光来看清楚这个七彩编织的世界，但是友情、爱情、亲情突然一下子在她的人生雾障中慢慢地清晰而拥挤起来。

还记得老罗的朋友赖挺有一次用很严肃的表情跟她开玩笑：老罗现在都已经有新女朋友了，都住一块儿了，你还要继续等他？

王宁尧忍着，忍着，回到宿舍才敢哭出声音来。

老罗说过她的蝴蝶结浅口的那双鞋子很漂亮。于是，他不在的时候她不再穿，把它收起来擦拭干净藏在柜子里。现在留着何用？恨恨地丢下宿舍楼，吓得路过的女生跳起来破口大骂。

如果有下次，她会穿上它给他看，但是还有下次吗？老罗曾经也很坦白地告诉过她：“我谈过很多很多才恋爱，虽然我现在和你在一起，但是不知道什么时候我又会情窦复发哦，呵呵。”

老罗说话的时候喜欢半认真半玩笑，半正经半嘻哈，很多时候王宁尧都猜不透。现在她不想去猜了。她不允许“博爱”的人把他应该全部给她的爱与她人分一杯羹。她感到暖暖的太阳进入窗口后居然变得异常冰冷。刚分开才半年多，他的朋友赖挺就透露这个秘密了。她不想去质问老罗，只把头深深埋进枕头里放声痛哭。

宿舍的女生大概知道个所以然，纷纷安慰王宁尧并对老罗施以毒舌。不安慰还好，安慰的话仿佛一阵量不出的风，重新吹燃本来并不算十分汹涌的火舌。和老罗在一起的点点滴滴像电影快进镜头那样纷纷窜过，王宁尧哭得更凶了，伴随着用手捶打床铺用牙齿撕咬枕头。

舍长阿梅一看没辙了，眼珠一转，计上心头。她突然想起前几天自己去超市买了瓶“白云边”等着放假拿回家去孝敬父亲，现在她赶忙从行李箱里掏出来，重重地搁在王宁尧床铺旁的桌子上，一句狠话便震落出来：

是个女人，就给我喝了它！

王宁尧愣了一下，爬起来，看着几位好姐妹生怜地盯着她，想都没想一下，旋开白酒的盖子，张口便喝。

“噗”，一下子灌了好大一口，加之四十二度的浓香，她立马喷出一大口酒。

在和老罗一起同居的日子里，她清晰地记得情人节那天他们买了一瓶廉价的葡萄酒就着方便面来庆祝。

他说她喝醉了好温柔。

但是现在喝的白酒，怎么也温柔不起来，倒是呛得喉咙十分难受，一团火辣劲在胸口烧灼……醒来后王宁尧发现自己躺在自己的床铺上，一片狼藉。

阿梅苦口婆心地劝慰她：一切都过去了，就此打住吧。过了河，人家桥都拆了，谁还管你的脚还淌着水？我们应该好好过，因为没有人比我们更疼自己了。忘掉那个臭男人！生活还要继续下去。你要做洋葱，谁敢欺负你，你就让谁泪流满面……

有一些东西，是王宁尧所没有看见，没有听见的，但已经经历了。有一些感动，是从记忆中无法划掉，并非点一下删除键就能清空。于是她稍微有点想通了：假如，老罗要取回他的灯盏，带走他的春天，只要他快乐，拿走就是。他闪电般照亮她的刹那，已足够温暖她一生，假若自己再去强求这份感情会更受伤。她渴望成为爱情的宠儿，然而却输了还不断地责怪自己付出的不够。

学校的电台不合时宜地播放着：爱过知情重，醉过知酒浓，别问花儿为谁红，缘来缘去终是空……

后来舍友告诉她，她才知道她那时候喝了吐，吐了又喝，直到把肚子里面的所有东西包括胃酸倾吐干净，吐得下腹绞痛蜷成一团，吐得实在没有东西可吐了，她还继续喝了一口，才扑通一下醉倒的。阿梅苦笑着对舍友说：看到没有？诺言就是这样残酷和残留！

酒是个好东西。爱情来去匆匆，正如生命脆弱无常，爱也是会变的，因为人心会变，感受会变。她愿意就这样长醉不醒。

于是，她开始每晚每晚慢慢学着喝高粱酒，否则就要失眠。只是，老罗不再在她身边在她心里了，她就再也喝不醉了，因为她真切地感觉自己还是一直思念着他，即使老罗已经背叛了她另寻新欢。她甚至臆想着保持清醒的头脑等着老罗浪子回头。

但在这个季节，她的记忆穿过他的岁月。忘了，也好。

昨天的她刚醒来，今天的她已开始微醉。

真的醉了呢！并且是标准的醉生梦死。王宁尧发现自己一个多星期以来，忽略与放弃了太多的东西。比如朋友，比如音乐，比如学习。网吧，于她来说是一个温暖、可以舔舐伤口的地方。在网吧包间里，可以无所顾忌地哭泣，可以自由自在地真正一个人独处，甚至可以掩藏起本来的面目……疯！一定要疯！用疯狂掩盖自己的沉寂，用癫狂遮掩自己的破碎！

她仔细地回想过去和老罗在一起的每一个镜头、他的每一个微笑、每一个眼神和每一句话。不是为了纠缠，而是难以割舍。她怨恨着老罗的同时，心里还想着从前他的手臂像一支活水，流过她的精神和肉体。

她好想好想去一个没有人认识的地方，在那里看云卷云舒、日出日落。没有悲伤，没有分离，没有爱恨，没有痛苦。心感觉是在流浪着，无法停留片刻。难道这就是所谓的定数？如果有来生，那么在过奈何桥之前她一定会喝下传说中的孟婆汤。下一辈子转世投胎做一截没有表情、没有言语也没有情感的但是还可以燃烧的木头。

王宁尧静静地在网吧里对着电脑屏幕出神一整天：不玩游戏，不看电影，也不聊天。她确乎感觉自己在等待着什么，重归于好或者分道扬镳。但爱情，遗失了执着，借问一下：出口在哪？

清汤，她品不出味儿了，失味了。一匙、两匙……她使劲地往碗里加辣椒。呛掉在地板上的泪水苍白地提醒着某些！原来，不是所有的人都可以成为过去式；原来，她不需要刻意去忘记他或者往事；原来，她也都可以用另外一个方式包括虐待自己来释放思念和情感。

她发现并感觉自己什么都不会有。十里竹林下开得正欢的桂花、一场久违的雪中长吻或某间温存过誓言的房屋……她徒劳地看到它们着实存在于自己的身边，却又无力止泪。

时间带着一切飞奔，远去。过去式的场景不停地在转换，无限伸延……

她的心笔已干涸无墨。她摊开的白纸，落满了尘埃，默默地在深渊消弭。在那条洒满花香的路上，把时间的轮廓刻上。用最美的诗词画在那记忆扉页。七彩斑斓但又无味无形。

清晨的寒潮夹杂着朝晖散开。她独自尝着玫瑰花茶。品味着湿热氤氲的茶香，她应该会心地微笑，像无邪的孩子高兴地把自己最喜欢的玩具给同伴分享……但她却依然只能哭泣。

忘不掉的过去就是对今天一种无声的缠绵。抹不去无奈的阴影依旧在一点一点吞噬着灵魂。也许事情总是这样令人措手不及，像刚刚准备好出门踏青，一阵颠覆却下起了倾盆大雨。不惜将自己燃烧的火焰，却在一次噩梦中撞上永不休止的雨点。一个等待中的电话还没听清楚序言，却像断了线的风筝。真正的生活难道非得这般无奈，这般艰险？

牙痛、胃痛。医生吩咐:少吃热气的食品能减少对牙齿造成负担。心，生生地疼痛。

真是活该！

有人说今年是个好年——既是结婚年也是分手年。王宁尧苦苦一笑，不以为然。她曾固执地以为属于她的幸福谁也拿不走，以为爱她的人会一直在原地等她，以为忠诚于爱情的人是值得祝福的……当这一切真真实实地发生在她身上了，她才不得不承认自己的幼稚与无知。她定义好了的爱情，自私到容不下半粒沙。

电视剧看得多了，曾经也以为自己会像上面那么梦幻那么浪漫，原来现实就是这么现实，生活就是这么严肃，就是因为是真的爱上一个人，才会受伤害，才会领悟些什么。

平静愈发平静，她不想说话，不想听见，不想看见……如果要问心死是什么样，她想大约就是她此刻的心情；如果要问绝望是什么样，她想大概就是她现在的表情。冷硬了的心终于感受不到老罗那洪流般的情书里面的甜言蜜语。一点一点撕掉这些写满谎话的脆弱纸张后，她只是木然地盯着酒瓶，忍着，不哭。此时此刻的王宁尧只能拥有瓷器一般冰冷的温度。

经过宿舍楼下，遗弃的那双鞋子连拾废品的都嫌弃不要，仍旧瘫痪在原地，只有一些灰尘轻轻地覆盖住。上面的彩色蝴蝶结刺痛了她的眼睛。无意中抬头看见城市的天空出现一抹蓝。泪就这么无预兆地落下。

很久很久以前，老罗特别喜欢蓝色，他和王宁尧喜欢一起吃完中饭后步行到市政府广场的人工湖旁边溜达。

老罗说过：有的人不喜欢蓝色，因为蓝色代表忧郁，而我喜欢蓝色，因为蓝色代表忧郁。王宁尧则说：蓝代表思念，就像《蓝色生死恋》象征着至死不渝的爱。

那时候，他们都还太年轻。

再好的语言都只是游戏人生的幌子，与其一味地追求得不到的现实，王宁尧不如一而再再而三地把自己灌醉来欺骗自己。后来没多久，赖挺知道自己闯大祸了，才赶忙出来负荆请罪。

王宁尧将信将疑地打通老罗的手机，老罗听了来龙去脉，笑得半死，才令她相信此事乃无中生有的玩笑。

老罗是蝴蝶，是蝴蝶蛹，是厚重的壳，是沉甸甸的思虑，被时间质料编织的网兜住，令她不得不想起生命中不可承受的轻和重。

其实追求她的男子很多，甚至包括一个她认的干哥哥。比老罗帅，比老罗高，比老罗有钱的大有人在，并且老罗毕业时留给她的承诺在如今她看来已经相当模糊了，她为什么还要如此痴情如此执着呢？

王宁尧似乎听到自己心里面的声音：理智是需要勇气的。

想象着一株三角梅的能量——她必然是自私地燃烧着，沦为风和雨的信物。可是老罗和王宁尧没有任何信物。老罗的手机失窃后，千里之遥甚至没有一个电话嘘寒问暖卿卿我我，偶尔通过QQ留一下言而已。还好，兜兜转转，终于熬到头了，她毕业了，解放了。

暮是朝朝暮暮的暮。暮，是还不能与老罗朝朝暮暮。从字形上看，暮是杂草间鸣叫的太阳。舌头说，暮是一种哀愁，味道极苦，甚于龙胆草。往高处看，暮是一只纸鸢与大地拔河，幸亏有风暗中相助。暮也是低处苍老的海水，浩浩荡荡。而她在年轻的皱纹之间沉浮。

早晨的云住进新鲜的火焰，王宁尧便是暮。暮色进城，一位交警吹完长长的放行哨，又继续低低吹，以致王宁尧误认为深秋时偷渡去中南半岛越冬的候鸟又回国了，下一秒也许行人就要展开收藏很久的翅膀飞渡马路了。

圆圈们，如疾风，粗暴地滚过桥背上，用车辙。火车像一把刀插进桥洞，她也走在刀口上。

她还记得老罗曾牵着她的手走在早春松脆的边缘，小心翼翼地。她突然十分害怕从春天的悬崖上又跌回寒潮肆虐的冬季。那个早春，一只猫还没怎么学会叫春。而现在还没到秋天呢！倒挺适合想起他。

他若真不爱她，她就老了。

打开租住的房子的后门，可以看见春心荡漾的油菜花，但她们不会走进房子和她再相亲相爱了。

老房东摊开骨头，危坐在阳光底下，回想革命和旧情——格外好的白云就睡在他的胸口上。

“小王，放假了，要回家了，对吧？”老人家说话了。

“嗯……”回答的时候，王宁尧居然有些哽咽，许是联想到自己的父母亲了。

短暂握住一座荒凉的城，黑夜又很快攻陷她的手掌，她只能用奄奄一息的灯火抵挡。

远处很远，一些房子亮起灯火，带着一桌晚餐在雨中找着谁？

有雨的黄昏，没有老罗的夜晚容易融为一体——晚八点了。

被彳亍过天桥的紫色之伞，拒绝的是雨水被饱饮，径流的大地拒绝的还是雨水。雨水在地表狂吠，嗅寻一条江河的香味。

雨衣遮蔽她的身体和漂泊。一群叫雨的寒冷的昆虫，集体飞向她的眼睛。仿佛她的脸部拥有两间深邃不可测的巢穴，仿佛她看似温暖的身体之内隐藏着一个可能连她都不知道的家。

她说些无耳倾听的话语，她想起被人捐弃的一些事物，她甚至编织一些碎言碎语。一片老荷，勇敢地擎起一掬水，即使知道无法承受雨的重量，即使季节已然老去。但对爱情迷惘的日子如此之多，她打算如何把握？

她是心目之目。她是木头之木。她是坟墓之墓。她的心是行将结束而不知何时才能结束。

今晚有液体从晾晒的衣服上滴落，也许是雨，也许是水。

雅典城邦用流水探寻时间，说的是古希腊的水滴发言定时器，一个双耳陶杯，大概可以装水 400 毫升，底部有一个滴漏用的出水口。一杯水流尽大约六分钟。这个时间是用来限制人们的发言时间的。而历代中国用水来计算相思。也许是雨，也许是谁。

思念拧一把汗水，被余晖剥落，在八月的某个脚步中飞奔，向着天穹怒号。洪荒晒干成泪水，只把淤泥留在她脸上。

王宁尧希望今晚的雨不是巴山夜雨。听着雨声高高确实很好，滴答滴答，好像溪流的孩子在嬉戏。雨水，雨水，现在你在哪里？渐渐、渐渐地小了。

她喝醉了吗？明明今晚滴酒未沾啊！醉眼蒙眬，雨水如梦，渐渐美了，渐渐睡了。

她已是深深深深深深深深深爱上了那个男人，不光光是感恩，更多的是依赖和眷恋了。老罗曾经连续一个多月买早点等候在女生宿舍楼下落大雨也不躲就那么仰着头站着像一匹马坚毅地向着远方他通宵上网自学中药学又自己配药方然后借自行车载着她到十几公里外的中药铺去挑选药材逃课熬药陪着她一起喝甜和苦居然真治好了困扰她多年的胃痛他嗜赌堕落但为博伊人一笑发奋看书补习考证学着烧菜煮饭洗衣服学刺绣。

只要是个正常的女孩子，怎么可能不感动，而王宁尧恰好已深陷其中无法自拔。

三十四

搭乘红色公车上班，叶笛思想出窍坐多了两站，下车遇见十朵牵牛花的怒放，在草叶间模仿死亡。那紫色的声音，由深至浅，被它们微微吹响在早晨八九点钟的蓝空。叶笛竟然觉得城市上空就是荒野。

蜂群在路边像一缕青烟似的欢唱。头发也能开花的灌木丛，随时可能拔地升起。土地公投出的几只飞鸟，如同灵魂纷纷击中天空。

待建的楼盘边，筑好的围墙旁，就连荒草都高过了肩膀，这秋天自然也长得更高。没有云做的手和脚，原来的风景无法回到一座木桥上，也无法回到一棵青草中，放眼望去都是疲惫的泥土和新鲜的石砖。

大地摊开像左手一样，一只只秋天向下。草叶被死之蝴蝶传染了，叶笛的眼睛也被传染。

他肯定还记得五月，风里绿色的掌声。

为了重回没有自由的枝头，落叶她们加速腐败在泥土下，烂在盘根错节的黑暗中，试图借助树木筛管的内部旅行，忘却身外的某一次自然凋谢。

高高的广告牌有一位华服美女，她那后工业时代的微笑非常标准。一种目光掠过树梢，试图刺杀跟大地一样灰漠漠的天空。

楼很高，等李白上去摘颗恒星来下酒；房价更高，谁来翻译一下：噫吁嚱，危乎高哉！归结还是凡人常常忘记自己早期的梦做得最高。

叶笛就是如此多愁善感的人，很多人走路的时候思维是空旷旷的，除了他是特例。怪不得他的左半球比较贫瘠，营养都被右半球掠夺了。一边走路一边思考的能力，在他身上算是发挥得淋漓尽致了。

新开张的商场门口，精致的女孩子们如一行清晨的露水，新鲜得可以做早报头条，供眼睛们浏览。短裙、浓妆和湿雾是她们的陪衬，同时她们又是商品的陪衬。

眼看再不走快点上班就迟到了，想再养眼一会也不成了，叶笛加紧了步伐。突然一个老头儿骑着一辆破二八从他左手边驶过。老头儿把左手的五个手指分别弯曲，放嘴巴间吹。你还别说，他还真吹出了好听的曲调，最重要的是，音量非常之嘹亮，叶笛因为离得太近，甚至觉得声音大得有点近于刺耳，路人也纷纷为之侧目。这让叶笛想起意大利电影大师拍摄反映上世纪七十年代中国的纪录片

《中国》，影片里面有个镜头是一位老头儿一边骑自行车，一边双手脱离车把儿打太极拳。这些人啊就应该有自己的舞台。但是叶笛的舞台依旧在黑板前，不容多想，赶快补习这该死的竞走。

三十五

仿若是乡间的朴素，池塘的碗里装满了比平时要宽很多的寂静天空。闲不住的小孩子定会相约去捉住蛙类的鸣唱声，因为那种声音打散了众人鸡蛋液似的梦。

蛙类平躺在四月间，偷偷叫，放声喊，惹得稻田地边更多的欲望盘桓，许多远道而来的三只眼反复巡视着。最刺眼的眼睛（充电式头灯），由另两头眼睛上了弦。黑夜充当了帮凶。尔后蛙们会进入本已搁空在肉市里的网兜，聆听血淋淋的荡笑。

它们叫不叫，都一样可爱。雨过天晴的四月，碟碗盘筷本就应该油腻。青绿的稻田里，它们无非是暂时的青绿。可悲的是，有些人抽象成棋子，被敲在这座暂属四月的城市，被敲在这无云之水的四月。他们将吃掉别人，或者被别人吃掉想法。

你敲敲时间，总是说要早睡，但总比一支蜡烛睡得晚。你总是说要永远离开，却忍不住将旅途像纸张一样对折回来。你总是说要好好生活下去，亲手把你的头颅按进长长的波涛，让泥土里朴素的亲人安慰着你。

你被人忘却，就像你被人想起。

要记得那些嫌苦瓜太苦的小时候。譬如一次母亲领着你去老街理发，理发师傅兜里有香甜的麦芽糖，老人家张开皴裂的手掌喊你喊得亲切。母性总陪着你和你的年龄，一开始你在明镜中大哭：电推剪嗡嗡推来一窝顽劣的蜜蜂，闹你右耳蜗到左耳蜗，又从后脑勺到你的眉毛，你的整个脑瓜就是一个硕大的花朵。

花蜜昏昏欲睡多年以后，母亲变成了一茎锐利的白发，就插在你四面悬崖的头顶。

你不注意，就没发觉她的苍老早就暗示在你成熟而幼稚的身上——别忘掉那时还嫌苦瓜太苦，还嫌药丸的糖衣太薄的年纪！记得：丝，三千！

暖暖的是：母亲为你驱赶蚊子时你闻到的她那混合着肥皂和汗水好似芦荟般的香味，还有她帮你剪脚指甲的痒和笑。

但而今，你长大了，你有工作了，你独自生活在另外的城市。你说呼吁两根钓竿去南湖钓月，即使那鱼根本就吃不了。你说有时间就会带自己去博物馆，访问那里陈列的历代文物。你说我们去找点酒喝喝，而我们就像两只微醺的酒杯。你劝诫我说老这样做“孤寡老人”不好，要去找个姑娘谈恋爱，结果后来你我都没去成。你说你三天的衣服没洗了，你说你两个月没见她了，你说昨晚只睡四个钟头，你说真可笑，居然和电影哭了起来，你说你要戒烟，又有人送你一包，你搞得一首诗烟雾缭绕，所有的意象都咳嗽不止。

你要保重自己的身体发肤，因为那是你父母赋予的。今晚如果有月亮，小心！月光会压向你的胸腔的两肺之间。今晚如果有月，它真的会碾压你乳胶色的躯干，使你做噩梦（时间是最大的梦）。

忽然你问我什么时候回家，我的舌头变得踉跄起来。

我们来自同一个地方。我们身上有暴风和怒雨。我们是质朴实诚的好兄弟。

我们，我们是异乡人。

三十六

某天叶笛开飞机上班（因为首府交通一向拥堵？），当然，这是做梦。梦中无端觉得开飞机和开电动车差不多，没什么难度。他住的地方荒无人烟，奇怪的是梦中的他，似乎以住在那种荒凉的地方为乐。很快，梦境变成他骑着电动车在路上行驶，忽然发现前面一女子也骑着电动车，停在道旁，很像他认识的一个人，但又说不出是谁，只看得出那个人摇摇晃晃，喝醉了酒的样子。正想上前制止她醉驾，她已经发动车子前行；叶笛奋起直追，追了一段路，忽然她朝天扔出一个U形锁，从天而降，差点砸中他的脑袋！他心中暗骂。此时她的车子一歪，连人带车倒在路边。定睛一看，发现她的车尾绑着很大一段木头，而摔倒的人也和之前的完全不一样。叶笛一看时间不多了（去干什么如此着急，梦中并未明确），马上骑着电动车拐弯抄近道——猛然急刹车，因为前路不知怎么的变成一座陡峭如悬崖的台阶了，只好另择他路。天空突然下起暴雨，奇怪的是他竟然没有被淋湿，路面泥泞异常，难以前行……这个时候他忽然清醒过来，一瞄手机，离上班的时间只有30多分钟了，动作再不麻利点，真的要迟到了。洗把脸，出门，以最快速度奔向学校。哈哈，快得真有开飞机的感觉啦！到学校时，还剩5分钟才上课。这电动车才使用不到9个月，里程表上却已增加10000多公里，倒也算得上是某种意义上的行万里路了。

很奇怪这梦能记得这么清楚。遂查了一下周公解梦关于梦见开飞机、骑自行车、骑摩托车的条目，得到这样的解释：梦见开飞机，意味自己的努力和辛苦得到回报。而如果梦中的你骑自行车很辛苦，且又撞到东西或人，那代表你身体不好，在工作时有点吃力。梦见你骑摩托车，表示你在工作上会做一些调整，但由于你的失策会带来一些危机。

骑电动车大概相当于自行车吧，这么算下来，似乎说得有点道理，叶笛这工作有时太忙，休息不够，的确对身体不太好。不过他很是怀念骑自行车的日子，因为那样最能接近平常忽略的大自然，最能把生长的速度看得清楚。

还记得那年，骑着自行车逡巡于大学校园半明半昧的林荫大道之下，晚风的挽留不够坚决，叶笛与它相反，自东向西。他骑进年轻的时间，向自己所在的呼吸靠近。

他觉得他的生活是划一艘兰舟于水泥地上。

就连徘徊在他身旁的蝴蝶仿佛都在与他对话。

“你感觉累吗？”

“平地上还好。”

他生活于蝴蝶的斑斓之下。

蝴蝶低于生活。飞机可奈何？长空可奈何？叶笛可奈何？

继续前行的泥泞坎坷，是会有的，危机也是难免的。幸而努力和辛苦会慢慢有所回报，如果跟新闻里提到的艰难的井底人相比，算是好的了。

生活哪有无往不利的？生命不能主宰，但是可以主动。叶笛能做的唯有排除忧虑不停地往前走。

叶笛还做过一个梦！做过的梦离开自己味无味为无为的身体，没有任何泪水，更没有中国丝绸般的离愁。推开一扇扇相似的门而去，一条脸庞发蓝光的路，就是一条蜿蜒的河流，从他的眼睛发源，与另一条路交叉，形成参加祭祀而跳舞的人像。

他很是奇怪：为什么以前经常重复这种梦，而近来几年已几乎没有再梦到过。

三十七

公园里的喷泉：永远向上向着天空。天穹特有的蓝色不会像大雨那般低落，也不会像河流时常被远方诱惑。此时盛开了两位小女孩，她们站在这个直径不大的仰望天空的眼睛边上，做起转圈游戏，造成美丽的漩涡。

一对情侣手持特别大的五彩纸风车，试图拦截过路的风。一个小男孩摇在秋千之上，悬而未决。

风在风里相爱，阳光在阳光里相爱，早间大片雨露私下凡间，令得土壤和土壤也相爱了，二氧化碳爱得令人窒息。树木制造氧气，养活所有亲人和仇敌，太阳鸣金，方能休息片刻。小女孩被绿色的花草所掩饰，只露出米白色的裙边，像天边的一朵云。麻雀迷恋水里的对象，飘逸的挑逗，定格于别人的相机里。

身负层层脚印的小径隔开两排整齐的荔枝树，它们重复着别人遗落的方言。南方季节，换装如此缓慢，边界如此暧昧，它不欢喜在别人启程时启程。南方的树叶，夏天你当然不愿凋谢，你可以遮住整个太阳，即便在涩秋和暖冬也不打算凋谢。

近日公园因花展的缘故使得游客攒动。这些婀娜身形今天成为主角。蜜蜂身着金色条纹衣衫，到花的心中取暖，足尖黏满了粉状的思念。上帝朝人间看一眼，花就开了。花比叶子多，人比花多。一百个人来看花，一千个人来看花，一万个人与花合影。

咔嚓！咔嚓！咔嚓！无数的人与这些花合影。

这些人，以及那些人，终将从世上凋谢。有谁来欣赏他们呢？上帝从来就只负责开花，不管结不结果。

花匠皮肤黝黑，他有着黑夜的血统，抽着烟雾不说话，举起软管把引来的水喷得老高，仿佛他是一条海里的鲸鱼。洗完澡后的花儿抖动透明，打了好几个响亮的喷嚏。

当个花匠大概是幸福的，因为所有的鲜花都认得他。紫色的用紫色，粉红的用粉红照亮他。哪怕不开花也用枝叶跟他打招呼，表示欢迎。可能鲜花们还去他梦里登门感谢，推推搡搡，吵吵闹闹，朱槿偏说自己是黄槐，黄槐偏说自己是朱槿。

繁花倒悬，竟使阿江更加相信孤独。

阿江比较喜欢五颜六色的菊花，尤其是大丽菊的狐疑白发，总让他的脑海里出现：孩子、情侣、陶渊明的死亡。他觉得，最美的是被人践踏在地上的一朵，即使已经死亡，它仍保持着最初的颜色。

凋零的菊花被遗弃、践踏。这些黄金很软，像极了断续的遗言。

阿江的思想慢慢被挤出秋天的体腔……

凋谢的声音不忍别离，还剩下什么？生命有多美，死亡就有多美。总会还有谁，渴慕着野菊花在山野的自由。

一个斑驳的容器掩藏在青草中。春泛、夏殇、秋焚、冬劫都与它无关，只等一场雨把它灌满，然后晨鸟用那刚劲的脚趾紧紧抓着它没有头颅的脖颈，吟一口小小的寂寞。

云层上密锁的万里阳光忽然决堤，倾泻下来，于是水开始燃烧。

鸟声的水从混凝土里滴落阿江耳朵里的湖泊。公园虽大，但仍被众高楼紧紧箍住司命之痣。高楼冷静的直线与半空之梦相切成黄金分割点。一个女人的雕像，坐在灌木旁，追忆柔软的流水。

这个略微有风的下午，有那么一刻，阿江踏着的缓坡情绪稳定。野花的脸和草叶最细的手完全静止，就连阿江也静止为石头，他叼着辣口的香烟，看着来来往往陌生的游人躲避着太阳。而太阳追着他们炎热的影子。

趁人不备，阿江往湖畔的草丛里，投掷一小块石头，惊起了飞鸟似的芳香，这是唯一有积极意义的呼吸。这让阿江顿时兴奋起来，他再次抚摸太阳孵暖后那充满斑纹的小石头，再次将它投掷出去，击中天空的虚无，湖水本来表情平静，霎时流露出摇晃的微笑。水，她脸的两边互换着蒸散的时间。

水里有花，花里有水，空气里有鱼，螃蟹口吐白云，锦鲤像燃烧的树叶在池子里聚起又散开，水火交融，阿江看着这一切感觉无比惬意。

湖水的身高，可能超过五米，站得却比任何人都低微。水又好像受伤了，伤口处凝结成几个小岛屿，白鹭盘旋下来诊断。湖心望水，它们扬起长长的脖子，在湖心望着水。

铁栅栏被派去监视湖水，警示牌在湖畔无声咆哮着：水深危险！请勿靠近！

阿江迷惑了：水真的危险吗？

人类本就诞生于水中，由内向外浇灌自己的身体。水的愿望是头顶的天空，远离人群。起风了！天空的拥抱破碎不堪，溶解到水里。

阿江也是水吗？不然为何偶尔流泪？他的眼睛就是无法愈合的两只伤口。

长风六百里，站在风的脖子上。当年大苏携他的酒杯和酒归去。不如归去，子规如是说。

在对流层之上，气温很低的宫阙等着谁？一些湖水熟练地翻滚着远方。

水面的蒸汽抬高游历者的欲望，鱼儿安静地凝视着高高在上的阿江，仿佛看到前世的自己。栅栏边上有一个六十多岁的老者在喂鱼，阿江看见他揉碎一些天空喂鱼。老者打了个喷嚏，吓跑许多圈胆子很小的水。

他应知：它们爱吃天空胜过爱飞翔。

轰鸣的飞机穿梭于鱼儿交错的视线，唤醒蜷曲长椅上的沉睡者，他从梦里回来继续回到梦中。飞机的声音使他离自己更远，也许，这也叫安宁。阿江也想睡在茂盛的氛围中，在窸窸窣窣的绿色语言里，不愿再醒来。

石头堆叠孤独，水波的叹息使栅栏边上的阿江微微忧愁起故乡。一只蝴蝶的名字落在心头。颤抖的花瓣没有被他发现。拔节中的佛肚竹呈现油亮的光泽。他不悲不喜，亦不疾不徐，两只胳膊倾倒整个身体压在护栏上，久久未动，浑身苍茫如星辰夜里升起，如星辰夜里降落。

无意间走到公园未开发的一角，只见好几条小路像毒蛇一样在草地中慌忙逃窜。这让阿江不得不回望起昔年的故乡小径，载着他驶入齐腰深的荒草——

如烟如水，野花的脸上浅浅的紫色只为时光初放。

村人平掉坟墓移走先人骸骨，种上喧闹的蔬菜和沉默的桉树。树叶落在该落的地方，但还有许多人没有归正首丘。

五马山，五马山，谁驾驭五匹好马，踏过历史悲伤的五官？台风远道而来，树木披头散发，奔走相告。忧愁很忧愁，忧愁像为暴雨开道的细雨以及被雨打湿的石头，石头又像往事不可说。

套上五匹蓝色的马头，马车装满远处的湖水，湖里装满银色鱼群。白梨花等不来观赏的人就败退了。阿江记得若干年前马头失火，湖水无可奈何，空望两岸暮霭沉沉，村落倾颓。

叶笛说：昨晚听了半宿的雨声，感念到“帘外雨潺潺”的况味，不免有点儿落寞，辗转许久，才睡下。早上起来，风呼呼的，原来今天是立秋，原来古之所谓秋天到来了，衣袖里不免添了点凉意。听父亲说，城外的稻谷收割得差不多了！——他记得刚毕业还家那会儿，一路上的稻子仿佛都很年轻，一如当年离家求学的叶笛。擎伞出门，母亲说那么大的雨出去做什么，叶笛笑笑不语。

赋闲久矣，加之三友之邀，应当四下里走走，只是斜风乱雨，裤管都湿了，全然不同于张志和西塞山前的光景。

田地里的稻草人扭起了腰肢，假如不用假释的心情，你是不可能去读懂他的寂寞。非得大风大雨，他才跳起属于自己的舞蹈，只有他才可以不畏惧天穹的湿泣和远方的脚步。他坚信着顽皮的麻雀和芒种前的布谷鸟只是他生命的过客。

稻草人的旁边，廉价至极的野花向来保持着贞洁，而这一场风雨正好考验一下她们。

一位老人平静如铁，还在肥沃的河滩上锄地。他的脚踢开河滩的荒芜，草下生石，石下有沙，鲫鱼就在沙里游泳，在沙里饮食、爱情。

不惧风雨的阿江叶笛文峰老罗正在采风，当然也不想回去太早。

公无渡河，兰舟渐远，木桥早断。脚下的危桥与命运何其相似！并不分明的此岸彼岸，都不能回去了。不能回去了，高高的雨声带给他们深深的灵感。雨中求诗，哪怕只有一行，极尽悲伤。哪怕无人吟诵无人传抄，明天依旧安静如同死亡。

山下一江水载着船的具象，但船肚载不动抽象。卖鱼人还没散呢，七块钱一斤便宜的鲤鱼结束漂泊的代价。石头还活着，雌性的石头不知何时才生长出葳蕤草木。

下一次的下一次，雨会不会再一次变换着乡音来访？

其实他们并不想写雨，不想写那么多的降雨，写得太多恐怕他们的四个季节都将被淹没。他们也不想写月亮、风和爱，不想写别人所有走过的地方，因为那些地方很有可能重新成为远方。

阿江突然感悟到一点：自己的生活包括自己看到的、听到的、嗅到的，以及触碰得到的世界，同时也包括自己看不到、听不到、嗅不到和永远也无法触碰到的世界，而他终将去往后者的世界。

三十八

韦凤和老罗的爱情薄如纸。他停在第 9 页，她在第 10 页叹息，他们只相隔一层薄薄的植物纤维。他晓得：她是精致的耳轮，耳垂太光滑了，总会有抓不紧的那一天。

安全措施这方面老罗着实不太在意，顶多事后跑一趟药店。可是他没想到她也不在乎，直接淡淡的一句“不要带套哦”。

现实是不存在的，现实是选择。本来老罗就没打算准备使用那玩意，可她先说出口后情况就变味了。他现在面临的问题就是如何当机立断。习惯了主动权的他搞不清楚她的想法和目的。哦，错了，不能用“目的”这个词，显得太贬低她了。

还记得搬来出租房刚几天，隔壁两个女的就敲了敲老罗的门，他开门循着脚步声一看，她们已经下楼梯了，瞄了老罗两眼，笑笑就走了，明显有送上门的意思。每天几乎天快黑了才出门的习惯加上艳丽的着装，这让老罗似乎都能猜对她们的职业。谁让老罗白白净净的模样呢？再说了穿着公司的制服，明显添了不少帅气分。不过话说回来，他真的不习惯也不喜欢自己成为被动，他不想成为棋子。无法掌握进度或者不能左右对方于他是不能接受的。

刚上完通宵班的韦凤显然已经很困了，背对着墙躺下了，浑圆的臀部看起来就像是成熟的柿子。老罗把门轻轻关上，出到楼道的平台上。劣质的烟草香、皱巴巴的云和心上秋，一同困扰着他矛盾的心理。

老罗想起小时候：一只风筝，老罗是神，小心翼翼地创造它。纸张轻盈，年轻的竹篾或许能飞进平流层。线，突然断了！风筝横渡一排炊烟袅袅的房屋，向着绿草的道路。他和青梅竹马的邻家小女孩骑着风的脊背追去，却怎么都寻不到。很久很久以后才发现原来它和它的天空坠毁在乱石堆里，残破不堪，原有的飘逸的尾巴断了，沾满污渍。连孩童那蓝色的微笑，也断了。

老罗又想起公司门口那一株气质淡淡的水仙。种在人间，安安静静。水仙遥远，水仙美丽，不可思议。水仙之远，使他半生无法抵达。水仙之美，香在水上，焉得亵玩？

此时老罗头脑一片空白，不管三七二十一了，掏出钥匙与房门谈判。

车子想开过去了，水渐渐漫了上来。你来不来？我走不走？路很缓慢，路不能算长。很久很久以前的故事不能算长。而刚开始的故事到底怎么计算呢？

无爱不欢，有爱不悦，而如果错过是谁的过错？

六月：别离。没有匹配的呼吸，像没有涡流的河流无能为力，有人泄露了欲言又止的唇瓣。

一只大鸟，深躲在靡靡的傍晚之中，出没在黎明乳白色的耳朵上。

韦凤像花朵一样犯困。花朵闭上了眼睛，要败了，毕竟开了一整夜。

这个世界，有人呼喊却没有声音。碎石投入水中几乎没有波纹。正如老罗和韦凤相爱却没有爱情。

他和她的相遇要如何命名？这值得好好研究，因为不是爱情！她想得到一片勇敢而负责的海，却只有眼泪和体液这些易碎样品。两者味觉上相似：都略微带着咸味。

他想得到点柔软的爱情，却只有一个僵硬的后背和软塌塌的肥腚。

老罗想起自己曾在区博物馆看见的旧石器时代的一块石头。考古学家像给自己的儿子取名，命名它为圭。原始人以它砍伐树木，烤食野兽，生火取暖，相濡以沫。当一块石头获得了名字，它便获得了新的意义。老罗很想知道，火为什么命名为火，而不是水。梦为什么命名为梦，爱为什么又非得叫爱呢。又是谁第一个把山洞命名为家？那时没有周公解梦、庄周梦蝶和弗洛伊德的《梦的解析》，那时候还没有象形文字呢！

又是谁把水与水的相遇命名为河流？嘴唇与嘴唇的相遇命名为亲吻？老罗的身体在今天与韦凤身体的相遇，可不可以命名为篝火般短暂的拥抱？老罗其实更愿意把男女的相遇命名为泉水般的爱情。

他更想知道是谁把男人女人的分离命名为结束或开始。

他觉得：石头的爱情比较长久，至少，石头的爱情比他和韦凤长久。

大家可以想象一下：一棵忧愁的苦楝树推开肥胖的雾霾，跌跌撞撞来到河边，俯下自己的影子，喝水中的太阳，它长出了嫩叶——这就是春天。它经过万水千山才来到她的身边，饮下她多情的目光，祛除沧桑，重放光芒，彼此身体明晰，嘴唇幽暗，这不是爱情是什么？这不是爱情也曾经芳香。

他和她的爱情也被称为距离，她和他的痛苦也与甜蜜同义，天河今晚比以往浅了很多，天河里并没有谁后悔的泪水。每一颗星等同一个心，皆沉没在漩涡的指纹里。

而挥霍爱情的人，往往被许多非爱情所挥霍。

三十九

秋冬之际，雨被作为透明的种子，播撒在韦凤离开不久。一场蒙蒙的细雨在老罗的刀剑之上长出冰冷的勇气，这让他又邂逅了一个小女孩：小怡。说她小着实不为过，她绝对不会超过豆蔻年华。关键是小怡长着一副和他大一时候的女朋友邹萍极为相似的面孔，老罗怎么可能不展开攻势呢？

老罗上朋友网瞎逛，居然再次遇见了久违多年的邹萍，那个柔柔的她曾经在他怀里轻喃道：下个学期我想要个墙壁白净的屋子，我学煮饭，到时候你一放学回来就有得吃了。

仅此一句，完胜所有形式的撒娇和管束。邹萍的瞳孔里荡漾着碧绿湖水的涟漪，是那种完全不经修饰的光芒。虽然是网上刚认识没多久，虽然正躺在老罗怀里的她再过几天才满十五岁，但是老罗听了她这句话，居然心深深地绞痛了一下，进而才没有摧花爆菊。

他的同学知道他和她在一起所投掷过来的流言蜚语对他来说无关痛痒。她的舍友也告诫她不要跟比自己大六岁的外省男子谈恋爱，但她对他说出这样一句真心话，无非已经准备毫无戒备地把自己托付给这个男子。这个男子也有经常使用的杀手锏："过年我带你回我家见我爸妈。"当他使用这种消声武器时，往往大多时候是为了达到目的而口是心非。而邹萍道出此言的表情和态度是多么诚恳而单纯。当一个男人坚定地告诉怀里的女子说"我养你"的时候总是能让人动容。而"过年我带你回我家见我爸妈"无非是已然表达正式的态度，诚然不算险句。邹萍的心思被自己的憧憬紊乱，缠成铃声后的隐秘小径，那里有落叶伴奏，极致而轻佻。

有一次老罗喊她出来陪他去酒楼吃朋友的生日宴。席间他朋友的糖衣炮弹和粗劣演技一直配合着老罗，老罗是情场老手，当然更知道怎么取信取悦于她：一直帮她推掉他朋友的敬酒，坚决地只给她喝饮料，又匆匆带她离开，从而树立自己的良好形象。

天不早了，我送你回学校吧——

不用了吧，我搭公车回去就可以了。

是我叫你出来的，我要让你安安全全不掉一根羽毛地回到学校。

还羽毛呢！呵呵，你们广西的蓝生（湖北的普通话习惯了把 nan 读成 lan）真有意思。

天使啊，你是我的小妹也就是我的天使，天使怎么可能没有翅膀，对吧？老罗说完都禁不住为自己能说会道的能力点个赞。

邹萍开心得忍不住扑哧一笑。可是她哪里理解面前这一头斯文人对于“小妹”这个词语的定义？小妹，呵呵，小妹，一个让老罗进可攻退可守的弱小名词，一个让无数小女生失守防线解除戒备的名堂罢了。老罗认的那些个所谓小妹，估计都差不多一个加强排的人数了。多到他自己都数不过来，有一些只是过眼云烟转瞬即逝，像无名的花朵开开，败败。什么是远眺？什么是回首？他原本可以体验纯粹的记忆，但却只能用影子来努力翻查档案。

有人说：两个人分手后还能做朋友的话，如果不是在一起的时候爱得不够深就是有一方是无条件的付出。

老罗觉得他和邹萍是两种情况兼有，只可惜后来连朋友都没做成。

之后的之后的之后老罗因为酗酒过度导致慢性酒精中毒，他的记忆中这些名字和肉体愈加陌生。老罗知道：他要记得那些人那些事，然后再去忘记。无奈之下，他统称她们为：“百合列车”，以此祭奠自己那段疯狂而多彩的青春。

那个老式列车所爆发出来的蒸气，未必是属于速度，大多应归于偶断时继的呼吸。正如老罗往往习惯了心里是某人，却偶尔记挂着别人。

她们像惜春的玄鸟已然北上。空旷的苍穹下，无数种子睁开眼睛，而迟耕的老罗的心田里，那里人影疏疏。

残叶似的往昔偶尔来袭，但老罗不会自此作茧自缚。仿佛莫名的细节也相拥而来，又呼啸而去。

一小半的白天成为黑夜，阳光杀不死它的异族，他渐渐想不起那些曾经枯黄的红色。

假如她们只是一个个艺术赝品，一个个抛光了的模型，那总会摆放不进他的历史里。

老罗的余生是沾湿的一把柴火，燃烧在她们和他之外。

其实最主要的原因还是老罗分身乏术，顾此必定失彼，所以可能好的结果往往总是无疾而终。有的女孩子特别在意话题的落差和可有可无的关系。那高扬的头颅腾不出一席蒲团让迟到的老罗膜拜，经不起时间的考验而不了了之，这于老罗和他的那些个她，也在于情理之触发。就像一片近岸的泥土很容易被洪水吞并。

叶笛当然多多少少知晓老罗一些短暂的风流史，他拍了拍老罗的肩膀，意味深长地安慰他："开花不如结果，总结不如终结，节哀顺变啊！"

阿江顺势也干脆落井下石："情感这东西就像开车，需要保养和维护，你若不理不睬连油都不舍得加，车子也会不理你的。"

老罗只能借一位导演之言为自己辩解："尘世也需要无所谓或者没结果的事情，假如所有事情非得有所意义，还要不要喘气啦？"

的确，女人本身就是感性和理性皆备的高级动物，她们希望老罗可以给予浪漫，给予关怀和问候，特别是什么生日、节假日之类的更为看重。但老罗只有一张嘴两只手，他也没办法面面俱到。还是男性朋友之间的友谊经得起考验，相隔几年甚至十几年不见，一重逢一如当初。

其实更为真实的是：当老罗说话时，他已准备好长久的沉默。当他沉默时，他准备好了防守。舌苔上充满唯自己可知的寂静的苦。

回忆，有着让老罗倍感无奈的悲哀，她可以从三百六十度中任何一道缝隙抚摸他的伤口或给他青涩的一吻：

素莲流溢在幽谷。那是一个鄂中桂花玲珑的季节，老罗和邹萍穿梭在潜山竹海。那羞涩的秋桃，不让老罗牵那纤指。

荒郊顺风而下，河床饮着芦笛。她的声线偶尔打湿烟水。海桐花般的脸一一被竹叶铭记。

如今千里之遥，港口的海湾边，船影把老罗一片片肢解，海水浮现起年轻的碎花布。那几瓣对邹萍许下的誓言，像纷纷扬扬的太阳雨，用四个秋殇作陪。

一别已是四年，当年刚读中专的小女孩今已是意气风发的大学生。视频那头打几个字过来：我以为你不要我了呢。

利刃翻转，劈开了老罗眼角尚存的晶莹和心底涌起的浑浊。在那一刻他重新体会了心痛的感觉，还是那种熟悉的感觉，心脏仿佛湿漉漉的毛巾被狠狠地拧上了一把，比肾结石更疼，比他经历过的任何肉体的疼痛还要疼痛许多，那一瞬间仿似子弹穿过心房。这种疼痛他的一生只经历过三次，而邹萍已占去两次。

黑夜就坐在黑夜里，陪着老罗掩面而泣。夜鸟在网吧外两百二十伏瘦瘦的电线上，嘴边含住外貌朴素的星辰，它隔着窗户奇怪地打量着这个哭泣的男人。还好是在独立的包间里面，老罗紧紧咬住自己的衣袖不让哭声被隔壁听到，大颗大颗愧疚而发热的泪如小冰雹一样砸下来，他的双肩震颤得像风雨檐下的风铃。老罗疯狗似的抡起右手拳头狠命地砸向电脑桌子，受伤的骨与肉立马联名抗议，但是老罗懂得，这种痛远不能和心痛相比。屏幕上的邹萍单单湿润了眼眶,用纸巾一擦即可。老罗却已哭得模糊了键盘模糊了记忆，这一幕场景邹萍永远都看不到，涕泪交流泫然不止的他此刻比失去真正的亲人还要真实而痛苦。

这种看似廉价的液体，其实它的原料就是鲜血，从他的左心房源源不断地喷涌而出，他将永远不会告诉她，也不想告诉她。老罗的躯体埋藏一幅地图，河流纵横，幅员辽阔，心脏是都城，可是这个都城在这个时候已经完全沦陷了。

邹萍渐渐有点失去耐心了，她很奇怪为什么五分钟过去了，再一个五分钟过去了，又一个五分钟也过去了，没有视频但是还有键盘鼠标的他为什么突然不理她了呢？

老罗的无心之尸变成一枚失水的果实，也干枯如蔓藤攀附在痛苦的熊胆树上。爱情曾经美丽的肋骨上面勾留过长羽毛的音符，随绿色的日子舞蹈跳跃。老罗这根哭泣的枝条支撑着回忆翻山越岭，在晨曦初起时或牵过手的黄昏。树枝向命同落叶的脸挥别，请把干枯的树枝烧掉，从中烧出雾状的往事。今晚，让冰冷的手指和眼泪相认吧，与欢乐的火焰们共享余温。

他脱下自己的衬衣，把身上混杂的泪水口水汗水以及鼻涕抹干净，仍不敢抬头去看屏幕上的她。他怕再看一眼又多哭一次，得让自己的心稍微平静一点，否则让别人听到看到一个大男人号啕大哭自己该多没面子啊。

邹萍那晚打字过来的很多话语他已经不怎么记得了，他只记得最末了的一句：

过去可以不忘记，但一定要放下，好吗？我已经有喜欢的人了。

多么幻想能再轻轻地去踏一踏那微微挥着手的草地，夕阳虽已消淡，她已望不见眼角晶莹外幻化的那颗晒烫的他。

轻轻依偎在冬天的怀抱。微润斜阳里雕刻的绿色，它可曾偎靠在谁的记忆悬崖边？偶尔摇醒那份惺忪与眷恋，梦境中飘举些懒懒的神情。

希望她不再从白墙透视到温暖的掌心和希望存在的饭菜香味，他愿还能触及她羞涩的面容。雏兔蜷缩，暖成安详的插图。

十里竹原，天下第一泉，鄂中摇曳的雪花，如她芬芳的桂花丛。为何缺了某丝印记，景色便平淡如风？时间离阂太久了，邹萍，你还记得淦河上的那哭、那笑么？只因一束凝固的时光，不再会有汗水与爱酿的饭香。

不奢求还能小伞下四目微柔，但寻微雨将他凝固的冀念浇融，淌成她将路过心底的那片泥泞。

离开了网吧，月朗星稀的夜，开着电车，前面一个坑，老罗却以为是平地，然而擦伤的胳膊为什么感受不到疼痛呢？

赫然是晦日。黑夜无法抱着残缺的月亮饮泣。老罗不是太阳，自身已是黯淡无比，又怎么能够安慰黑夜？

回到机械化生活的氛围，钥匙踉踉跄跄地在锁孔里邂逅了困惑。

老罗侦察到自己的脚步声碰倒了凳子、水壶还有其他什么东西，镜子与地砖较劲，发出一声惨叫，碎片挤满光的冷笑，表情千奇百怪。从黑暗中走来的老罗对着墙有种想穿过去的冲动，同时他又朝四面八方逃逸：一个走进露水，一个想要好好休息，一个要求接近死亡，一个却想要忘记爱情，这么多个他背叛了他！他有那么一瞬间感觉这个世界如此稀薄，他就这样时时刻刻被溶解，溶解在生命之杯里。预备用来祭奠的鲜血和眼泪，其信仰与浓度逐渐降低。

眼睛没有伊人的手帕庇护，包藏不住液态的悲哀。只剩一个灰色而扁平的自己对他不离不弃。黑夜啊黑夜，影子啊影子，如果你是他亲爱的孪生兄弟，他就是另一个黑夜。相同的隐秘基因，同样悲伤的脸庞，又叫他怎么安慰他？头枕荒芜多年的天空，做完巨大的白日梦，醒来之后却抱不紧哪怕一个瘦削的肩膀，老罗只好尽情放任泪水交织在一起，沾满没有草木的孤地。

遗痕依旧很疼，舔醒夜半的52度，床头的二锅头倾斜在床单上，宛如素笺上的春潮，泛湿双桨。是泪还是酒流进了耳朵，带来了冰冷而陌生的感觉？

天空长满闪电，没有走漏一丝雷声。雨。又是雨。还是雨。雨很丰沛，一如老罗生动的泪。今夜雨声围困了老罗，窗外的枯枝被雨戏弄的声音掩盖了老罗身体和心灵所能发出的所有声音。而风使水滴的声音更加隐蔽，马匹的哭泣使得黑夜更黑。马匹的哭泣如此鲜明，无人看得见夜水外的眼睛！瓶子里酒已醉，瓶子外的他也摇摇欲坠。在空空的瓶子里长出一杯冷酒，这冷是苦的，甚过于笙箫之孔长出的断肠歌谣。在旧情人的眼和嘴长出雨的表亲，雨播撒在身体之上，难免会长出失败的爱情。

老罗想起自己打破的第一件玩具，还有撕毁的第一张照片以及这个打算要忘掉的她，喝醉了的他只感觉蚊帐一直转啊转，转啊转。近在咫尺的天花板像鲸鱼的肚皮在蠕动。

天空突然绷紧它额头的筋脉。明亮夺目，恰如一个叩问尘世的问号！

那一瞬的光柱映亮每一张陌生的脸，除了他瑟瑟发抖的脸。

他只听到心底的瓮中传来爆炸声，随即是翻肠倒肚的痛楚。

风来时雨哭成60度，扭着细腰跳起孔雀舞。风走时雨睡成一床。他记不起逝去日子里那些斑斓如蝶的印记，也看不见楼道底的下水口正贪婪地没收夜空惨淡的苦笑和混着胆汁的污秽。

乌云说：我很自由，不孤单。也许她们俯视过世间太多的悲欢离合早已麻木。雨闭上眸子，只用最廉价的泪水冲洗掉老罗顾盼不已的故事。

有些东西一旦失去了，只能找到一只苍白的影子和不多不少的气味或烟雾，或一些只能模糊检索到的温度，可以确定的东西必不再完整。

午夜在继续回旋，一朵夜晚的花随之沉寂。老罗本该继续梦见邹萍的，奈何少年时代的雪峰崩落，无法用悠长之声接上。

水管在滴漏，可是水表不帮老罗计算他的声音。

凶暴的闪电乘着风直流而下，赏他一记耳光。啪！嘱咐他从坟墓中惊醒。

没有两滴雨能在空中相会，没有两滴雨的气息能真正相知、相会和满足。即使回到哀婉的地面，也只能相互消失，在水里，或泥里，在梦里，或心里。心的门铃或已失效，只有风的柔波，一声声，一声声欣然离别，分而复合。

这场彻夜的雨，必能洗白掉缺少爱情维生素的星辰。夜将枯萎，光将破碎，雨将溶解，附着在老罗翕动不已的肺叶。

他已记不清自己这一次是第十几次失恋了，诚然，很多的恋爱他没有真的用心去体会去珍惜。但他这般流泪这般伤心，难道不能证明也算爱过吗？

老罗所失去的，恰是他应得的。

老罗读过很多书，但是有两本书，他没法读完。一本是自己，一本是广泛意义上的“她”。

他的眼睛还没想好要睡还是不睡。他甚至没想好醒来还是不醒。没想好的事太多，比如说还是不说，他没想好静止还是不静止。他也还没想好她还是不是她。她是一个动词，他是一个形容词，而爱情无非是一个寒冷的名词。

又比如老罗刚好把衣服收进来，雨就大笑起来，不知道是他配合了雨，还是雨配合了对雨极其敏感的他。他刚好把雨伞打开，她就忽然出现，不知道是他配合了她，还是她配合了他的寂寞。他刚想好艳遇的开头，就被人掐断故事的嫩芽。

实际情况截然相反：

他刚好把衣服晾出去不久，雨就像电视剧三集连播。他刚好有事要出门，倒霉就如上级领导莅临，门口离他已经很远，雨伞远如山中菌类，则要等到雨后才开。他刚想好好爱每一次的她包括她的每一次，那些个她就像博尔赫斯设的绝妙比喻：像水消失在水里！

曾有人说爱无解，老罗的答案是N。

但他不得不郁闷和伤感的是：

难道相遇，只是离别的一部分？

莫非每一种爱，结果都是尘埃？

从一开始老罗相信自己能创造属于自己爱情的光明未来，后来退而求其次，觉得至少能把握现在，可实际上他只拥有那些早已消逝的片断过去。难道只有逝去才能证明曾经拥有，或者这才是所谓真实人生，没有一次能例外？很快他便找到了佐证，那就是安德烈·莫罗亚在普鲁斯特所著小说《追忆逝水年华》序言中提到的：“唯一真实的乐园是人们失去的乐园，而幸福的岁月是失去的岁月。”

四十

叶笛租住的大院里赌风很盛，经常有一大帮人聚在一处露天赌钱。没想到大白天的，居然有便衣警察摸进来，赌徒们纷纷作鸟兽散，有几个逃跑不及，被抓上警车。在大院里玩耍的一个小孩子看到此景，连忙跑回家去对自己的爷爷说，爷爷，爷爷，庞叔被警察叔叔抓走了！爷爷告诉他说，谁叫庞叔自己去赌钱，被抓也不奇怪。小孩子很天真，拿起自己的玩具枪说，要不是我的枪是假的，我肯定冲上去救庞叔！

房东把世界切成小方块，他出租空间，漂泊的人出租时间。叶笛真的不想在这个鱼龙混杂的地方继续租住下去了，他试图去别处找房子。走着走着，他又拿着时间，去城外看桃花。但他手中的这座城市，暂时又不能离开。不能向东走，因为漫天的黄沙。不要去西方，石头多心眼。不去北方，山顶雪不融。不必说南边，他刚从家里出来没多久。

昨晚下过雨，液体珍贵且一无所知。残叶辞别枝条后，叶笛对更澄亮的固态一览无遗。一棵五十年树龄的大树，乐意留住鸟的鸣叫来弥补年轮的空虚，可是叶笛找不到其他东西弥补自己想要的。

买不到动车票仍能领受时速两百公里的孤独，他看到一个鲜花饼在终点。吃下去，口中充满玫瑰，想象着花朵干燥、脆裂，他的手请来一杯矿泉水，妄图挽救爱情那幸福的口感。

这里不是叶笛的家，他的家不在手上。他的方向即如雾霾中的鸟横渡茫茫然之境。

不远处的地王大厦形似纪念碑，很多人身在其间，一个个变成阴文，那里当然也不是叶笛的家。他只是偶尔会感觉到家很痛。

桥区不能停车，邕江码头有船如盏，有船但不能去远方，晚上还有课呢。

一个朴素的异族老妇女，携带亚热带腥气，只用距离，即教会了叶笛死亡的恭顺。

水在鸣叫，和虫而歌。凉风踏上芒草叶子。星星从水里上升，叶笛知道那是鱼类在沉默罢了，星星如孔明灯的温度升向太空，而叶笛加快脚步靠近黑板。

他也知道只有很少的鱼，能够舍弃一江春水，上升到流淌夏季的天河。

年底的一天，走路去一个地方吃饭。经过一个十字街口，记得天气是很冷的，忽然听见有人大声地朗读英语。虽则叶笛英语极差，但还是听出了几个一直在他心中永垂不朽的单词（比如 good morning，hello，good bye，yes，no，fuck）。他循声望去，看到一个三十多岁的女人，留着长头发，穿着脏兮兮的衣服，神情呆滞，坐在冰冷的满是灰尘的地上，旁若无人地朗读。看得出地似乎有点精神问题，那么是什么原因造成她这样呢？叶笛联想到自己会不会写诗写疯掉呢？

突然间发现裤头太松了，身影在路灯下都瘦成了一面帆。他都还没有像老罗那样为伊消得人憔悴，为什么瘦得如此之快？本来以为换了个工作能清闲一点，却倒是相反的结果。正郁闷当中，手机响了。

哥，我回到家了，老妈病了。电话那头是叶凯，叶笛的弟弟。

什么病？严不严重？我跟主任请一下假明早回去。

孝字当头，主管的表情虽则不爽，但也无可奈何地准假了。叶笛正收拾行李准备赶去车站，电话那头传来母亲的声音：

你不用回来了，我没事，吃点药就好了。

我刚好轮休，没有课……

母亲打断他：吃点药苦一些而已，没什么事，你好好上班，好好休息，上班虽然开的是电车也不要开那么快，有些出租车司机开车太……

这便是标准的反客为主，真让叶笛无言以对。阿江曾建议叶笛趁着年轻出去闯一闯，叶笛苦笑着表示这个想法有点遥不可及。离家太远的话，他总是放不下心。

母亲的态度坚决如令，使得叶笛回家的打算只能作罢。如果他回家去的话，或许能阻止母亲听信路边的庸医。如果他跟老罗网聊的时候能多嘴一点，搞不好老罗还能赶制出一副灵验的中药方治好叶母的病。而没有“如果”的现实是：叶母被骗取了六千多块钱，喝了好几个月的吃不死人的包治百病的草药，病没治好，人却虚胖了一大圈，连上个卫生间都觉得小腿很累很累。

如果，只能是如果。

终于等到休假，叶笛带着隐隐约约的不安携带一条熟悉的路回家，经过几个被台风摘走屋顶的房子。房子里的地板仰望着贫苦的天空，倘若依然下雨，雨水会任意打湿先前想都不敢想的内墙。

公路切开山丘的肩膀。风的鼻子很弱，不得不依靠水稻的仁慈。裸露些褐色岩石般肤色的农妇，背靠着一辆牛车的轮轱辘，西瓜卖不出去，但她并不着急，她已近似一尊雕像。一切都是平静、无害的，包括心情，即使他知道这都是不可避免的。

一株株幸福的水稻，直接生长在低矮的云端。一棵无人拥抱的树，披满槲寄生的叶子和铃铛似的果。这些风景都没能跟得上叶笛。

他感到某种动物尾随其后。长着极其抽象、极其空洞的形状，没有颜色，没有声音。

进了家门叶笛差点吓了一跳，面前这个女人是自己的母亲吗？

面前这个面部浮肿而肌肉松弛的老女人是自己的母亲吗？

厨房里，汤药下的蓝色火焰翻滚有母亲的痛楚，像一匹蓝色的马在近处声嘶力竭。药味蠕动在母亲的胃里和血管里。太甜，酸的，辣的，高蛋白，高脂肪，母亲都要忌口。

平凡质朴的母亲，请原谅叶笛不用苹果安慰你，也不买来康乃馨为你祝福，叶笛甘愿像中草药那样深深爱你，哪怕实在有点苦。

如果叶笛是一位画家，他会把自己画在山下，周围添上两株松树，它们拥有父母亲的皱纹。

他还要画出一缕清风：她是简单明媚懂事孝顺的女孩，你可能看不见，但她一定存在，咬着嘴唇来扯他的袖子。

溪流旁再描两朵花：他们正在追逐蝴蝶——小姐姐追上比年龄尚小的弟弟预防他跌倒。

但他不是一位画家，他只会胡乱涂鸦，爱做尘世的遥想。

冬天上午的太阳从来都不是很强烈，风从微阳里吹来。草叶告诉叶笛，疾病不是很强烈，疾病很温柔。紫薇树留下了几片叶子，但在树下，叶笛需要光耀的太阳。

他只想像一个害羞的小姑娘一样躲在墙角哭泣，而谁也恰好悲伤？

一只野蜂就落在草地上，叶笛和几间房屋坐在草地上，他克制自己不去想一些停在近处的事情。

母亲在窗口喊叶笛吃中饭——“笛”，“笛”。土壮语中读音同为“笛”的有个“狄”，意思就是儿子。无独有偶，普通话中的“嫡”字，也有儿子的意思。

团聚是他的，分离也是他的，更是他共有的。想到自己明日便又要离家，叶笛愈发感伤起来，本是合味的饭菜，却如嚼麦穗。

苦涩的窗户是半掩的，天气如也。一阵水声从遮雨棚上喊他，像某个人用指节敲醒骨头。

母亲问他：下雨了？叶笛说应该是楼上有人刚晾衣服。

遮雨棚又响，水声滴答，滴答。推开窗户，苦涩的空蒙。果然是下着细雨，叶笛的目光顺着雨水，滚落到楼下去，破碎成烟雾，人们行走在水网之中。

他写过很多次雨，雨在他笔下可以尽情挥毫。

这次他决定再写一次，因为这雨温柔亲切如同母亲。

只愿时间静止，如沧海蝴蝶。愿亲情坐在草地上，太阳不是很强烈。

家是古木参天，根深叶茂，水稻看到无一不低下黄金的头颅。母亲是最高处的树叶是头戴凤冠的皇后，风是树叶的小儿子，再狂暴的风，都需要一张树叶来歇息。有一张树叶太单薄，反射过太阳光谱中最青春的绿光。

蒹葭苍苍，白露为霜，叶笛看得见一条又黑又瘦的船，可以称其为亲人，载着叶笛渡过最艰难的岁月。流水是黑夜，手中的木桨开始失眠，如今这船将睡进河床，但仍在河底继续生长。只有在旱季叶笛才能看见根须。波光粼粼，是他的树叶，鱼儿是他的果实：这是赏赐给儿臣的礼物。

也曾被秋霜惨白的牙齿咬伤，在树的王冠上眺望孩子透明的身影回归或远行。所有的风呵，经过母亲身边请再轻些再小些，最好暂止漂泊。

你来、你走都会引起树叶细碎的颤动、叮咛乃至凋零。阿江的母亲比叶母年长得多，阿江排行第五，是家里最小的孩子。他告诉自己今年春节一定要回去，归期将近，母亲一如往日重复地问阿江何时返回也问他何时离开。有时候加班累了，阿江还想加班。对他而言，能多带点物质上的东西给母亲才能弥补精神上没能给母亲的。

而老罗则对叶笛和阿江说：其实你们要去远方闯出一片天地，再风风光光地荣归故里，只有衣锦还乡才能给家人带来更真实的物质和精神安慰。你们不是喜欢影视有关的行当吗？去浙江横店啊！在那里一定有所发展的……

文峰也和老罗说过：如果叶笛不是那么容易被家庭所影响所束缚，那么，有可能是另一番生活景象。

但是叶笛只是微微摇了摇头：父母在，不远行。

请原谅叶笛和阿江，原谅他们暂时无法给予更多的报答母爱的方式。叶母的旅程尚未到头，那就继续秉持某片土地依然存在的意义吧！

母爱！发音多像淡蓝色的叹息。她是重组万物的基本粒子。此刻她简洁、无力，她一贫如洗疾病缠身但永远善良美丽。

四十一

一个人桃花运来的时候，想挡都挡不住。老罗还没有从失去邹萍的灰色悲伤中缓过神来，也还没对小怡展开真正的攻势，高中的好哥们（闺蜜？）林帆和女友王宁尧几乎同时打电话要过来看老罗。三英战吕布那是古时候的事情，脚踏几只船老罗一直也能驾驭自如，只要时间安排得过来，不过他这时觉得好累，好累。他是花心，不假。只是他小心翼翼地掩饰和演戏，没有让她们中的谁遇见谁。他自己很明白他和小怡是绝对不可能的，她太小了，和老罗相差九岁，她只不过是邹萍不在的时候暂时取代却又取代不了的一个不完整的影子。是的，小怡绝对是幅老罗惊叹的赝品画。老罗作为当事人，他的心是个度量器皿，考虑到自我控制能力不强和畏惧法律的制裁，老罗决定与小怡形同陌路不再联系。

林帆来的那天老罗带着她和同事一起吃晚饭。同事们都以为她是他的女朋友，虽然两人没有牵手，但是无话不说的挑逗和勾肩搭背的动作，很难让人否认他们不是恋人。世界就是这么奇妙，老罗和林帆真的是死党，一向如此，一直没变，虽然的确有过不少亲密接触。这个大大咧咧的女子，可以肆无忌惮地在高中教室里大口小口地一勺半勺地你一口我一口地和老罗分享家里带来的绿豆糯米饭，可以和老罗扭打在一起甚至在校园里疯狂追打，也可以在失恋的时候被老罗在众目睽睽之下摁到墙角关怀安慰。但高中毕业后他们一直没有联系过对方。除了有一次过年老罗回来，和她一起喝酒撸串，老罗喝了四瓶啤酒，她只喝了两杯。老罗喝得都困了，便说：

去我家，嘿嘿，我家的床够大，开房浪费钱。

怕吗？

怕什么？

要是被发现了呢？

这个你放心，我有很强的反侦探能力！如果真被发现了，我就告诉我妈你是鸡婆。

耍贫嘴的后果是胳膊立马紫了一块。

星星好像被谁碰掉了光芒，正好可以趁这种夜色混进家里。老罗先偷偷进屋刺探军情，得知敌人都已解甲归眠，唯独老妈子还在二楼的客厅开着电视边睡边看，他再下楼去开门假装抽烟，一边侦查附近邻居是否有失眠未睡者，一边准备给在暗处的林帆发信号。

一切看起来情况都还算良好，唯独二十米远处路灯下还有两个老邻居在下象棋，老罗当机立断，右手举起来假装挠头发出信号，林帆于是开始充当路人甲假装打电话慢慢走过来。两个人的表情和演技绝对是一流，哪怕是去当演员都是绰绰有余的。

离门口只有五米了，四米、三米、两米，此刻林帆的心开始蹦得厉害了，呼吸都加重了，如果此刻老罗把烟头一丢，即代表放弃任务，她便继续前行以免露馅。老罗则是老手了，这一次顶多算是复习罢了。上上一次的演练和上一次的温习让这一次更加熟练，只不过那两次是和高三的女朋友张北辰。

林帆一瞥老罗没有丢烟头，马上大步走了进去。老罗示意两人都把鞋子脱掉，拿着鞋子赤脚走上二楼。老罗在前引路，步伐走得太夸张有点像《猫和老鼠》里面的杰克，林帆看了差一点没忍住笑。

二楼的后面就是老罗的房间，窗户是老式的木框那种，玻璃都参差不齐了，隔音效果可想而知。两人睡的木床紧挨着窗户，大抵是因为年代久远了，动静太大的话总会发出吱呀吱呀的声响，并且和母亲的距离就隔着楼道，只有五六米。这样艰苦卓绝的环境让林帆感到又害怕又刺激。

关了灯的房间只有从客厅投过来的一些光线。老罗是血气方刚的二十出头的小青年，不是坐怀不乱的柳下惠。此刻他赤裸着上身，但还没脱下长裤。脸靠着墙的林帆不知道是困得入睡了还是闭上眼睛假装入睡。沉默等同于宣告，反正她正在忍受他的冲动。他努力地对她运用减法，但苦于控制力度和声响，半晌才除去她的牛仔裤。这时她嘟哝了一句：我感觉你好傻。

这个傻有两个意思：一个是嫌他猴急又不得其法；一个是反问他这样对待自己的好哥们有意思吗？老罗更相信后者的意思，他应该明白一个道理：人生得一红颜知己，足矣。

天还没亮刚过了五点半，这一夜老罗完全没有睡好，只是迷迷糊糊地搂着什么东西。再不起来恐怕老妈子会发现了，赶忙起来穿衣服开灯梳头。从镜子里发现她也醒过来了，下身的长裤还没来得及穿上。搁下梳子，老罗猛一转身走向她。只见她摇了摇头，食指放在嘴唇上，一边“嘘”，一边往客厅方向指了一下。也许是兽性战胜了理性，他粗暴地拉开她的粉色防线，换来的当然是她的反抗。老罗停住了，把牛仔裤放到她面前，督促她快一点穿好。

从她的背后轻轻抱住这个既不是情人也不是小妹的她，一些话卡在喉咙，就好像车停顿在半路，芒草的耳语站在积水里。镜子前梳头的她表情漠然得陌生，似乎并不是他所认识的林帆，而是一位刚与他云雨结束的夜度娘。他的一生假如是一部长篇小说的话，他不懂应该把她放在哪一个章节哪一个段落，不知道她是逗号，句号，还是省略号。

很顺利地逃出家门，平时经常拥挤堵塞的街道此刻空旷得仿似老罗的心。清晨只发现有寥寥的几位环卫工人在给城市洗脸，几乎没有什么路人。早点摊都还没醒来，两人只好走去河边卖傻。

地平线下，黎明正在生长。露水未晞之前老罗想起自己未名未明的远方。旭日是一种藤类植物，灼灼其华，美好而伟大。老罗还回想着刚犯下的错，心神不定。

这个时候败退的月亮似乎还没有老罗这般迷惘。

“你还记得2000年那个站在这条河里的男人吗？他那时在和这一江春水谈恋爱，最后他变成了一条船，船上没有人，没有桨，没有锚，没有舵，船上只有水。”

林帆不回答。

老罗不愿意继续尴尬下去，遂问道：等会儿你想吃什么早餐呢？

林帆看着浓绿的江水，淡淡地回答：我想死。

四十二

夜间葬礼上的花圈，可见上面的字迹歪歪扭扭，但的确出自阿江的手笔，和当初风华正茂的洒脱已然不同。阿江写的是：开完一生的花，结完一生的果。爱完最后一个人，这不能算是你的错。

老罗精明半世，连自己的死期居然都能预料到，要不然他为什么会提前两天把他在国海证券炒股的资金账号和交易密码告诉阿江和叶笛？其实老罗偷偷存了三十七万拿去炒股，不知道他狗屎运还是财星高照，三十七万元不到一年的时间已经变成了九十二万多。对此连妻子王宁尧都一无所知，她只知道丈夫有一天贼笑地给了她一张人民银行的银行卡并告诉她密码，并嘱咐她：我养了一只鸡在里面，等它长大了，就有很多很多牛了，不过需要时间罢了。

如果老罗没有把账号和密码告诉他的两个好友，王宁尧绝对领不到老罗留给她和孩子的这笔财富。

张北辰高中毕业后把一箱子的书信寄存在叶笛那里。后来叶笛嘱咐她取回，她说，替我烧了吧。叶笛照办了，可是烧的过程中好奇心作怪，他大概浏览了一下这些多达两三斤的信件和笔记。他忍不住惊叹了，他发现恋爱中的女孩子真的是不折不扣的作家。因为她能把她心底的话毫无保留地敞开心扉地真实无瑕地表达出来，完全以第一人称即时即景不加修饰一气呵成，而这一切都出于爱。里面的信和便签都是老罗写给她的，而笔记里的日记是她写给老罗的。叶笛粗略算了一下，老罗平均不到一天就写一封信或者便签给她，用这种依恋和爱恋的力量来解读老罗为什么放弃看得见摸得着的光明向上的未来而选择复读陪着张北辰就很容易理解了。可是老罗的葬礼，自始至终叶笛都没看到张北辰。

院子里的葡萄，好像一篇深秋才拟定的好文章，上面有很多看似圆满的句号，但无人读出句号前面的内容。此刻王宁尧抱着不谙世事的罗媛媛，木然地坐在葡萄树下哭哑了嗓子，她不明白为什么眼底的泪水总是流不尽。她的哀号，仿佛每个喊声都是从心口迸裂而出。她真想把眼泪就这样一下子挥霍干净，因为以后的日子不再会有人哄她骗她捏她疼她吵她爱她了。从小到大她从来没打骂过媛媛，但是这两天她发疯似的把女儿打哭了三次，因为媛媛吵着要爸爸抱着去买绘画本。稚嫩的小脸哪里会知道，你爸爸已经抱不起你了啊。

葡萄越结越多，越结越多。当叶笛伸手欲摘，葡萄立即由晴转雨垂落，剩下一条果梗如毒蜈蚣啃噬他的视线。葡萄四溅，在地面铸成一面笃信神秘主义的镜子，照得见少年时，照不见此刻老罗的脸。老罗的路独自走在路上，葡萄永远是很好的悼词，老罗朗诵给自己听，但耳朵拼不出一个完整句子。

葡萄多甜，葡萄曾经有多甜！老罗的眼睛就是葡萄形的，那是一对极像风流诗人的眼睛，直到这一天它们再也流不出美酒。

南风穿过正门，撩动覆盖住老罗的白布，灌入他空空荡荡的肉体。老罗像个荒凉的老屋，再没有诗酒猖狂的日子，再没有爱恨交加的日子。南风穿过他的身体就像穿过玻璃，他像一只鸟类饮下清风，再没有春日北翔的机会，再没有南斗倾斜的机会。

从今往后，老罗将自己慢慢行路，南风啊南风，让一切物是一切人非。戴罪之人，岂能转身离开？

黑夜策马，在远方有马匹喷出鼻息，皮鞭无意间打落一颗不祥的流星。

月亮是死亡白色升起的脸。木末累累，扁桃的夏天早熟透了，扁桃像大滴眼泪不时坠下，裂，开。有人故意在天上点亮了裂碎的汹焰，我们称之为众星。《春秋》里有曰：夜中，星殒如雨。而老罗，也是其中的一颗小小雨吧！

道士做完了法事，叼着烟，慢条斯理地告诉叶笛和阿江："知道吗？那些星夜死去的人和心轮，在命理上可以教会我们如何更爱生活。"

风中走来一只猫，顺着季节下来吃掉自己的声音。这只夜猫忧伤的嗓音摇曳着蜘蛛的网，它以较低的温度，朝阿江莫名地望了一眼，随即逃逸，带着嘴边的尺子。

它肯定畏惧他身上的某种东西，而他又何尝不畏惧那花纹下的九条魂灵呢？不同的是它选择后退，而他执意走进它的眼睛。

老罗风流半生，从未深切体会到什么是寂寞，不过此时此刻，他不得不自我寂寞了。寂寞对于老罗的定义是什么呢？那就是一颗蓝宝石独自燃烧，怒放出宝蓝色的光芒，而这种光芒的力量足可以让河流忘记自己的方向，石头忘记自己的重量。

那只猫在墙头和自己的影子告别，恰如一首诗在风中大声朗诵自己。黑夜捂住唯一的耳朵，捂住唯一的听觉。只有老罗，还没来得及和自己所爱的影子道别。好了，这下好了，老罗和猫还有一首诗，都是寂寞的啦！

拂晓、黎明负责打扫漫天的玻璃渣子。它们放出锋利的寒光。黎明有一道疤，老罗的坟墓在黎明之上高高耸起。光芒如掌引领一颗颗星星上升，它们在替他离开吗？

老罗自己陪着自己坐在秋夜的鼻梁上，醒来梦有点凉，他打开一个橘子：秋天。秋天是微酸的，吃下去他就变成了秋天身体的某一部分。

叶笛想起一个年幼的女学生曾告诉他她在秋天吃过还在绽放的花。他问：味道怎样？

“很干，有点苦，有点甜。”之后她的脸上泛起桃花色，使他相信了她所言非虚，幸好那些花没有毒。

还有一位男学生在作文簿里写下：“春天的夜晚犹如一个菜市场，传来各种声音。”

但是，可是，仍是，只是，无论春天的声音如何，我们总是害怕时间很快用完，然而时间总是率先用完我们。春天的时间日夜生长，直至我们安全死去，还源源不断，无穷无尽。

生命啊，请允许老罗像秋天一样爱你。

让我们一起来数：一月，二月，三月……春天过去了还可以重来。我们再一起来数一——二——三——爱情就过去了，偶尔重合。我们还一起来数吧！生。死。灭。此生过去了，不必重复。

四十三

野兽们把自己投进高楼，不时出来透透气。野兽住在铁里，混凝土里。钢筋水泥是野兽监护人。

野兽们骑着汽油柴油往来。野兽们在夜里的笑声叫花儿枯萎。野兽们钻到地下超市，搭上国际航班远遁。

不，他们是活生生的玩具，是高级定制时装，就算放到巴黎、米兰也永不过时，他们也是亭午晒太阳的重犯，早被判无期徒刑。

孩子们，野兽住在秋天的眼睛里，撕咬野兽，长期潜伏在你们的左心室，在大脑的海洋游荡。

野兽拥有一个共同的头衔：人类！没错！（回音瑟瑟发抖：人人人类类类）

孩子们你不用问，野兽群此刻就围在你左右细嗅，细嗅，因为你柔嫩的皮肉下面圈养着一匹白羊。

野兽很机敏地扑倒林帆，她只感觉铺天盖地的力量压了下来，他的右手像把钳子一样嵌住她的双手，然后左手发狠地掐住她的脖子不让她喊出声音来，她想挣扎，可是他就坐在她的小腹上面，她上下左右扑腾的双腿对他不起任何作用。

由于刚才跑得太快，体力消耗了很多的缘故，林帆徒劳地进行反抗，随着眼角的泪流到耳郭里产生的凉凉的感觉，她的脑海掠过一丝悲怆的绝望：我准要被糟蹋了！一想到这里，好似有神力相助，她的力量增加了许多。这是一个人求生的本能，在生与死的边缘才能爆发出来的潜能。她双手像两条狰狞的白蛇一样不规则地扭动窜动，双腿像失去平衡的风页迅疾地转动，眼睛喷发出成熟的野酸梅所具有的黑色光芒，嘴巴里的牙齿嗑嗑作响，从齿缝间挤出一句话：“咬死你个杀千刀的！”林帆的身体像被压在五指山下的齐天大圣一样，在其他部位的器官支援下，汇合出同舟共济的强大可怕的动能，把他掀倒在地。暴怒的坏蛋也不是省油的灯，一呼酒气，抡起硕大的拳头砸向了她的小肚子，林帆“唔啊”惨叫了一声，下意识地去捂住肚子，冷汗湿透了她的身子她都完全察觉不出来。牲畜丝毫没有给她喘息的机会，再次扑了过来。畜生刚才的那一拳打得她使不上劲，她的上衣被掀了起来，邪恶的手终于得逞了。恼羞的林帆强忍着痛，咬紧牙关，趁着色狼正忙着扯她的裤子，用尽吃奶的力气用手指去挠他的眼睛。王八蛋反应得快，脑袋往后一仰，哪料顾此失彼，他感觉嘴角好像被勾扯到了，一股咸咸的味道给他的舌尖一种腥腥的味觉。恼火的禽兽被彻底激怒了，他再次抡起两个大拳头，疯狂地来回敲打着林帆的头部。她条件反射般用手护住头但无济于事，只听见哐哐哐嘣嘣嘣嗡嗡嗡咚咚咚的声音由里及外从左到右又由外到里由右及左回旋碰撞交汇，她的眼前像长时间目视电焊焊花那样的刺眼难受，分明看到的是熔岩般的黄色又马上变成牵牛花的绛蓝色，再然后又变成夜幕的黑色，短暂的几秒钟内，林帆仿佛穿越时空一样忘记了疼痛忘记了色彩忘记了呻吟和呼喊，只有微微的身体快速下沉的感觉，她好像看见了五光徘徊的天涯看见了十色陆离的海角。连色魔停止了殴打，迫不及待地把她的裤子褪到脚踝上她也无从得知了，因为她的嘴角流着暗红色的液体，歪过头痉挛抽搐了两下，晕死了过去。

四十四

一座记忆中的城市里，街衢如叶脉般展开。该来的人，总是要来的。

林帆又来了，带着两种伤痛而来。这次她什么都没有带，孑然一身。

老罗把她带到新泊位的门座起重机上看夜海。

他问她：他对你还好吧？

单单就这么站着，哭也没有声音，她闭上眼睛放任晚风和泪晶逝去。一个女人在此时此刻，几乎不会拒绝安慰或怜惜的拥抱，但是老罗只是伸出手，用两个大拇指替她擦拭眼泪。

老罗怎么安慰她？老罗只能这样安慰她：帆永远不会憎恨风，就像船永远不会憎恨海。如果你的心灵被围困成一座岛，在动荡的海水里浸泡着，也要卫护最后的海岸线。

林帆明显听不懂这样文绉绉的话，她自己也不清楚自己来看望老罗图个什么。来历鲜明的孤单和寂寞？许久不见的思念和友谊？期待情场老手的安慰？还是赤裸裸地投怀送抱？

她高中时的舍友曾议论过他，说他极具城府，花心而老成（估计老罗这绰号便是由此而来，以前大家都是称呼他为小罗的，更何况老罗看起来根本一点都不显老），又懂得对老师趋炎附势对同学哗众取宠，不可太过接触。

但林帆发现老罗更深的一面：他之所以表现得要么锋芒毕露要么韬光养晦或者吊儿郎当或者一丝不苟，都是在做最真实的自己。这有错吗？也许有错，因为人们都是习惯了轴对称图形，而偏偏老罗就是不规则的。出了格的围棋，总难免格外显眼。

当林帆偷偷把她们的闲言碎语告诉老罗时，老罗呵呵一笑："批斗我的人太多了，好歹也要先挂号排队才行啊，你说对吧？我自己撰写的音节，就该是我自己独自吟唱，要不你也陪我一起唱啊！"边说边色眯眯地拿食指去捅林帆的小肚子。

也许是和老罗沆瀣一气蛇鼠一窝臭味相投吧，以前的林帆，就算不是打心底真正地快乐，她也能够用那种没心没肺、带点夸张带点调皮的灿烂笑容面对每一位关心她的亲朋好友乃至陌生人，而经过了爱情的"洗礼"后，当她毫不掩饰地把她的忧悒和颓废赤裸裸地摆在朋友的面前时，他们说，她变了。她多么想变成像老罗这样的男人，可以对世俗叛逆不羁无所束缚。

老罗，这个不规则的图形，现在终于突破她的心房了。她能明显感到这突如其来的拥抱那么的真实可靠。以至于她觉得他似乎如释重负或者说是忐忑不安的深呼吸带动着她的心跳。在他的怀中，她从他的眼睛钓出柔柔的星星之火。这种眼神从认识到现在，从没有碰见过。泠然风来，林帆很享受地闭上眼睛，轻轻地吸一口气，什么也不去想，就像小婴孩在母亲怀里那般宁静安详。

老罗的手轻轻地在她的肩胛骨上抚摸。林帆不由得一颤：怎么回事？这个动作怎么和刚分手的男朋友的动作一模一样？只不过是她男朋友当时是这样子说的：

你不适合我。

触景生情，林帆只感觉大脑缺氧，眼泪像干涩的沙子一样把眼睛烙得生疼，她的世界在那一秒砰然倒塌，她摇摇欲坠，世界也摇摇欲坠……

极具戏剧性的是，第二天王宁尧如约而至。放弃了本可以随意编织的未来下了火车。其实老罗完全可以找借口先把林帆送回夏火县的，可是他没有这样做。早上他和林帆几乎同时醒过来，他半躺着并抚摸着这几乎半裸的生灵的胳膊，说：

我带你去火车站接一个人。

谁啊？

我大学的女朋友啊，她来投靠我了。

哦。

单单一个“哦”字，是老罗始料不及的。他本以为话说出口了，林帆多多少少会有所反应。原来真实的她比他相处中的她包括想象中的她要坚强和从容得多。

老罗曾用一个晚上的时间向我描述当时的境况他尝试着断断续续把他和她们的故事用故事的手段或者说是方式一点点构筑起真实的语言环境作为叙述者本身他极尽可能地绞尽脑汁使他这个有故事的人不至于支离破碎抑或前后矛盾从而进一步向往昔过渡向记忆挑战并最终完成说服听众的目的竟至于当我发现他边叙述边黯然的表情夹杂着对往昔无穷的追忆然而他做不到醒来后正好坐在那熟悉的教室一隅感受那唾沫和粉笔的味道也站不回那河水边上的小树旁被一个长发披肩的女孩子依靠着庆幸的是他每天都重饮着他风花雪月的旧日同时时间这杯高纯度的硫酸也在腐蚀着他让他在广袤的野地分不清东南西北他说未来并不算遥远爱情也很近因为他无可置疑地轻而易举地慢慢在逼近所以他没有什么前不着村后不着店的感觉。

梦里有梦里的韵味，现实有现实的风情。它们的交集就是我下面要转述的故事。

但是请原谅我胸无点墨去描述当时在火车站里三个人那极其复杂的眼神和表情还有对话，我只能将就着用两个字一笔带过：谍战。人的眼睛有 5.76 亿像素，但却终究看不懂人心，并且每个人把自己放在特定的场景里都能演得入木三分。

那天晚上王宁尧想要睡在床的中间把老罗和林帆隔开，可老罗执意要睡在中间，言语和动作中满是霸道和固执。

那是一个庸俗的清秋之夜。冷色的唇颤抖得无法定格。一些美遗失在露滴跟前。没有标点的日子，唯有天幕能够抵达。蛇寻找繁竹间的孤竹或云烟的尽头，惹得叶子时时战栗。

一枚光芒燃不掉肤色，一颗种子呈现肉感，一束稻香与发烫的风在搏斗，一尾红鱼惊碎了蓝天。

夜的翅膜更深了，她的腹部逐渐被肥润欺瞒。

顺着黑色瀑布，找寻秋忠实的归处。当风吻起第一瓣栀子，展翅欲飞的鸿雁，把谁召回淡蓝心湖，由此挥一挥昨夕的手，到铺着几枚落蕊的来路。

酣睡的是浆果，莲花的尾巴搁浅在水洼里破碎了脚步。路灯昏黄——拉长欲望的高度。低低的乌云想要掰开伞下的人儿。就让雨的洗濯当作呵护。今夜，烛色如盘。夜那脆弱的翅羽被尘世惊碎。霓虹灯掩盖住那翅羽上的无数黄钻，走到明窗前。老罗固执的在乎，镌入谁的心湖，谁的山谷？

不远处的火车鸣笛声嵌入铁轨旁的沙砾，如雨款款盈盈。繁星开在两个绿洲里。谁能道破岁月的秘密？只隔一枝藕荷色黄昏。海底的脉痕无法定格，轻悠于潮汐的美丽裙裾。

那一夜，是他们三个人今生的分水岭。

老罗的预感这次算是对了：第二天林帆微笑着离开了。

她说，不用送啦，我走一走就可以了，反正去车站也没多远，顺路再看看大海，噢，对了，你们结婚的时候一定要叫上我啊。

还是那副顽皮而开朗的声线和表情，老罗怎么看都看不穿她大海一样的内心。她看似平静的心情，是一面老罗看不到的土墙。她脸上的笑，是欲哭无泪的断桥。其实老罗知道的——她只能在黑夜里学习昙花。

假使她远去，他仍会把她当成暴雨后那株鲜红的青苗。

最末，老罗左手抱着王宁尧的腰，举起沾有林帆体液的右手向林帆挥手告别。而林帆的背影似乎长有一只深邃的眼睛，居然她背对着老罗，也举起手来挥了几下。

一个回首，可以是一个结束。回首后再回首，也可以是一个开始。但林帆终究没有回首。

离开了老罗，她沿着环海大道面无表情地踽踽而行。这个时候的日光并不是很强烈呀，可是为什么林帆觉得目眩呢？

她走路，然后乘车而来；现在她依然走路，然后乘车而去。她走路也好，乘车也罢，竟然都是为了抵达老罗的离开！

网络时代，林帆仍然固执地喜欢写信给自己的一个闺蜜：广美。桌子上厚厚一沓没寄出去的信，每写完一封，她知道和广美分开的时间又长了一些。可是没有广美的地址，林帆不懂该把信寄往哪里，她甚至把广美的手机号码和 QQ 号也丢失了。

去年春节听说广美去了沿海的某个城市，但是直觉却告诉林帆：这几年广美会不会就在这个港口呢？

为什么这么久了她们连一次面都碰不到呢？真的一点也不甘心，所以林帆停下脚步，研究了一下公交站牌，前往市中心的步行街。女孩子购物天性使然？喜欢热闹？不，都不是，为的只是等待广美在身后喊一声：“嗨——阿帆！”

一个人行走，随心而走，少了一份温暖多了一份清静。游走在完全陌生的城市，渐渐平息的不是心情，是往事，是回忆。把自己丢在陌生的城市，也许陌生的人群、陌生的语言才能让她证明自己还活着。

码头上，年少轻狂已然消失，那一夜，林帆泪雨滂沱。一颗颗泪石翻滚，证明着某人曾经于某年某月某日来过，多年后，可能泪石仍旧伫立，只可惜旧人已随风雨远去。

我记得老罗和林帆挥手道别时正是早晨八点钟左右，没有他，没有她，只有阳光在引诱淡淡的阴影。

那时候的太阳是个蛋黄，被港口特有的白色矿雾轻轻地包裹住。老罗的心像牵牛花的颜色热爱黎明，因此他宁愿像叶笛那样傻傻地坐在黑夜之中，并乐此不疲。

老罗似乎热爱上了别离，并联想到朝生暮死的蜉蝣。他有点坚信并怀疑他和林帆是否仍有可能相逢。

此时的他应该要比从前更热爱自己和远道而来的王宁尧。而伤痕累累的十个手指，会不会还怀念起心琴波动、秋天起伏的爱过的那些日子？

因为他爱过林帆寄养在双眼的露水，所以他深知，痛苦也会热爱他，像热爱无数黑夜纷纷的翅膀。

是的，他热爱别离，也热爱他可能再也不认识的她。

如果林帆是细雨，老罗是树叶，王宁尧是秋花的话，我们可以这样理解：细雨打动了叶子，但秋花还没败呢！叶子在长路浮沉，躲避成为婚姻的爱情，尖叫所有的雨下不停。我们走在雨水之上，树叶是翩翩公子，细雨打动了叶子，但秋花还没败呢！雨越过我们不可靠的肩膀。

在几何里面，三角的关系是公认为最牢固的，可是在感情里边，它却相反，随时摇摇欲坠。

五年过后，老罗的女儿媛媛都两岁多了。有一晚他闲得蛋疼，便打电话给林帆：

出来，陪大爷喝两杯。

不去了。

为什么？怕我欺负你啊，哈哈……

就你那小样，哼！

那当初……

林帆直接打断他的话，不给他继续说下去。她按住自己过分漫长的声音，但语气似乎有点坚硬：

当初，你还没结婚。

一语道破天机，老罗愣了半晌，竟无言以对。

这个世界上永远有两种女人。一种是为男人做了一件事情，男人就以为她付出了全部，于是心存感激，总是挂在嘴边不忍伤害。另一种即使为男人付出了许多，男人还是一无所知，于是轻易离别，末了还说，别人比你更需要我。事实与真相是：老罗属于这种男人，但是林帆属于第三种未被言及的女人。

偶尔在街上，旧颜相逢，隔着短短的街道，俩人彼此笑一笑，对白简单，且枯涩。不说话，不代表已经忘记。是理由，不是原因。

有时也会没心没肺地胡侃几句，但是已经不可能再推心置腹地谈心和打闹了。这种改变和速度，就像某些习惯已改掉，而自己浑然不知。

风很安静，林帆变得如此如此如此如此遥远，就像被老罗的声音遗忘许多年似的。物非人非，记忆早已无处安放。豆子发芽了，已是重生，卒子过了河，回不了头。 时光淡如云，约定俗成，在思想的萌芽处，为老罗引路，飞渡未明的流域，空留一骑绝尘。多年以后，也许两人都会同时遗忘一个属于他们的无法想起的夏天。

你可以说她像风但不能说风像她，因为风已止息。但是其实，有风无风本一样。没有风，云也会散。没有爱，但他和她仍会在不想相遇的时候相遇。

风动了动手指，在温热的拐弯中，让花香狠狠地开放。

有风无风本一样，爱情总会烟消云散——没有爱，他和她仍然会满足于恪守属于各自的满足。

把拆下的情节与对话收好，移动手指，他弹奏一曲唯一会弹的《痛哭的人》：

今夜的寒风将我心撕碎
仓皇的脚步我不醉不归
朦胧的细雨有朦胧的美
酒再来一杯
爱上你从来就不曾后悔
离开你是否是宿命的罪

难怪古有云：不惜歌者苦，但伤知音稀。所以无人倾听老罗的吉他声。

四十五

夏季对阿江来说是一个完整的季节。鸟儿的航班都飞往了森林避暑。阿江身着最轻的衣服，感到无拘无束。出汗的感觉很是惬意，吃东西也更有胃口。但是这个即将与他道别的夏天炎热而漫长，充满宿命的味道，它像锋利的牙齿，同时也咬穿了清秋的血管。

当他第一次来到游泳池，就被一地碧绿的火吓倒了。动完胃部手术没多久的阿江好比刚剥了皮的树，痛没有完全表现，傲骨却相当显现（此处形容他已瘦骨嶙峋）。

阿江的衬衫、长裤和袜子，长有手，也有脚，合成完整的他自己，这另一个他自己，经常被混着洗衣粉拧成一团，漂泊在水桶里，浮浮沉沉，反复漂洗一天的罪恶。它们像雨季溯流而上的鱼跳出水桶和他握手、吃饭，一起工作、一起失败，陪他被阵雨和太阳打湿。

严格意义上，它们就是阿江的另一层皮肤。唉，可惜阿江从来没有感激过你们，只给过你们夏天的盐分。此时此刻，他轻易地剥开它们，融入游泳池里拥挤的世人。

于太阳温柔的火焰里，他走进风里，走进水里。

风与水尽管如此遥远，也终将在泥土里行走。

一切都浮了起来，周围的一切都比他情绪高涨。也许他想要的东西，在别人身上才可能有。可能他从更像明天的明天中醒来，才能更好地在最像今天的今天生活下去。

游泳池里人群喧嚣，人群寂静。该幸福快乐的被用来幸福快乐，该孤独的把孤独淹没。阿江听到疾病、分离和失业凝结的声音。天气图发阴，要下雨？请随时！

硬币滚落。花可能会败。很久没听到好消息了。

什么时候粳稻才会成熟？它们的颜色已去风里摇曳。

太阳先他而落，风先他而息，水先他而涸，泥土先他而忧愁。他拿着四大元素但迷失四个方向，但却无可奈何。

他手上的四叶草正在枯萎。叶笛曾和他说过：一切都会如船浮起，那也许只是一种死的形式。

“扑通”，夏天把他的思想扔进水，世界慢慢下沉，纷乱喧嚣被柔和阻断。被水拥抱得严严实实，她们完全地占有阿江的呼吸。

生与死，就像一张可以涂改的通行证。阿江试图与水对话，体温却随之逃离。他的身体和世界沉到底部，又僵直地回来。溅起的水花，成了唯一的对话。

游泳池的人多得水都沸腾了，无人注意阿江这条瘦竹竿。他因为治病请假太多，工厂已下达了辞退通知，不愿意这个病人浪费他们的粗茶淡饭。

绿荫从树顶倒下，羊蹄甲长荚如刀，向阿江悬来。夏天逐渐垂向他的头颅。夏天是什么？夏天能干什么？失业的人没有骨骼，变成蚯蚓蜷缩在烈日下，在水泥地上拧弯自己的影子，失业人的时间畏惧12点钟，失业人没有地方隐藏，失业人没法隐藏自己的悲哀。袖子往何处去，能袖到些凉风么？

夏天失去刀子，夏天没有脊椎，永远是北京时间12点钟。夏天因为太明亮，所以没法隐藏自己内心的悲凉。

中药吃了似乎效果不明显，还忒贵，但阿江认为总比西药要治本。医院里的老中医看出了阿江的拮据，遂开出药方后说道：小伙子，你到外面的私人草药店去拿药吧，比医院便宜一半。

这句话着实感动了阿江，他连道谢都忘了便匆匆离开。

中药是很善良的，一把小铡刀，切开夏天的太阳，阿江看到铡刀光流泻如瀑，可是这些草药不能治愈失业。也许生活本身就是一种病，不吃药不动手术也总会熬过去的。

被切短的空气，只有风能抚慰，这种孤独，严格来说不能算浪费。

失业后，阿江的生活只能用“沉沦”两个字形容。他麻木地清醒着：如果不能在这沉沦中得到重生，那么，还不如在这沉沦中毁灭！事实上，阿江算得上是一个极端矛盾的人。比如：偶尔，他想振作；偶尔，他想证明。有时候，滴酒不沾，安静地看别人醉态百出；有时候，烂醉如泥，摇曳如不能生长的烛光。他在颠簸的漩涡中无法坚强。

整日如梦，昏昏沉沉，阿江醒来，发现他的太阳发出鸟叫声。邻居的狗，拒绝他陌生的词汇。太阳还没把光线扶正，但足够伤害到阿江的东方。阿江本身就是一种方向，而他没有发觉罢了。微乎听得到不远处的小贩车上有大葱高喊物价上扬。

还有多少个这样微微湿润、发出回响的早晨能够给他认真地浪费？

年轻是一种稀有资源，他的未来演变成一朵晚开的蔷薇。他极有可能也是一种寓意，并且深沉，站在路的末尾。

向晚，衣服已经晒干，他再次醒来。窗帘的后面，乌鸦夜啼。他是从什么时候开始一个死的睡眠？

向什么求救好呢？阿江听见两匹甲虫高频扇动翅膀的声音，尔后天空慢慢沉降，声音抬起天空，脚步是行走的心跳。

他不知道自己要说些什么做些什么。当他独自对着电脑屏幕，沉默巨大如野兽。他不知道如何描写如何表达如何沟通，不知道使用黑色墨水。

当他只是想写下空白，他不知道如何生活，当和死亡还不相熟的时候。

回家吗？回家吧……阿江的脑子闪过这个念头，但很快打消，毕竟现在自己尚未“衣锦”，谈何“还乡”？即便回到家乡，自己又没有足够本钱做生意，在家打工的工资更没有在这里高。

如果此时费翔的那首《故乡的云》响起来，估计看似坚强的阿江定会老泪泉涌。

阿江把家丢在家里，他像蒲公英把自己卖给了距离，尽管这不是蒲公英的季节。他的家消失在数百里之外。出租房门窗的沉默、黑暗、寂静如蝉蜕，虽然这个季节蝉音似海。

阿江觉得所有的坚持到最后都是一种放弃，因为他要坚持某种东西，就必须要放弃更多。结论就是成功不是因为获得，而是因为已失去。—它本就在他身上，成功是与生俱来的勇气，要知道每个人能来到世上已经是一种成功了。

阿江从郊区骑车进城。面对万家灯火，他是如此脆弱一盏，它的全部只能照亮他面前几米路。这样的光很像元宵节的汤圆。在他身后，夜晚刚刚吞下两个，看起来味道很好。

此时的家乡，一群水稻扶住老母亲，扶住几间破旧的房屋。脱完荚果的茎蔓每次母亲都会整整齐齐地把它们摆在墙角，它们的叶子在太阳里卷发并变硬，等着阿江归来。

越来越多的同学朋友，背井离乡，加入了为生活奔波的行列。当初的激情一点一点被现实消磨，或许，到老死了许多人依旧像阿江一样还没弄懂何谓爱情，没有搞清楚生活是怎么回事儿。有的时候，阿江很想写点东西，比如将很久以前的日记仅剩的几页空白填满；

有的时候，很想去漂泊流浪，比如走走西藏；
而有的时候，想毁灭掉自己，比如就这样颓废下去。
无处倾吐，阿江只得对着博客倾诉：
不要给我幸福我怀疑这是错误；
不要给我流水的喜悦，我怀疑它是伪造；
不要给我爱情的虹彩，我怀疑它是即逝的；
不要给我岩石上的痛苦，我怀疑那是永恒；
不要给我眼泪我怀疑它是冰山消融；
不要给我抵达蓝色如海的距离；
不要给我结果我怀疑那是世界的深渊；
不要给我一切，我会怀疑那些并不存在；
我只想自己去拿，一张属于自己的秋叶。

文峰叶笛老罗都看到了，可是他们实在不知道怎样去安慰阿江。叶笛只留言道：我们都常走回头路，所以没法越走越远；我们都常重播回忆，所以没法走出过去；如果今天比昨天稍微好一点儿，请相信明天的到来是有意义的。

阿江喜欢《家事如天》中那老太太的睿智。那老太太说过：“如果倒过来过日子，就会越活越明白。”

这根不再年轻的竹子，这根黝黑的瘦竹子，三十四竿长了，现在现实的问题扎进他的眼睛，他感觉自己已走向命运的腰部。

也许大街上也有很多失掉工作的竹子，也有杂树。在众人头顶假使寒风滚过，他们会以相同的频率颤抖。

竹竿可以成为竹筏，溯江而上去寻找梦想，也可以是革命的旗杆，但现在它对于阿江而言，顶多是挑东西的扁担，如此的渺小。

南风北风同时刮起，阿江却屹立不倒，但愿风到他为止，泪水不再摇摆，准确地流入大地。有时候阿江闭上眼睛，耳朵就会听到和平时不一样的声音。

大地发咸，命运发苦，落叶发出响亮的光芒，仿佛是一张彩票，带着无限小的概率。

对于刚离开的工厂，留给阿江印象最深的就是看门的刘大爷。一次闲聊中他告诉阿江，命这个字的结构是人一叩，古人造字是有含义的，不是象形就是会意，人为什么把一叩造成命字呢？也许就是这一叩首组成了命字的解释，也许人真的有命数，也许很多事情早就注定好了，一叩首为什么要叩首呢？因为自己服了，因为自己承认了，认输了，才低下头叩首，想当年我如果不是因为服了命运，我现在肯定是检察院还没退休的高官……

南风北风同时刮起，它们是两把命运的翅膀，把阿江还给南边北边。

请让他暂时休息一下，因为鸟儿还在一滴雨里旅行，因为人子还在一滴泪里和众生欢笑，因为他们都还没创造归宿。

当雨水停止，鸟儿将干渴落地，当泪水擦干，欢笑将居无定所。唯有快递员在快递远方和寒冷。

但是，雨水和泪水如骨鳞般透明的鱼，期待变成属于他的化石，游向地球深处。

透过某个窗口，阿江看到了腐蚀的秋天。越过某条水彩，他看到了风踉踉跄跄的飘影。世界在变化，他在新陈代谢中游离退化。圆月之夜，风高气爽，满眸子里都是青灰的月华，他曾放飞过梦想，也曾翱翔在虚幻的意境中。

阿江的网名是：潭梦一沙（深潭里一颗有梦的沙砾）。此时此刻，他想起来只能呵呵一笑。是哦，是啊，仅仅是深潭里一颗沙砾那么渺小罢了，不是大海里还能幻变成珍珠的沙砾。善良淳朴又如何？诚实负责又如何？在这个几何型的社会里，他是并只能是沙砾，如此而已。唯一存在的不变的，顶多是一颗沙砾的精神。

一只鸟要求他歌唱，但是一朵花要求他枯萎。而一颗雨水强烈要求他去爱它——命运！

这几乎像报应，他忘却了美好，美好也忘却了他。这正是现实与现实的搏斗：它们手上拿着未来作刀相杀。

路边的鲜花开得坦荡。昨天下过叽叽喳喳的女性的雨，树木和新鲜的她们不需要回家，她们没有家回。她们不需要一个名字，所以她们是模糊的。需要的不是很远，但她们走得太远。

对于阿江而言，工作就是一朵花，就算没有结果。

谢谢你，迟到的月亮，让他至少学会了默默祝福所有人包括自己的亲人朋友。但是月亮把自己磨得如此锋利，阿江怕她会伤到自己。

她的体温接近零度，使他的眼睛结冰。他知道：比夜晚更寒冷，才能忘却周遭的淡漠。

草叶子尚且能以十分优美的弧线避开风，而不是臣服。

远方近在咫尺，肉体避开风。沙砾的精神，还在 / 不在。

远处升起孔明灯，有人在祝福所有人。像极了出演过童话和卡通片并哺育过大多数人单细胞的童年的红色气球飘在空中，苦涩的风撼动它哀求的语言，像圆满的车轮呼啸着，从句子完整的身体，碾碎回词语，从词语碾碎回汉字，从汉字碾碎回笔画，点横竖撇捺挑折勾，反复碾压，反复碾压，又从笔画碾回齑粉。

灵魂！请抛弃黑夜的皮囊，因为有一个灯是你在早晨被挖出来的左眼。它被孤立，也如丹麦王子的头颅，坐在远方，哭成碎片。它跟许多微笑青梅竹马，如今只能徒然凝视宛如花圃的大地。

升起橘红色的马头祝福，一只燃烧殆尽的祝福摇晃在阿江的面前。一个被砍断，并掏空语言的脑袋，拥有重量和黑色的脑袋，坠落在大桥之下的水波上。

失败的肉身避开风，拍死阑杆（化用辛弃疾的“报国欲死无战场，阑杆拍遍悲断肠”）。肉体避开风以及全部微小的伤害。精神可还在？结束祈祷吗？

射向远方的箭矢躺于草叶深处，哭泣 / 不哭。

无人 / 有人安慰，当沙砾击穿天空之时，天空不断缩小，最后成为栽满鸟类翅膀的花瓶。就是那只被射裂的青花瓷，破片四溅，从草叶上惊动一群悲伤的回音。

阿江的眼神睡着了，他本该睡下，却要坐起，重新打量上个月写好的一副用草书写的立轴，与梦中何异？

黑夜本身并非安眠药，阿江的目光照亮台灯。一卷外国散文来读他，志贺直哉之《牵牛花》爬满思想的每一棱角。窗外大片的水蒸发了？他的眼睛水汽淋漓，烟波浩渺。他居然回忆起儿时牛背上的风筝既静止也飞舞，他的心因之飞入远方。

黑夜之后大雨之前，闪电如他下来，仍要结束祈祷。

夏季向来阴晴不定，空旷无人。黑夜的瞳仁熄灭后未能转动。阿江把脸仰起，滴入两滴月亮，就看见万万里外的她。

白昼的性格有时细腻，有时粗犷。第三只眼业已枯萎，谨遵医嘱：把她适量滴入。静止的眼睛，在白昼又会遇见许多个月亮并遗失她们。

呵呵，就连手机阿江也把它弄丢了。

唯一可带在身上的东西都没了。这也许是最坏的好。

四十六

一个基础挺好的六年级学生问："老师，为什么考试的作文题每次都要求积极向上呢？不能写其他的吗？"叶笛听罢感到些许惶恐不安，这样的问题是我所能回答的吗？该怎么回答呢？想了一会，才回答："你看街上卖的东西，有谁会说自己卖的东西不好？我们写作文就像卖东西一样，是写给别人看的，特别是给阅卷老师看的，所以我们要把自己好的一面呈现出来，因为考试有考试的要求，和平时有所不同。那么那些看起来不是很积极向上的东西能不能写？

答案是肯定的，我们可以在非考试的情况下写，比如在我们的日记里，在我们自己写的散文随笔里……”叶笛自己都觉得这些话像是蹩脚的狡辩，苍白无力。其实他应该说：写那些不那么积极向上的东西，因为真实，更需要勇气和智慧，写出来或许更有力量、更有价值。可是他能这样回答吗？

下完课叶笛把这学生送入市中心的漩涡交予他母亲，便骑车逃到了郊外，观赏废池里厌世的荒草——它们有一尺高的枯死，像一群水禽细长的腿脚怜悯波心萧瑟的倒影，而身体与羽毛先行飞远，又像用英文写就的单词。可惜，所有灰湖绿的元音，都已经被过往的风拆走，叶笛略懂英语，但没能力翻译出本来的意思。

白天的田里，有虫子鸣唱。一条未成形的沙石路躺在面前哀叹，三菱越野车按一下喇叭，提醒高高的铁架支持着天空。太阳很暖，居然还有一只白鹭飞起来晒太阳。一位拾荒者带着他的胡子晒太阳，胡子也是温暖的。

呆了好一会叶笛才离开，他从没去想自己来，或者不来，有什么区别。

叶笛忽然想一个人去邕宁吃一碗猪杂粉，再去蒲津公园的石头上坐坐，看看山下的流水。

无所谓什么粉，只是因为在那里吃过，就变成了记忆的一部分。

四十七

阿江变得爱回忆往事，他不知道是从什么时候开始的。这正如他不记得自己是从什么时候开始爱幻想未来一样。这中间肯定存在某个原点，而他竟期待一种负方向的旅途。其实所谓一个人的改变，大多数是记忆造成的。

曾有一位先辈预言道：我们已经走得太远，以至于忘记自己为什么出发。

许多年前，阿江在想他能得到什么；许多年后，他在想他还将失去什么。

过去加现在大概能等于未来吧？

他想忘记过去吗？那么请他忘掉今天！像帆船一样忘掉海水，不该把浪花从深海唤上沙滩，眼睁睁看她们干渴而死，而他的十个手指无能为力。

也许他只需要一滴水的安静。

一棵叶几乎掉光的树木，释放许多枝条：许多生动的绳索把他追逐，黑夜在他左右的脚步上或与他摩肩。他打开呼救，一些星座扑进无声的嘴巴。也许，遇到一个陌生人，脸庞黑夜，四肢和身体也黑夜，他的名字更为黑夜。

唯一正确的方法是：回到他的眼，虽然远。

明天：晴，东风 1—2 级。依旧失业……

四十八

罗越泽：

物是人非，你还是原来的你么？有没有后悔当初的选择？！现在的你什么样子？是像原来那么帅，还是过早地衰老了？是胖了还是瘦了？孩子多大了？生活怎么样？我很相信你比以前好得多！

像你这样的人不多，想当年好歹也是中国外运的正式员工，有稳定的生活、固定的收入，有养老金，有住房公积金，有社保，有医保，有奖金，有公司宿舍住，还有饭票啊，呵呵，当时你的前途真的挺可以的，如果你能坚持到现在，那你当班长一定是没有问题的，说不准还当上主任了呢！或者进一步说，可能你现在是在报关员的岗位上意气风发了呀。当然，也有个你深爱的人并深爱你的人，她也不错啊，人缘交际方面绝对是了不得的，有钱有地位的人她认识那么那么多，并且她在一家资金雄厚的公司里当出纳，待遇应该不会低的。

真佩服当初你的抉择，完全没给自己后路可退。正是名如其人：越泽，越过沼泽。好像在赌博一样。哎，有什么办法，你就是这样的人咯，敢于放弃，不安心稳定的工作和收入。你说这不是功亏一篑，也不是半途而废，而是为了谋求更大的发展空间。

当你不能改变世界时，请不要轻易改变自己，这句话是你自己说过的。但你这么一回去，不知道要背负多少的压力，有来自家里的怨言，毕竟你爸妈是花了多少心血把你供养大，又供你读完大学，刚刚宽慰你有了份稳定的国企工作，恐怕他们怎么也想不到你会做了一年多以后回家从零开始吧。

那时你才 24 岁，对吧！还年轻啊，呵呵，年轻就是最大的机会，再老一点，可能都没有这个资本和资格了呢。23 岁毕业，24 岁失业，25 岁创业，到现在已经 29 岁了你，我有时候都在想，如果那时你没有走，你就固定在那个职业上一直到现在，那么，那么，你算是幸运的还是不幸的呢？我未曾深知你心里的梦想，梦想是什么？但是不要问梦想能够给你带来什么，它只是为你指明了前进的方向。

可是你那时这么一走，也许让你挖掘出埋藏许久而尘封的梦想，很有可能会唤醒连你自己都从未知道的潜能。只是有点委屈你家人了，包括你的父母、你的未婚妻，你家那边毕竟太封建愚昧思想落后了，你这样子就回家的话，你爸你妈都不知道要承受多少的舆论压力和世俗的评价，而你的另一半，也将跟着你这一步棋走了，是好是坏当时谁都说不准。

但是你就是你，你最不应该做出的牺牲就是因为别人的评价而改变自己，往往那些叽叽歪歪指手画脚说三道四不明就里的人，他们自己都不知道他们遵从的规则是什么。这一点是你的本性，呵呵，改不了的，你这人就这样了！哈哈，你就是不计较为了理想和自由而付出的代价。你的骨子里拒绝庸俗，记得，把路看清了，需要的方向就会涌现。对着镜子把自己看透了，必将出类拔萃。

你说过："回去以后，搞不好就从养鸡开始了。"我想这就是所谓的代价吧，不是不计代价，而是做任何事都要付出代价。但你一回去都不用买房子了，呵呵，小子，你还真会占你爸妈的便宜啊。

我倒听过一个真实的故事，有一个他，家是在外地的，也是大学毕业，单位没有宿舍，家里就给他买了一套房子，后面他有过到北京工作的机会，但是他觉得刚买了房子就离开这座城市说不过去，就放弃了。到现在他工作稳定，但碌碌无为一事无成。唯一的成就就是结婚了，并且有了孩子，因为他觉得不该让这房子永远空着，所以房子就变成了家。

说到这里有些读者会不会不服气呢：你管得着啊？！我就喜欢平淡无奇的生活。

呵呵，平平淡淡是一种态度，轰轰烈烈是一种经历，人一辈子那么短，不论成败与否是该轰烈就他娘的轰烈一回，对吧？所以你那时候递交辞职信的时候，好帅！

记得一位作家这样描述：房子是都市生活的寓言。我不知道你有没有觉得可惜，就是如果你还在外运坚持的话，现在极有可能已经盖好了那三四十亩的公寓楼了，以你的资质和工龄，绝对有份。代价就是在外运度此残生，不过话说回来，你回去了也好啊，因为你爸你妈都差不多到了退休的年纪了，该是到年轻人当家的时候了嘛，以你的头脑加上你老爸的资历做事成功率会大一点。你看，你们可以一家人聚在一块，是多么幸福的事情啊，大家彼此都有个照应。毕竟你在外运做的那个特殊工种，一年 365 天天天上班，不用说什么周末，连中秋、国庆、春节都不存在，就算是台风来了，也要下码头查看堆头盖篷布。一个人挣钱来干什么？无非是为了自己为了自己的家人更加舒适地享受生活，就这么简单。

你奶奶还健在，但是我不知道你一年之中能见到她老人家多少次，你妈不是腿脚有点增生什么的吗？如果她老是为了你而拼命地劳动，到时候挣的钱够不够买药都不知道，你一定要回去分担分担。再说了，健康是用钱买到的吗？幸福和睦是用钱买到的吗？三世同堂，多好啊！你家的房子不算小，大家一家人和和气气快快乐乐地生活在一起不是很好的事情么？我也知道你们夏火县思阳镇确实人流少，无非一个置锥之地，外面的世界固然十分精彩。可是一个人只要有远见有能力，他在哪里都可以成功的。

你是个为了自由为了理想不甘于羁缚的人，我还不知道啊？

我也知道，因为你不想给别人打工，你想自己创业，想想也是啊，只要是给人打工，薪水和机遇再高也高不到哪里去。所以你趁着年轻时，把机会看得远比金钱重要，事业远比金钱重要，将来远比金钱重要，不是么？说白了，你看得有点远，你瞄到的是未来，其次才是钱。

似乎你最大的苦恼就是无法说服你爸一起投资一起搞，谁叫你没赚点存款自立门户啊，不过也难为你了，你爸要么是不放心你，要么就是他还没领悟到钱是有生命的。机会是自己去创造和把握的，做今天的事，花明天的钱，如此而已嘛！的确，钱只有在它流通的过程中才是钱，否则只是一沓世界上质量最好的废纸。

最末，奉上世界投资大师巴菲特的经典名言："一生能够积累多少财富，不取决于你能够赚多少钱，而取决于你如何投资理财，钱找人胜过人找钱，要懂得钱为你工作，而不是你为钱工作。"

祝你家庭幸福，生活美满。

5 年前的你

老罗慢慢地看着旧笔记里夹着的这一封信，他微微地笑了，是一种莫可名状的笑容。

如果他那时候不曾离去，一直在那里兢兢业业或者马马虎虎，可能以后真的会不舍得离开了。不过最值得肯定的是，在那里不会结婚生子那么快的，也绝不可能积累出超过目前的财富，也更不会有现在的电梯房和宝马车。所谓的对和错，选择和放弃，看来还是遵循内心好一点。

四十九

夜色逼人，车水马龙的十字街头，红绿灯下，一支名叫红绿灯的乐队正在表演。音乐卖力摇滚并大声质问：谁究竟想要什么？

大部分观众只在等绿灯亮的间隙，欣赏一下他们荒凉的歌声。阿江上前投五块钱表示支持，为了那些寂寞的理想，为了那些抱着理想做梦而寂寞着的人。

白天的月亮晴着脸，常常被人忽略。水里的太阳也属于太阳家族，只是你们不愿意承认而已。

夜晚寂寞的一把喉咙，敲起黑色而简陋的鼓。唱唱歌。荒凉的调子。借耳朵和眼睛给我，要成对的。说好两分钟还你，就两分钟。有一个人很红，守在灯里。

走吧，这么多条道路像绷带从双腿崩落，不在乎我们捡起哪一条重新绑好。我们应该据守哪一粒尘土？哪一粒尘土就是我们的息壤？自我生长，永不耗减，这样，我们就能在一粒尘土上建筑宫殿吗？指尖的梦有六弦；六弦和鸣。一场雨从观世音的杨柳枝以降，为最后一个音符的死亡鼓掌。于是：重生如水。

十字路口的"十"字，只有两笔画，但却极其复杂，让阿江略微苦恼。手中提着刚从超市购买来的一袋食品，才三四斤重而已，可是阿江感觉很重，很重。形形色色的人流，都忽略了天色的低音游弋于此，窗格用她的矩形把一些在冷玻璃里的视线尽数出卖。确乎是寂静和浮躁携手而来，阿江的目光挖掘着云履，但他忘记了什么是最初的寻找。

周末的壳，藏蓝色。那是风用指纹点燃的脸，天亮后行将沦落。

五十

星期天，云儿全部休假。

阿江感慨道：星期天的孤独不是星期一就能解的。

老罗马上接龙：夜晚的孤独不是白天就能解的。

叶笛当然不甘示弱了：一小时的孤独不是六十分就能解的。

阿江发现他俩的水平有得一拼：石头的孤独不是长流不息的河川就能解的。

阿江干脆连胜连攻：白色的孤独不是涂成黑色就能解的。

其实没有人说：泪水的孤独不是用三只杯子就能解的。

叶笛把手高举起来：登上高处大喊的孤独不是用纯音乐或摇滚乐就能解的。

叶笛把手收回拿起酒杯：固体月亮的孤独不是用液态的酒就能解的。

老罗深深地吸了一口烟：远方如马匹的孤独不是用眼睛就能解的。

阿江想起读书的时候：不是所有的题代入数学公式就能解的。

叶笛长叹一声：女人本身就是无解的。惹得老罗和阿江忍俊不禁。阿江突然神灵附体，说了句特有哲理的话："你选择忘记题目，还是忘记答案？这就是解题方法。"

大过年的，有人喝高度酒作别人间，有人发烧长水痘没能享受大鱼大肉，有人为相亲屡败屡战，而叶笛只找到了继续写小说的理由——

请不要忘记了美好的华年，我们正在拥有。

五十一

问：为什么印一首诗的脚印要浪费那么多纸张？

答：因为那首诗很孤独，空白处皆为凡梦。

问：为什么说秋雨如佛，秋风似海？

答：我不再期盼桀骜如马的秋天。

问：花开我来，花谢我走，我非草木，何以解忧？

答：我知花开，我知花谢，我非清风，无语凝噎。

问：为什么秋天住在心上，却如此悲伤？

答：用完这个秋天，请再给我十个秋天吧。

五十二

电条呜呜几下，咳出透明的光芒。黑暗带着灰白的皮外伤跳出窗外。来自地铁的摩擦，啮噬开地表的汗腺，冲撞绿色的空气。墙上的字体看得见白色的天堂。眩晕的沉思，疲倦而流畅地倾泻在地板上。

点滴瓶子里的夏天，有人展开草叶子，并拉长蝉鸣，却无法缩短与病痛的距离。

吊扇旋转的世界无法上升，如同无法下降，无人抵达光速，一任时光溃败而退。

我住在瓶子里，直到瓶子爆裂，玻璃划伤手指。我的流梦荡出瓶子，随河水在风中颤抖。

门没有开，树木在门上。疲倦的树木，头靠门口叹息。夏夜的孤街，表情冷漠，厮守着属于自己的路。

你说树在门上，我说门在树上。风没有敲门，轻轻穿过门缝。你变得具体，我变得阴暗，因为你没有用心敲门。

我在强烈的光线上睡着，对意识的感触明显可见（梦幻叠上梦幻）。

梦不是男人，也不是女人，是透明的墙。

我不会笑。我是四处游荡的水，到哪都是一种传说。我不知道我是谁。比起雾来相对更自由。我来自恐惧。你会对我有所质疑，面对我就像面对一堆收集色彩的肥皂泡。我没你想象中那么遥远，只要你敢想。

风生雨起时，你的眼睑摇曳在半睡半醒的摇椅上。窗帘翻飞，抖动时间的翅膀。两张陌生的脸，浮动在床两翼。

欢迎你回来。老脸说他进来多久，你也睡了多久。小脸说窗上老有人偷看。水在壶里抓狂，她厌倦了这个世界。

呼出阴气的走廊横躺在门外。咆哮的雷音被悬挂在吊扇上。刺鼻的药味把医院的诡异一一出卖。意识无法推动僵直的躯体，力气已经不受你支配了。纹丝不动的壁虎，变成苍白墙壁的胎记。风在外面哭泣，是时候该干点什么了，于是灯光再一次落荒而逃。

从黑暗中走来的人，叙说看见了不该看见的。

一个小孩在走廊里，走来走去。灯泡忽暗忽亮，一只猫哭叫着：这世界好冷啊！

许多影子从破碎的镜片中爬出来，像水一样走动，许多人看见了自己。

这些年，你自欺欺人地以为克服了医院那种恐惧的感觉。而今晚，你才真切地发现原来自己不曾忘记。

城市这么冷，屋里那么热，没有人愿意收留战败的星星和月亮。午夜的侧影，割几斤月光取暖。阳台来了位不速之客：菩提叶，不知道来自何方，但明显看出也是一副痛苦模样。树影也算树木的一个亚种。没有光的时候，影子躲在树木的身体里，只有光才能把它叫出来。树木没有敲门，病房内住着椅子桌子柜子，它们是不能升高的树木。

胡同，一位深邃的使者。守候了几个春秋月夜，收藏了几双怪诞的足迹。谁，带着凄楚浓厚的心徘徊了好多年。

所在的、所思的依旧从前。错走了的路，错过了的人，是否还能再错过？

欢笑，落寞，纯情，曾几何时还在远走了的时间中。谁那没有目的的步伐，在拐角的黑淡中迷失。

孤独是一个原核细胞，寂静也是。你随之分裂你不可能完全是你！

你是回声，是无力的怨怒。你是沸腾的血液，你的影子——另一个你对你不离不弃。你的骨骼和身体在匍匐，同样是另一个你。

你病了，病了你还得饮下毒药。你冷，另一个你却要负责制造冰块。毋庸置疑，你浑浊的眼泪有多少滴，就有多少个你死去。

拾起你的年龄，有点轻，也有点重。秋蝉，都能嗅到你的生活。胃里的病毒也是孤独的。微笑是那么牵强。衰弱的信号是如此欢腾。把野菊的时间叠上你的时间，与现实背道而驰。月光从窗台走过，捉住从远方逃亡而来的光，用来捆绑倾斜的灵魂。凋谢是你的宿命。

夜啊！你只轻叹着问一句：我可否还有余香？

五十三

那天叶笛和一位女同事师夏一起从学校走出来，看见路边有一堆垃圾，走近了才发现是一条长毛狗。他纳闷怎么狗长成垃圾样，肯定是没人疼，没人爱。她说，要是交给她养，决不会这样。他信。

只有偶尔开会的时候才能碰上她，他不确定自己是否真的喜欢上她。他约她，她来了。

电梯升入云端，而他和她的手却不曾相遇。

来了点细微的风雨声当宵夜。楚人可以拿满地落英当早餐。但他和她喝咖啡，楚人喝露水。他和她讨论路对面花瓣的名字是不是紫荆，最后一起用手机搜索才知道它也叫羊蹄甲，并相视而笑。

小雪已过，虽然南方还用不着红泥小火炉，但路对面的湘菜馆灯火辉煌觥筹交错。

黑夜压在每一个路人的肩膀上，树木们努力地发光。人们运用珠宝、手机、指甲油、眼睛激发微弱的光，交相辉映。人们亦点亮自己的手，十束骨头的白色，照亮自己心脏黑暗的跳动。

万物有灵，请口授他一种没有遗憾的方式。一切神奇的理想像爱情，即使缓缓熄灭在他的怀里也愿意，但需爱在当下。

叶笛从师夏侧着的眸子里看到行人和车辆或者很慢或者很忙，每个人都继续着自己的故事或也偶尔进入别人的故事。透过咖啡厅六楼的落地玻璃窗，叶笛和师夏坐在玻璃的冷静之内把下面的世界看得模模糊糊。

窗台下居然有向日葵。盆里的几枝向日葵低垂耳语，这些向日葵并不认识梵·高的耳朵，也不认识叶笛的嘴巴，它们白昼里指引着太阳，这是工作，这是无可回避的工作。恋爱阴性的柔软的月亮用光和它们交谈。

这个时节还有花儿，有如这个年龄还有疑惑，正如没有泪水的时候仍有悲伤。

服务员端上一碟切好的火龙果，看起来那密密麻麻的黑点就是叶笛想要说的话语。

她说话断断续续，有时一句，有时一字，似乎充满对天空的情欲和梦呓，像水里的鱼。这条鱼应该生活在怎样的水里呢？叶笛在与她交谈中时不时泄露出一丝对工作及生活的抱怨和叹息。这看似不经意的青萍毫末足以让他在爱情的苦海上遭遇风暴停滞不前。虽然他的叹息和抱怨只是随便说说罢了，但她听到了有可能意会成一种懦弱和不坚强。这只能导致他的悲伤由内而外，爱情从近到远。方式和方法不对，无疑变成为试图撬开一扇石头大门。再之她确乎透露给他一则信息：有人比他先到了。

呵呵，难道叶笛不晓得比某人只晚一秒钟，即等于晚了一千年？

叶笛为她写了一首晦涩的情诗上传到自己的博客上，老罗一看便知叶笛正欲追求某女子，遂电话刺探之，果尔。

他建议叶笛：早了早好，晚了晚好，不了不好。

叶笛不说话，他不知道怎么回答。老罗又说：其实你读书的时候多学着点关心别人，特别是女同学，那现在的问题根本就不算问题。

这回轮到叶笛唾液横飞了，原来叶笛大学时候倒是认了几个小妹，有两个还是主动的，跟她们相处，那真叫一个其乐融融。然而和老罗不一样，叶笛的小妹，就真是小妹，仅此而已。

老罗提议叶笛可以通过其他渠道来认识更多的女孩子譬如相亲。

叶笛说：要不是我老妈老是催，我还真不想什么相亲的，不过很奇怪，相亲差不多十次了，要么是我没感觉，要么就是彼此都没感觉，搞得我现在都有相亲恐惧症了。你知道吗？自从知道我是她老乡之后，菜市场那卖鸭肉的老板娘再也不给我乱添鸭脖子补秤了；自从她知道我是教书的，她就一直想让我去给她儿子辅导；自从她知道我还没有对象，她就开始说她有个侄女是当护士的。趁有其他人来买鸭肉，我赶紧溜了。唉，现在一听到“介绍”这两个字，我就感觉脑子有点胀。

“你小子是不是觉得万一她成了媒人，辅导费岂不是没法收了，然后才趁机溜的？”

“合着我最好课也去上了，辅导费也收了，她侄女也拐了，这样比较好？哈哈……”

“辅导费收不收不要紧，关键是老婆到手就好！”

“别老婆老婆的了，八字都没半撇的事，算了，算了，不跟你扯这么多。”

叶笛略知自己追求师夏的难度系数相当于他这个文科生去解答微积分，但他认为只要她还没有明确拒绝他，便还存在最坏的好结果。

在爱情面前摆阵，放弃很难，坚持更难。石门困住了他的心脏，就用新鲜的血液突围！叶笛坚信自己一定能够抵达今生的意义，因为爱情一直在生长，青青的枝叶会慢慢伸入云霄。

相对而言，如果把老罗换作叶笛，老罗一定会在她面前展露自己好的积极的一面，即便目前没钱没车没房但是有理想有志气有拼劲。偏偏叶笛不加隐瞒地倾吐过多。

她向往着在城市有个属于自己的房子无可厚非。但是叶笛似乎是情商不及格的动物，两人虽也见面，也吃饭，也散步，叶笛还寻思着找个机会来次浪漫的表白，他只是没有看出来其实她只是把他当作同事当作朋友，慢慢地用距离来婉拒叶笛。仅几个回合，他自己被自己打败,可他还以为是自己没有成功罢了。他依然坚持着企求：每件事最后都会是好事，如果不是好事，说明还没到最后。

生活，生而活，叶笛被反复撕裂：生活将他分成无数个岛屿，将他和他的理想国分开，和所有美好的人分开，他用眼睛分析她的光谱，用耳朵收听她的波段。他的嘴唇止不住漫天呼喊伟大的姓氏，他的双手不愿放弃重塑她的模样。

老罗隐约感知到叶笛的痴情不改，叶笛的嘴唇肯定十分幻想寻找另一只嘴唇。但是老罗身为情场元老，他深知：因为没有，因为缺，所以看重。

他并没有给叶笛什么鼓励，倒是笑嘻嘻地说，哈，没事，就当练练手吧。仿佛他确信叶笛必当失恋。

七夕光年是通俗的爱情单位，16.4 光年或 1 纳米。叶笛和师夏的爱情（权且算是吧）的距离并没有什么区别，因为他们很远，他们很近。顶多会有天鹰座和天琴座重新点亮了叶笛黑色的爱情。

我们一直把太阳叫作太阳，我们把月亮叫作月亮。把我称之为我，把你称之为你。

女人和男人相似，男人和女人相似。男人吃饭，女人同样吃饭。

女人唱歌，男人跟着唱歌。有时男人是男人，有时女人是女人。有时心胜似一颗毒药，有时爱情最像爱情。

所以我们也可以把太阳命名为狮子，把月亮命名为木头。那为何不可以把你称之为我的？把我称之为你的？把师夏称之为叶笛的？

有人应答，再过半月第二茬水稻即将成熟。时岁如镰磨得飞快，但南方的爱情，无人收割！

爱，LOVE——叶笛并不陌生的一个英文单词。他的嘴空洞时是个字母 O，他举起手分开脚是 H，他张开手是个想飞的 T，他站直了是 I，但是长矛穿透了他的身体，他用尽最后的气力，挣扎着，没有倒下，于是他就成了爱情里一个未知的 X。

他的掌心盛着一个池塘，在青春期里莲叶何田田，温润的翡翠长出莲花，充当三十朵烛焰。汉乐府里的鱼像少女的心，但是鱼戏莲叶东，鱼戏莲叶南。

因为没有爱情之雨的浇灌，莲梗枯槁，瘦如琴弦，还妄图重奏潇湘夜雨。叶笛犹然记得当年的《艳歌》压在图书馆三楼，等待寂寞的手指去翻一翻。然而池塘干涸得载不起任何故事之舟，忧愁在掌中龟裂！

如果可以，那今夜，叶笛将举莲梗焚火，让属于他的莲花重新绽放燃烧，放任那西洲在某人泪里浸泡，且素手与火焰保持微妙的距离。波心印过她的倩影，他的泪便只能溺毙在河中央。不随白烟腾空而去，虽则曾经热烈地燃烧过，假若收到天上欢乐的一日，他将稀释成人间一年。

可能文学特别是诗歌才能算是叶笛的恋人。

人们一到午夜就休息，生儿育女。而叶笛一入夜就孤独无措，就写诗——关于她的诗：他和一首首诗恋爱，远离体力劳动与水稻，但只生下一些错误的注解。

亲爱的缪斯，属于叶笛的缪斯：你这妖娆的情人，在第三行与他暧昧，在第四行就去和别人幽会！你讲法语、德语、西班牙语，讲冰冷的俄语和瑞典语，也讲从甲骨青铜上剥下的中文。你载歌载舞，妩媚迷人。你在大洋海盆中沐浴，去珠穆朗玛峰吻一把雪。你爱风，爱赤裸的水，爱落叶和环球旅行，你爱任何形式的美。你爱未来渺茫的声音，更爱过去挥之不散的气味。你爱西方的石头，也渴望一枝东方的花朵。你爱贫穷，爱隐约的病，爱形销骨立的忧郁。你的爱能铺满两百亩的孤独，你爱穿越麦地的铁轨，你爱囚犯以及黑色的太阳，你爱米拉波桥下的浮尸，你青睐爱琴海的女同性恋诗人。

可是你要知道：叶笛绝对是真的爱你！爱你的抑扬顿挫，爱你分行的身体，爱你若即若离的性格，爱你虚幻的真实，爱你微弱的力量，爱你所爱，爱你的不爱他。因为他从自己的血液中提炼你，在你不存在的地方，写你。

托马斯·特朗斯特罗姆给他的房间带来整棵树。海子带着麦地的苦香也来了，罗伯特·勃莱还邀请来潜鸟，低鸣一句“贫穷能够听到风声也是好的”。博尔赫斯和布宜诺斯艾利斯那白色和蓝色彼岸的词，向叶笛划桨而来。南瓜藤的绿色手掌在风前乞讨自然之美。但无人施舍，唯有涓涓不止的阳光融化在手掌里，成为夏时珍贵的血液。叶笛也摊开他的手掌，空空如纸，但是曾经握过缪斯的手，曾经握过美好的宝石和春季，它们都融化在她的掌心里，也融化在她的骨头里，所以叶笛什么也没看见。

他的房间住着许多纸箱，四四方方的纸箱，每个纸箱都有四个方向。纸箱里住着一些诗集，它们知道纸箱是木头做的，所以大概把纸箱误以为是森林。

诗集里住着很多首诗歌：新超现实主义、自白派、象征主义……诗人们以为诗集既然长了翅膀，就会专一地替他们歌唱，但每一本诗集都是哑巴，必须经读者替他们翻译。叶笛甚至有一本《楚辞》，他深刻地记得里面的那首《离骚》，印的所有的兮字皆呈白色，它们是诗句中的盐粒。

蜗居在十平方米的屋子里，门和窗的几何形婉拒着叶笛，因为他的体温如井！整天学着太阳，他绕着屋子转，发现一股子炊烟。有脚的床、没脚的枕头也拒绝他，因为他的噩梦太过肥厚。他把它们叠成困倦而整齐的实物，醒来后忍不住去解释。

师夏的唇和裙子，无一例外，同样婉拒叶笛的风力，因为他的爱情分子过分稀疏。他像两支泉水抵达她的堤坝，却无法拥抱，只好退向影子沦陷之处。

他的身体有过很多的梦想，它们大概以为他都能做到。他的房间有一个旅行袋，里面住着许许多多的漂泊和家。他的骨骼睡在体内，床躺在他身下爱恶作剧。旅行袋每晚嘟囔着说：带我流浪——系在丝绸之路的凉州。

也许有一天他愿在这本诗集里消失，不，也许不对，天幕很快被割开，黑夜会活在他的血液里。

大概他发现他的命运会长时间阴暗，也许他是对的，许多个纸箱就像许多个四面佛和仁慈无比的神祇，却不接受祈祷。

风雨独一无二的声音和他在一起，北欧和他在一起，亚洲和他在一起，美洲也在一起。他或深或浅地明白词语、句子和语法及她们的秉性。她们不是来拯救他的，他也无法指导她们幸福快乐驻颜益寿。他们相互安慰，她们用她们的拼音文字，他用他的眼睛和心。他甚至梦见自己的衣服起火，没有人告诉他为什么。只有紧紧抓住衣袖的白烟引领他上升：九万里。

这种一个人独处的小日子默默无言。在房屋造成的峡谷之间，有看不到的鸟在说话，也有看不到的人们在鸣叫。时间很低，时间很高，因为这是秋末。

院子的口里有一棵柿子树，硕果累累，压折了枝丫。

院子不说话，秋天断了，人们不知道去哪了。

一只柿子坠毁在屋顶，另外的柿子坠毁在地上，院子尔后又变得欲言又止。

这是残留在城市的柿子树，无人采食。一只只柿子像飞行器，坠毁在地面上。方圆百里仅有这棵柿子树，孤独又落魄。

楼对面的妇人晾晒完衣服后，朝楼下俯瞰。叶笛不知道她在看什么，或许她什么也没看到。植物纤细的手攀登镂空的窗，空间很空，空间很小，譬如心房。

城中村只有幼儿园院落，剩下两棵说不上名儿的树木，用来荫蔽孩子们白天的欢笑。

日常性的威胁犹如树木阴影，时大时小，唯有回归泥土的黄叶，称得上是宝贵的痛苦。

日子慢得像蜗牛爬过留下的发光黏液，也可能过得很快，他感觉以后的日子也默默如盐。

17℃的星期四钻进他这个蜗居的小屋子。原本蛮横的太阳，嘴巴温暖，进了门不说话，抢走叶笛的荒芜。晴朗的天空下，他却潮湿了心情。

扔掉脑海里的航船，叫醒两只懒惰的鞋子！两只鞋子作为帮手追出去。他发现外面有更多荒芜应和着他冰冷的手脚，无法挽回。只有孤独的车轮碾过的声音细碎如尘。

叶笛独自徘徊在妙丽的公园边上，疏影如春水般阴凉，使他成为一个低着头的男人。他用手指一一抚过栅栏上生锈的铁艺。草也学着他低头行走，思考着如何将微笑戒掉。

黄蝉花手臂如风呢，依附着岩石渡过阑杆。岩石父亲让我们祝他永远健康！周围的丛竹即是命运摇曳的母亲。

太阳喜欢把水挥霍掉。许多时间攀登一粒微尘。叶笛曾亲见十来米的海水陡然长高，峰峦苍老，如是弯腰无数像他一样的他们，在朝拜之路上哭泣，相互不识，不忍，不恕。

眼泪是许多只鞋子啪啪行走，在旅途孤独的灾祸中，他躲不过巴拿巴叶子红黄的季节，只能妄图攀越一粒微尘。

芳草地上，两只说不上名字的鸟自顾自地交谈着，不理世间外物。风吹云动，何以营巢？正午的天平，因为太阳滚动，向西边困倦的枝条倾斜，未成形的雨用闷热的语调和叶笛商量要不要今天光临。

街边的扁桃已结果，结果总是很沉重。

树冠有鸟，为数多少？他担心某一天可能有人把这棵树连叶带根抽走，只剩下欢快又徒劳的鸟鸣，像众多细碎、透明的果实悬挂在天空，无依无靠。

叶笛用手指去触碰那些鸟鸣，然后一些过于成熟的果子，炸裂，弹开几个弹片般的种子，好像一阵秋雨降落下来，原来他的头顶竟然是空中花园。

如果叶笛不抒发这些忧愁，而单纯描写这棵树的欢乐，那该多好啊。

即便在今年有多场台风袭击，这棵树仍然护佑这群鸟欢唱。可为什么他仍然无端地觉得树冠有鸟，但此城难巢？

这个男人用属于自己的鼻子闻花朵，没有摘花的骨头。釉质的欢快从雄蕊中挥发出来，但是，他要继续去他的乐国乐土。没有马车，没有船舶，没有开始，没有结果，踩在黑夜漫长的身体上，从一片无人的荒原经过。

旅次于官道冷静的驿站，清梦将视他为短暂的宿主，年龄幼小的秋雨濡湿征铎，像个童年，温柔又残忍，一一把冰凉的现实点破。但，他仍要去他的乐国，他要找他的乐国乐土！

那是乌托邦，乌托邦，让每个人也用摇滚来演唱。

近旁的石榴花就这么粗略地开着，叶笛的爱情也很粗略。他认为今天会下雨，尽管下雨后该来的人会走掉。

平日忙似蚂蚁的大人，不知被谁全唤走了，叶笛只发现一个小女孩和一个小男孩在一堆沙石旁玩耍。小男孩兴奋地捡到两颗带灰色斑纹的鹅卵石。

“来，你一颗，我一颗。”

叶笛也拣到两颗。可是能给谁呢？

孤独得一颗，他得一颗。

别争辩了，命运总是让拥有的人拥有更多，让失去的人留下更少。

叶笛趁着喝一瓶冰红茶的时间观看着这两个小孩子：男孩带着两张脸嬉戏，女孩认为自己是麋鹿，埋进草丛，捡拾沦落的扁桃。叶笛竟然联想到人们在时间中按照既定路线迁徙，和花朵结婚，生养一两只蝴蝶。这符合人类的法则。

而叶笛则认为自己的法则是按时悲欢离合，冷暖自知。

老罗曾多次问他：舍不舍得敢不敢于离开旧我和旧时？但是他不知道也不明白，他只晓得这么多年月逐坟圆，其实他已尸骨无存，只留下只言片语。他或许需要类似梵•高的耳朵，一对火红的耳朵，然后在漩涡状的火焰中彼此温暖，倾听着，并互诉衷肠。

这也是一种印象主义吧！是叶笛给这个世界的印象。哪怕到最后的最后都无法深刻，最起码他已画完了自己的半生，色彩斑斓并且疯狂流散。

铁在缓慢地哭，然而石榴花很艳，因为自然的力量。时间高高在上并长满草原，电线杆上的麻雀突然垂直落下，在临近地面的瞬间又扑哧飞走。堇色的黄昏躺在云的胸口。叶笛在此情此景中就是一枚戏剧性的叶子。

一只褐色蝴蝶飞向白色雪佛兰，使得汽车充满诗意。停车场停满了车——像是一群鲸鱼涌上了海滩。玻璃光亮如涌浪，叶笛的手好像晕船了。他的瞳孔很深，几乎能淹死天穹的肺叶。

他已买好了菜作为今晚的独宴。大红的西红柿和肥厚的芥蓝，略带讽刺。

又经过一款开士米银色的宝马，它的金属上同样充满了诗意，假若它们会思考，也会像蝴蝶的翼翅轻轻颤抖。前引擎盖上的尘土以及掉落的几缕枯叶，不由得让叶笛的思想衔接到了生动的死亡。

有人在这个傍晚按响汽车喇叭，这是一个顽固的喇叭，它居然果敢地响了很久。

叶笛的沉默也像一个喇叭。他每天身处各种伟大的噪声之间，却认为自己内心之杯充满寂静。他每天生活在无尽的漩涡里，却认为生活水平如镜，能分辨真实的脸和虚幻的脸。

他每天苟且在强光之下，无法睁开的眼睛被审判，却宣称自己看见了一切。

沉默是一种声音，它响了很久，它在明与暗的交界处发笑。

他的沉默也开花吹喇叭，响了很久后，他的沉默结出一个果，当它成熟了，剖开来看，里面尽是一些喧闹的种子。

很多人害怕肉体的消逝，却为自己每天的葬礼欢呼。停车场停满了车，天堂口挤满了人。一个孩子，对着瓶子喝掉叶笛的透明，瓶盖子始终掌握在大人手上。

饿得过头的叶笛此刻已是行尸走肉，何物可填？

向晚的城中村像是一个深渊，经过自行车和电单车合理调度，一辆辆汽车又活过来了。听吧，隐约听见马达发动的海浪声。蛐蛐流落江湖卖个唱，在汽车团的马达声中不愿争斗，会更隐秘，更悲伤！

此刻的叶笛，距离现实三百海里。

傍晚的阳光的关注是否太过投入？将简单的万物复杂化。在这个傍晚，叶笛依然不能带上粮食去远行，失火的太阳不愿学游泳。而他，希望自己在薄雾的清晨能救起它的粼粼。

太阳快要离开了，路边的叶子像垂死挣扎的赌徒摇出红色。像被风带走嗓音，叶笛更加沉默了。夕阳喑哑的啸声，带着最末的金色把炙热尽数烧毁：这是它一直重复的伎俩。

当一江色彩浓郁的夕阳把他淹没，他依然不懂什么是爱情，因为他是西瓜里的一只孤鸟。

过七点了吧？太晚了，屠格涅夫的猎人和俄罗斯的秀丽风景，还在第三十九页上等他。

此刻的公交车，捏紧太阳发红的鼻子，深吸一口气，吸走最后一丝晚霞，黄昏忍不住潜入潮水之下。

当黄色的风停在他赤裸的骨头上，他也不知道什么是幸福，雪白的翅膀就已飞走。服用一串串现代主义微风，叶笛看得到绿色的名词和粉红的形容词，所有的动词都很幽暗，像鱼刺卡在他的喉咙。风如水的清澈深埋他，水也像火的明艳把他媚惑。火焰类似爱的多重性把他遗忘。情爱，就像整个世界破解他的迷藏。

当他和鲜花说再见，当他还没来得及和她说再见，他的爱会是痛苦的孪生兄弟。

叶笛失血过多的心情被搁置在邕江岸边，若敞开胸膛就能通亮，一如发芽的岁月利爪所见。江水里似乎有歌声。他听水用波纹，锦鲤用气泡，鲛人用珍珠的光泽来唱。

坐在时间的弯曲处，她用很低、很低的声音蠕动，仿似别了云团，别了花束，只留一个小小的风箱。

夕阳是一枚药丸，似乎每天服用它，他才能度过黑夜。

但是太阳不收他，星星也不愿下来摘他。拿一碗酒来炮制新的月亮，生命是否会更加地清凉？

那些采过的花也会来采他吗？那些他吃过的果会来吃他吗？不如取些番石榴嫩叶，医治今年的痛苦。

一件黄衣服追赶着公共汽车，一棵树在追赶迷路的风，一滴水追赶无意义的河流。这一切都是徒劳却充满意义。

一千次的追赶总有一次会错过，忘记一百次的事情总有一次他会想起。而叶笛什么时候才能邂逅自己应该邂逅的人呢？

一对看似恩爱的年轻恋人不合时宜地出现在路边。女孩子左手持玫瑰，右手挽着伴侣。

正常来说：一种男人用二氧化碳嘱咐好一朵烈性的玫瑰，肯定就有一种女孩受到鲜花一枝带露的赞美。

痴男怨女白头与否，叶笛不得而知，他只领会：玫瑰终将枯萎。把一个女孩渡给男孩，祝福完之后，玫瑰之义显然充满客观的伤悲。

路灯如铁匠铺里面的刀剑一样发红，周围的景物被烧着了。斑马线从叶笛的脚步中穿过，他走过的路从他身上走脱离，未走过的路在他身上迷失，于是他和他迷惘的肉体抽掉重量，缓缓上升。他抬头看着开在最高处的花朵，呵呵，再美丽，那也总将回到地上。

前几日台风死去，洪峰而今来临，江水的腰部无比健壮，但是举不起一座桥，甚至举不起叶笛。

江水的黑夜多么妖艳，惰性气体因电流发光：红，绿，蓝！红是你绿是我，蓝色的是他，大家相互闪现吧！借此发明新的黑夜。

叶笛的口袋还剩两百块钱，这于他有何用处？他的床头横陈四本书：奈保尔、奥兹、赖特和艾略特，这于他有何用处？

两百块钱拥有了叶笛，而它们将怎样挥霍掉贫困的他？几本被他幽禁的书，在夜里将怎样阅读他的失眠？

一位德语诗人策兰从水中向他泳来，水面漂来流水柴。那些黑色的枯枝败叶，就像断断续续的潦草诗句。策兰以深水呼喊：示播列！示播列！

策兰，策兰，谢谢你的灵感最后营救了他。另一种水，简直要从他的内部淹没他的眼睛。

装进盒中的世界太过直白，简单：酒色财气，贪嗔痴三毒。

为什么同一条路贯穿那么多人心而人无法摆脱？宗教能帮他们总结，但不能替他们受苦。

苦是舟楫，渡他们而去。倒满，自己喝两杯！所以在杯中他们被淹死，如葡萄酒的琥珀色。

把欧芹切断，叶笛再把西红柿剖开，他手掌上全部的眼睛正试图搜索某个用刀切开的入口，就像想看清另一个人内部水果般的核心那样仔细地打量着。然后他拿排骨油炸。再请欧芹、西红柿加入酸甜味道。

一个人，就一个人，就着廉价的湘山酒把它们吃掉，觉得自己身上很苦。

对面楼角的二位街码旁，倒悬的蝙蝠没有说话。它没法躲，它紧紧揸住两百二十伏电线造梦。周公难解庄生欲迷蝴蝶的首府，只可惜首府永远是一些人的过客，永远是。

坐在城里思想，人群涌进城里。草木出走郊外，叶笛拿不住一缕同样漂泊的风。光居住的都市，任由黑夜倒向远方。叶笛提起灯的头颅，石头沉到市里，河水流过城门，他推月而出，月亮掉在河心，唉，多可怜！（再没有诗人捞起）。有人睡在城里，梦见自己走出城外，远远地喊自己一生。

他知，设在最底层的阿鼻地狱，也会是天堂的倒影之一。在倒影中他醒来，在倒影的倒影中他对着不存在的她起誓。

躺在深度意象派的一首诗尾，叶笛未食尽的晚餐睡着了。许多人从泥土中再次生长起来——那些遥远的庄稼！

早晨的梦比路远，早晨的露水比他清醒一点，他还差几步就遇到自己，他的鞋子比脚要长许多，他的鞋子仿似双船，将带他航向何处？——航向孤独的人群？航向落寞的大海和山巅？航向白昼和黑夜深处？

这回是一个清凉的夜，野草潜入叶笛的房间，汲取他的骨髓恣意生长。四面瀑布垂下，雨季站在门外，既没推门进来，也没有远去，就像师夏，既不走近叶笛，却又在他的心头摇曳。雨下在他的身体之内。他，一位爱情漂泊的水手，嘴里充满了风声和雨味，横卧在甲板之上。他梦见了她，所以他的梦发生倾斜，每秒倾斜一度。

梦中的师夏宛如一幅花鸟画，中国兰是她的脸庞，使他的眼睛散发香气。本以为会万籁俱寂，直到他的手指发出鸟鸣。大雨下来，他没有荷叶杯，没有芭蕉叶，没有一幅河流。他只用自己倾斜的脸，迎接分叉的闪电和滚烫的雷声，迎接未知的坏天气。

雨在门槛之外，他只记得梦见一个模糊的她的时候，是一个清凉的春夜，就像模糊的她的肌肤一样清凉。

天终究亮了，天会如蜡烛亮吗？黎明是因为他而醒来，天空也在他眼皮上醒来。

叶笛突然记得老罗有一次喝高了说过：天空首先是眼睛，其次才是飞翔。

五十四

火车愤怒地追逐着路，像一条吐烟的蛇，时不时穿透山的心脏。上次春节相亲的姑娘晓玲，上次相亲的姑娘晓玲啊！没想到她和她的家人竟然都同意了，连婚期都定好了，阿江边想边乐。

阿江像一只蜗牛，在大地上早已行走多时。自己遮蔽自己，把自己关在自己心里。独自吃饭，独自睡觉哭泣，梦全被关在门外，它们用急切的蝴蝶敲门。床像船，飘向远处。都说爱情像花朵，这次说晃动起来就真晃动起来了。

他有无数的旅途，来，回，来，回，只有这一次他完全不感觉疲累。

噩梦就像锅盖下烧焦的食物，之后总会有吓得脸煞白的天花板。杯子很空虚了，嗡嗡作响，窈然的碗围上来用柴米油盐的方式安慰阿江。这是以前的事情。

从熹微的明天开始，他可以在身体之前率先叫醒自己的两只眼睛。杯中注满春天的牛奶，再加热一点，就是爱情了。面包片宛如嘴唇缄默不语，苹果躺在碗中，很香的红色。晓玲会像碳水化合物一样爱他，像蛋白质、维生素、矿物质和水一样爱他。这是即将要到来的将来。

还记得上次回家，温情的细雨陪着他触碰平原大片经济林，一路到尽头才是阿江的家。水是无用的，语言也无用，细雨敲动水面大门，鲤鱼前来相迎，但年年是空旷，他的温度如眉，低垂一件旧外衣，把自己披于苦涩的家庭且无佳人依偎。

火车上有人用手机播放那熟悉的老歌：

盼望我别去后会和你在远方相聚，每一天望海每一天相对；盼望你现已没有让我别去的恐惧，我即使离开你的天空里……

黎明揉开惺忪的眼。太阳穿着稀薄的云衫，火色地笑着山的侏儒。鸟语绝唱，叠集孤寂。梯田纵横，杂草相依丛生，以时间的冷漠笑傲碧空。远方的景色是对阿江心灵的慰藉，万川盈绿，弥补岁月无尽的荒凉。

车窗外的树捅破天空，扭弯耕耘者的思绪。一位老人在白发里找到衰亡的症结。高跟鞋式的犁插进水田的皮肤，濯濯闪耀。黄牛哀号几下，鸣碎血色的记忆。

时间的帷幕拉得太快，马上阿江发现就连夕阳也熄灭在河里，血液悲怆地染掉半江水。

在这个季节的交替中，阿江深知，叶子变黄喽，太阳西斜喽，很多东西都留不住了。夕阳推倒了树木的影子，但树木们仍向光芒中跑去。这是光芒的召唤，也是黑夜来临前的最后安慰。

古时候人们以桑榆指代日落处，现在阿江乘坐的火车即是开在桑树上了吧。一位老年乘客用干枯的手遮蔽落日，她年迈的手呈现一种雍容高贵的金黄色。太阳像国家母亲养育的一条火红的蚕，太阳正在吐丝，太阳比她的年龄更强烈，太阳的丝也是皱纹，将她轻轻包裹。

时间沿铁轨滑行，终点站坐在天际等着谁？水泥枕木会不会发芽？在抵达鲜花的前一秒，色、香、味会不会猝然凋零？列车装上太阳向西驶去，澄澈的天空滴上两滴夜色，黑夜繁衍迅速，只好留白出一枚明月窥人。

天色重复着老化。黯淡的兽性从树林里爬出来。雷电布满山脉的锐利，劈开乌云的脸。裂痕苍白，死亡愈合循环交替。

一株死树仍站在出生之地，枝叶全无，却仍在黑夜中舞蹈，恰似婴儿为自己的年轻啼哭不止。忍一席白霜吧，在一篇新绿中，迎来欢乐的死亡，借此还可以给自由留个全尸。龙头拐杖从他身边，谈笑而过。

树甲与树乙在对话，述说上帝像夜一样漂泊，它们站在被时间抛弃的地方，四处深沉。芳草萋萋，列队开向背后的荒芜。

旷野之灯从车窗外勾引起阿江的联想：有点像观音弹指一灯，又如有帆升起。晚风欲来投宿，弹弹玻璃，谁能担保不被一口气吹灭？

月亮迷糊，铁路按预定线路进入荒凉之国。阿江嗅到趋光的山丘收紧脊背发出兽鸣向他奔来，他想捕食新鲜的灯火，但又看不清全貌的斑点。

放心，它们会伏在南窗，它们静静呼吸他的梦，静静地。

原本，它们只想来诉说白天炎热的痛苦，但此时它们的背上覆满桉树的喧响。

回程中迷失来时的脚印，如时间在那里僵硬。他分辨着每个脚印所用的速度，盘算所剩无几的日落。看得见的家乡会慢慢放大。山巍峨地包裹着那个生养他的瘦小村庄。山谷的回音骑在牛背上，唱空了田园的寂寥。咆哮的叹息越过山坡，跳进那无边林海。手执松树作戈矛，绿色将士的肩膀，由十万山峰构成。

虽然感觉自己的日子所剩无几，但阿江深切地认为：忧伤是一种幸福，因为忧伤，他才能看见了诗一般的诗。

她驾驭云朵而来，献上最美的叹息。她为他劳累的心灵扑捉闪电。

不知名的鸟询问空气：白天和黑夜是什么关系？

一串串喧嚣撩拨着阳光烤红了衬衣。梧桐树郁郁葱葱的生命伸来一只绿色的手。窗绿了，眼睛绿了，孤寂也跟着绿了。他是寂寞的吗？他将不再寂寞！将有一位贤淑漂亮的少数民族女子进入他早已忧郁冰冷的心。他将带着她一起去远方闯荡，此生此世。

母亲此时应该是站在四季的高处等他，披着年久的记忆，犹如母性的光环，闪耀在满是星辰之乡村沟壑间。

他重新陷入深情的思虑，感觉到身影单薄飘摇。有没有那么一阵风，一阵上足了发条的风，带着他对母亲深深的想念和祝福的信条，去展开母亲紧锁的额纹？

阿江的眼睛隔着车玻璃，迅速地取走一片片屋瓦的灰暗，一树树繁花的白还有一卷卷山丘的悠青。倾斜的坡上荒草，在练习举重—— 一种人类所举不动的哀愁。

瘦削的铁路桥呢，飞架胸口。云雾难免要等半天才行驶几米。

细雨的细心超出了阿江的想象，它们缝补破碎的大地。注定聚拢不起的大地，春衫太薄。

四季如车轮滚滚，让阿江想起自己曾多次午后惊醒在梦中，像一个泥泞的春天里的斑鸠，所以春天很快就绿过去了。

每天早晨他负责推醒太阳，备好马车，所以太阳能在凡世存活，阿江又想起一匹马在城市的公园里中暑，所以夏天更响了。

想起祖父——睡在对岸的竹床上，劳动远离他，命运撑船沿河而下，水稻、玉米、木薯静静地成长。两岸等待，所以秋天很深。

他想他把小树枝……他已经收集更多的痛苦，温暖内心的火焰，所以冬天结束了。

四季结束，四季的结束啊！什么样美丽的结局——阿江愿意简单地去重复？

现实总是一遍遍地告诉他，生活中他再也没有做梦的空间存在了。

五十五

我处在“70 后”和“80 后”尴尬的夹缝里，母亲告诉我，不知道是大年初一的鞭炮先哭还是我先哭，总之你争我抢地在那一瞬间挤进尘寰里。鞭炮的闪光和响声，它们晓得它们自己只有刹那间的辉煌，也知道最起码还有童真无邪的小观众，寂寞的演出也不一定迎来掌声，但是它绽放了，碎成满地的叹息。而我，也在慢慢、慢慢、慢慢地绽放……

在和晓玲相亲之前我赶赴海南马村港打工，正西北方向就是我熟悉的家乡，直线跨海距离接近四百多公里，我说这个倒不是我很想家，事实上是我想家但是还不想回家，我觉得衣锦还乡是最理想化的状态，可惜我不是一个擅长梦想和实现梦想的人。

我想回到草叶里做透明的蟋蟀，却来到鸟不拉屎的荒村。我曾经想去彭加木的沙漠，却来到了海边，而我并不会游泳。野火织入密密的草叶，与海水重重叠叠。在水与火相互暧昧的时代，我感觉所有人都告诉我：你不存在。

当我抱着吉他还坐在中学里的宿舍里，我绝不会认识到今天的往思竟然单单以和弦的声音实现追忆，继而是猛烈的扫弦。我感到无法忆及的故事只能通过斜透的几瓣阳光挤过古榕枝叶的姿态出现，而且转瞬即逝。老罗和叶笛有一天心血来潮，把我们几个初高中时代的旧诗作销毁殆尽。那些不能再翻阅的佚失的手稿像是镌刻在往昔的墓碑，更像五金店里滞销的螺钉一样被遗忘在角落里，生锈得如一张旧情人长满青春痘的细脸。叶笛说——战争电影里不是经常有后面的战士踏着前面的战友的尸体跨过去的场景吗？牺牲是在所难免的。他的话借着傍晚的夜色爬进我的耳膜边上，让我联想起随机播放和单曲循环的区别，甚是奇怪。有人说过，深刻的记忆来源昔日曾经出现过的欢乐和痛苦。时光为了成为锋利的颜色，在泛黄的纸上镌刻一种暗淡的字迹，使人难以区分。我们以前一起走过的日子好像可能假设也许大概似乎仿佛宛若或许恰似确乎如此。

我们壮族有很多节日，每逢这些日子到临，几乎家家户户都宰鸡杀鸭，亲朋好友聚在一起，深山里的瑶族比如晓玲的那个村落甚至还敲牛宰马，彻夜聊天饮酒。而亲友众多的，属于我的庞大家庭中的，一般都是寥寥而聚，寡寡而欢。我有一个哥三个姐，但我总感觉到六亲无靠。原因都在我嫂子和姐夫，这种固执的见解一直顽强地支配着我对婚姻及家庭的重新定位和理解，并演变成内心杜门自绝的门槛，在颠沛流离穷困潦倒的日子里，愈演愈烈。

二姐夫笑得夸张的嘴脸敬给我一条好烟，是踩门之日假送于我的贿赂，让我帮他对母亲说好话。发棉之期后，变色龙就开始适应环境了，冷眼和白饭都惠赠于我。

有次醉酒后，老罗很惋惜地对我说道："阿江你时日不同了啊，想当年……"

确实是有想当年的时候，原因是挣钱挣到手发麻。高中辍学后去沙场流汗，我三哥和我渐渐打下县城沙场的半壁江山，很多人都知道弄怀石场这个曾经响当当的名号。父亲想都没想到我家原来零零落落的小本生意竟被我和三哥经营得繁盛一时，因为赶上了高速路和房地产的集结号一同吹响，而且种甘蔗致富的农民都争着盖房子攀比，不过最关键的一点，三哥的黑社会地位一直让同行汗颜，想分杯羹都要顾虑一下家人的安危才能决定敢不敢分，再加上交通局办公室的主任看上了我大姐，黑白两道都有得罩，想不富都难。

我曾经很高调地告诉老罗："哥们，好好读书，毕业了我出钱弄个影视出版公司，你和叶笛过来当第一把手。"

现在想想那句话，实在不知道该笑还是哭。

吸毒和赌博让三哥渐渐挥霍完家业，当我得知连沙场和房子都做了抵押的时候，已经太迟了。

正如股票 6124.04 的高度，一泄如注……

突然想到“沉浮”，这个词：左边都是狂涛，右边的身体上下挣扎。阿江想象着自己在一场海葬中挥舞着起皱的手指。谁能在现实水洼里看清自己？太浅了，太浅了，而他不得不深深陷入昨天的泥泞中。

有钱的时候兄弟姐妹本来就明争暗斗了，没钱的时候连斗都不用斗了，各过各的。我一直久久不能理解的就是人的心和人的灵，难道金钱真的是万恶之源真的可以改变一个人？

敲髓洒膏后的我似乎一夜之间眼睛都深凹进去。日进斗金的生活中我并没有给自己留一手，银行的存款几乎没有，得来的金钱全部购置房产和汽车，恰恰正是这些最容易抵押的实物，来得快，也离得快。

我最初的打工，是为了偿清三哥的债务。走的前一晚，我竟然把吃饭的碗掉落地上，散成了一个不完整的家。父亲抡起汤勺，重重地抽在我的后脑勺上，气急败坏地斥喊起来：“都他奶奶的败家子！出门前还敢摔碗？！你他妈的这一辈子都讨不到吃的……”

我忿忿地嘟哝了两句，没想到他竟然跑进厨房拿起菜刀来追砍我。我匆匆回头看了母亲一眼，一溜烟离开了这个又爱又恨的家。

说爱，那毋庸置疑，一定就有且只有母性的爱了。记得外婆在世的时候跟我说过：你妈啊，手可巧了，刺绣啊竹编啊藤编啊什么的，没一个人做得比她快比她漂亮的，往往碰上墟日……村子里她跟什么人都相处得来……从没见谁说你妈的闲话……你小的时候你妈连下田都背着你，因为怕你调皮掉到池塘里面……

外婆格外疼爱我，亲戚送给她什么好吃的她都舍不得吃，一定要留给我。如果我不去她那里，她会一直留着，留到烂，留到坏为止。我喜欢听外婆说些遥远的故事，说城里的轶事，说村子里的琐事，有的时候还会说起心里的情事。

原来叶笛家那边，以前竟然是旧县城最繁盛最宽广的街，而今却变成了最窄小路况最差的街。外婆说她自己还在那里的永泰理发店门口叫卖过自制的斗笠，几乎总是供不应求，并在那里邂逅了外公。

当时整个夏火县仅有三位女子读国中，有财且有才的三女子之一就是外婆，当然这件事肯定不是低调的外婆亲口告诉我的。

外婆不说话的时候，就戴上老花镜，静静地看书。她不怎么喜欢串门，但却极其德高望重，村里有什么大事都要过问一下外婆。县里几个以前当大官的，有时候还送些礼来。原来日本入侵的时候正读国中的外婆亲手用剪刀戳死一个日本兵，救了十几个乡亲。

这些我都是听村里其他老人说的，我屁颠儿屁颠儿地跑回来问外婆那些事的来龙去脉，外婆伸出爬满蚯蚓和老茧的手，抚摸着我的脸，微笑着，不说话。

小时候经常和小伙伴一起去刨蚯蚓，然后跑到小桥上用手指当成鱼竿来找乐子，你还真别说，随便怎么钓都有鱼上钩，往往一条蚯蚓就能换来五条小鱼。忙乎够了我就把鱼儿交给外婆，看着她一条一条地喂着鸭子吃。看着鸭子一天天长大，而外婆也一天天老去。

有一天晚上，我洗澡出来在厨房听见猪舍后面的松林有猫头鹰在“咕——咕——咕——”地叫。我说，外婆，我怕，先去睡觉了。

然后，全部房间的灯亮了一夜。

那颤颤巍巍的手，一遍一遍抚摸着我的脑壳，从容地看着日升月落喜怒哀乐，从来没见过她生气过，就只是那么慈祥地微笑着，直到过世。

送终的时候我哭得都哑了，连吞口水喉咙都痛。外婆瞑目时，我亲手拿来外婆的雨伞放进香纸和锡箔的火焰中，因为舅妈说这样子做就可以在黄泉路上给外婆送钱送雨伞，她老人家就不用受穷不用怕风风雨雨了。我和老罗一样，从小就特讨厌迷信，从不相信有鬼神，但是为了外婆，我心甘情愿破这个例，大人们怎么说我就怎么做。舅妈叫我去搬来砖头给外婆的头垫着，我久久地跪在中堂看着覆上白布的外婆，很快我的膝盖都变紫了。我点一盏青油灯在外婆脚边并用两只手掌守护着不让风吹熄，鼻涕和眼泪我都顾不了去擦了，顶多用袖子一抹，那副邋遢样真的相当狼狈。

出殡前舅舅请来三个道士做了三天三夜的道，我每天只睡三四个钟头，恍恍惚惚的一点精神都没有的时候才发现我两个姐姐刚好来到。道士超度完外婆，做完“功德”，县里的司法局陈局长就来了，后面跟着几个肥头大耳的官员，局长的皮鞋沾满了泥也不顾了，虔诚地带头给外婆深深鞠了三躬，便安慰我舅舅和母亲去了。道士们一致推举陈局长宣读祭文，这时我才发现原来局长的泪线早就滑下来了，他读着读着读到那句“生前我们不懂好好去尽孝，现在老人家走了什么都不带走，我们想尽孝都无孝可尽了”就禁不住放声号啕起来，道士只好接过祭文继续读下去。我和大人们跪在大院里铺着的竹席上，低声地抽泣。

一个三十多岁的汉子挤了进来，脸上分不清是泪还是汗，他用蹩脚的壮话追悼我外婆，从口音的个别发音上我们都听得出来他应该是外地人来着。最后才知道，他十几岁的时候就跟家人来到我们夏火县收破烂，当他到外婆家门口的时候，外婆把两口破锅卖给他，他趁六十多的老太太眼神不好，硬是在杆秤做了手脚。外婆见他上衣有点破了，便说道：“孩子，你把衣裳脱下来，我帮你缝缝吧。”他听了心里就不是滋味，半推半就地才脱下来，可是钱已经给了，再补着给似乎就不合适了，于是补完衣服他就想马上快点走掉，刚走到门口外婆突然喊了一句：“在门口拾条长点的柴火吧，村里有人刚养了条黑狗，有根长的木棍提防一下好一点。”这个手持铃铛的少年头都不回地走了，但他还是偷偷把村头的这一户人家记住了。

他的生意越来越好，很多人都成为他的固定客户，逐渐也发了一点小财。他默默记住曾经有那么一位和蔼可敬的老人。可他不敢去面对。此去经年，他开着小车经过，高高的冥幡在那么惹眼的地方升腾，他的心似乎被狠狠地绞了一下，快步下车跑过来，没想到今生今世，那匆匆的一见，即是一别了。

那天真的是锣鼓震天，再配上铜铃、唢呐、芦笙、钵，我从小到大都没见过那么多自发送葬的人群及哭喊声，我没见过的人比我认识的人还多。屋里屋外院里院外门里门外心里心外，都是人。

外婆唯一的相片正放灵堂上，深青色的左衽上衣，青白相间的裤带，深褐色的宽脚裤，无比安静的笑容。清风不识字，却来翻动我们沉痛的声音，把时间这面纸折过来，把生命折过去。

我给外婆叠一只鹤吧，让它和它的白色划过午后的空窗，直上最安详的云端。

五十六

平静在这流水迂回，平静在废弃的繁华菜畦，平静在那悠然中归鸟的舞嬉，老罗平静在一个半岛型的岸滨。

水在倾斜，河流是水的倾斜。野花也在倾斜，没有声音和蜜蜂。鸟的飞行同样也倾斜。叶子的枯落是随机的。这一切充满着说不出道不明悟不透的优美。

风多次吹拂他干裂的脚，于是他也在倾斜，也许是犯困预示了看不见的危险，但他总会回到故地，带着无限忧伤，和流水这位放荡的情人。

于水的奔远中，侧身躺在河畔的草地上去感受——水的瀑布，树的瀑布，云的瀑布，山的瀑布，何处有人的狂涌，人的独守？

因了千百年的蜿蜒，万千代的变迁，可惜了这水的体肤，惊触苍白的云堆，又更往何处？鸟影只懂缠绵！回顾急瞬间，太阳隐入云的清远。

鸟声在去年销迹，而今悄然又来。

老罗看见一对夫妻模样的中年人坐在不远处的河岸上看流水冲走时间，身后不远就停着他们的电动车，车头上还挂着红色的塑料袋，一只煮熟的鸭子还把爪子露了出来。这个场景在往后的好几年老罗都会不自觉地回想起来。

一个人的老罗，老罗，一个人。几近三个小时的归途他竟然不感觉疲劳。

总有人说，回来比较好。

“我回来了，渠离。”他自言自语地对着这片哺育过年轻的他的这片土地暗暗说道。水依旧奔流……那个方向召唤着他，似乎暗示着游子已归乡，落叶已归根。

一些水，水温暖地叫醒他。这个心情平静的时候把风干之日像南北干货拿来泡发。记忆膨胀起来，纤毫毕现。

那些微笑，那些细雨，那些轻摇比从前更加丰满，更加美好。有蜂媒蝶使的引诱，花朵不愿意被采走，因此，充满不可言喻的营养。

但请别忘记，其实那些日子，早已死去，且在最美好的时候！

他为何怀旧？忽明忽暗，近处一缕缕经茶油树筛过的阳光像无数行书写满大地，并饲养着秋风。这是片绿色流淌的绿洲。无人打扰的青草，躺在老罗身下。鸢尾花是蓬勃的书签，别在每一瓣蓝色时间的发簪上。

盛年的柔水，遮覆他的离岛。一开一收，随斜斜的如琴的水声，上上下下。水草的发根便依稀明朗。远处有村妇在不紧不慢地浣纱，黝黑如铁的老渔夫撑舟而下，一点一点离开大地身体的块垒。

野花近旁，浮云一目了然。许多云，许多云踱过老罗的眼。从阡陌借来几只白鸢，又还给彼岸。

从街衢额部那边望过来，这边的桥如大自然的烟斗，吐出自己的脚掌，吐出桥洞枯裂的回声，吐出一直衰老之水。

遥望玉米地老罗一度冰凝，他曾“发表颓圮的残诗”。煤矿一般的梦，继续安睡吧……听，堤坝下一枝蔷薇开得正旺，曾有古旧步履三四枚，挂虑那哗哗响的逍遥。

他会有意地跑去河边，无意地注视流水，他会觉得蛰伏心海的礁石，被一种灵性的涨潮撞出圈圈涟漪，打散到他留下的往昔足迹。

他不能拒绝流水行走的姿势，而且，他喜欢不定时地经常去河边待一会，就静静地待一会。如同一个人不能挽留住时间，所以他乐于把脚步与时间、流水同步。当他一个人在河边时，通常会起风。沉默一直挂在他脸上，风再大也吹不走。

当然，沉默不是永远的基调——与阿江同往时老罗就很活跃。最有趣的是有一回晚上，不习水性的他与阿江徒步来此游泳。漫过腰不没胸的水刚刚好：这个时候他们无所顾忌，打破白天时与它的距离，切实地感受它表面而实在的纯质。河水流动的存在不再要他们用眼光衡度与摸索，当它与他们已不再是相持或相守时，让他们的挥臂与伸腿赓续他们目光之所不及。阿江提议说从岸边助跑纵身飞腿跳下，老罗当然欢悦地应许。随着“一、二、三”，他们一瞬的洋相让河流眉飞色舞。

欢乐是共享的，如果有也许，那么，他们的欢声笑语也随波逐流，在第二天早上被某个村妇或女孩揉进涤洗的衣裳中，然后晾在阳光和风的世界，等待一家人在挥臂与伸腿间无声无息地接受他们的快乐。倘若这个想法永远不能实现，那么至少可以把那份快乐就这么沉淀在那里，成为守在那里的水的灵魂。无论是谁的纵身一跳抑或是蹑足轻涉，那一片水花让他的记忆被征服。老罗记得阿江当时跳入水狼狈了一会儿后说的一句话，现在想起来未尝不是还响在耳边一样。阿江悻悻地叹了一句：“斗不过这水呀！”是啊，他们又尝试了好几次，仍对水的冲击无能为力，即使无休止地继续尝试。对于水，他们只能偶然地占有，枉然地独行，就比如没有任何一条鱼，可以溯流到那水焰的尽头。

流水的力量在于恒久不止的贯连相携，与他们夜以继日重复的奔忙有现象的相类，但仍无法摆脱本质的相异——他们没有朝着同一个方向坚持不懈，更多的是，他们走走停停，疲于山高，乐于花香，把精力与时间抛在未名的角角落落，无法拾回。

而后几次，老罗和阿江重临故地，已是灿阳不再开释的初冬，并且他们失去了昔日年少的激情。冬的前一脚是秋，初冬与深秋在南国而言，区别不大。但秋天无可非议的是文人感触良深的季节。文人的诗作散文像落叶般纷纷扬扬，更像滔滔不绝的流水。老罗自称半个文人，阿江听罢，笑着说：你都封刀多年了，不要自欺了吧。

这故地，阴霾的天，青青的草，憔悴的树，远逝的水，祥和的风足以构成一个简单而充足的返古诗境，一个文人墨客寥寥而聚的古典空间。一切显得从容、简洁、和谐，不紧不慢，全然没有身陷繁华都市的茫然。他们需要做的事不多，他们只想把近日来积淤胸口的烦闷与郁怅让风抚去，任水洗濯，从草上树下走来，从树下草上离开。

枝叶纷披，花开如手，但从前走过的路和年年皆败的花骨朵都不会将野蜂和他们挽留。

其实那条河并不大，那个村庄也很小，它们相依偎让空间破豁开来，成为一些游鸟的栖息地。可惜他们一直没有古人那种“目送归鸿”的福气。他们的福气在于那流水无论何时都接纳他们卸下生活的繁缛，又很快地低远不徊。

这不能不让他们更加默然，望着流水在远处转弯时隐没入竹林，然后恍然大悟：其实生活就是要顺从这种态度。

再后来的后来，叶笛自己一个人再踏渠离村。他从城市的尾灯拐角那边跋涉而来，慢悠悠地看着这个无比熟悉的村子沉默着踱来。

初秋仍旧被搁置在此时此地。明江弯弯，她温柔地重复着低凝。浅藏于此的老黄牛，偶尔用暗褐的声音叩问黄昏，叶笛已看不见迢遥的过往，它却似乎替他感到悲伤。

傍晚连同草地，紧紧抱住他，他曾属于它们，现在同样如此。尽管野草那顽强的喉管已发不出碧绿之声。躺下来，脖子弄痒了草叶子，无论是否热烈地交谈还是静静地聆听。

请借他一个岛，用回忆泅渡，即便只是孤城里未名的烛芯。任其蛮荒，自生自灭吧。

他和一尾鱼，无论离岸多远，迟早会游进岸上的网，哪怕曾统领过烟波浩瀚。

野花一样的往昔，悬在他想象之外。他猛回头——高大整齐的商品房一口气把他吹得微凉，就像一个别致而沉重的徽章，压在他胸口上。

土地渐渐在下沉，蚂蚁行走在令人不安的细沙上。爬上他的裤腿，好吗？尽管他曾是这里短暂的王子，尽管现在迷失了路，尽管这场大雨微颤而去。停在他的肩膀，让他带你们离开，好吗！

等季节笨拙地凋残，人群必须踩踏过时间，呼吸或窒息，野草无声。

别以为天黑了就面临绝望，受伤的小兽尚且知道躲进山洞舔舐伤口。血液漫过尘世，把月亮染红。

将来的将来总会泅渡回现在，看看禁锢有曾经的门窗，看看偶尔匿迹的野花，是否有更清凉的风？野草也像手臂，弯曲又伸直，它在和谁道别？

五十七

举杯……真正喝酒的人从不用酒杯，一般都是用大碗。大口地饮下没有泡沫的月亮。

四眼说：玩斗牛，底酒半杯！他曾那么热爱充当一只绵羊。他宣称——要把自己放牧在大池塘边，吃放心的草，看潜游的鱼，配制可口的生鱼片，喝自己用香糯米酿的甜酒。说着说着，仰头又是一碗更为真实的味道。

扑克在老羊手上，齿轮一般转动。他像受潮的柴火默不作声，时不时拿起手机拨同一个号码。夜的耳廓，清醒而麻醉着，但绝不会因爱的暗流而再生。时间被风穿通，回忆与回忆相许，老羊俨然已是无鱼之水。

筷子是两根手指，三个人吃土鸡，鸡鸣结满桑树，被他们像果实一样摇落。

“来，吃烤鸭，吃饱喝足好上路。”老罗张罗道。

四眼白了他一眼：“怎么听怎么像我和老羊马上要赶赴刑场了一样。”

老羊也应乎：“老罗你敬酒碰杯子时一定要低一些，这样以后墓碑才会高一些。”

以后无人通知他们：腕戴长桥的江水暖了。他们吃完春天吃夏天，吃掉鲈鱼，雨声让莲叶落下残疾，鱼群不再做游戏，他们输掉鳞片和肉体。吃掉冬笋，他们等不及变成幽篁。等不及竹子咬破石头，老羊等一会还要去赶另一场酒。

他们的忧愁在杯中酗酒，他们嚼碎生活多刺多骨头的诗意，醉在这个俗世界。

今夜没有行酒令，只有清风负手踱步，看着这三个将醉欲醉的青年有一搭没一搭地闲扯。众星犹在，燃起年龄的船票。“70 后”的四眼和“90 后”的老羊把“80 后”的老罗挤在中间。

花生里躺着懦弱的石头，在喝酒之前安然无恙，酒过三巡后就妻离子散家破人亡了。四眼在晚饭的时候因为饮过了米酒，现在最迷糊的估计应该是他了。他絮絮叨叨地伸出食指，本来十秒钟能说完的一句话得用差不多十五秒。谁都分不清面前的碗哪一个才是自己的碗了，只有劣质烟草的灵魂，无声地把喧扰裹缠。

他们从不议及未来，因为他们被现实谈论得太多，不再新鲜了。

大口大口地饮下薄薄的尘沫，只要黑夜还在旋绕，他们总会在湿雾中，把再多一次的逗号刻写好。

紫色的炭火，使牡蛎和碎蒜更香，黑夜更黑。

他们跟尖锐的时针、分针搏斗着。说好的车辆明天才来。啤酒奔突，脉动，淹没黑暗的喉管。

老罗的皮肤上河流不断起伏，他的心脏是咸水鱼类，唯有哭泣能勉强续命。

四眼嚼着牛肉干，老羊有鱿鱼丝和干涸的海。这一餐花费了将近九百，酒钱占了过半，对于酒菜，他们只觉得酒有味道，至于菜好不好已经完全没有关系了。

还记得他们在电影院里，看他人演出的泪水很浅。他们也假装文雅地饮茶，茶叶像鱼跌宕起伏，清澈夺得红茶的魂魄。最后他们各举一碗酒，你信远方，他信佛，我信现在，揣摩未来主义的海难。为什么仍信骗过他们多次的现在，而怀疑未来？不说别的，八月再见，也许是九月甚至更远。我要戒酒，你要走，他要守。

胡同里有人焚香，是的，有人化为青烟，整条胡同漂浮起来并且燥热。但天气冷得血脉贲张，再喊一个田螺煲咯。天气啊，你看火锅里有煮着的春天，你看你有车票我有佛珠。

遥远的面前仅有空空的酒杯—— 一天是一瞬，往事越走越近，直至听不到了脚步声。

五十八

甘蔗躲在背着喷雾器的罗父后面调皮，吐出小舌头。站在半山腰的蔗地里，你会发现天高过世间，俯察众生。丰收还悬而未决，谁能把久违的甘霖植入十万大山的肚脐，一搏希望之欢？老罗辞职回家后立马脱下皮鞋和家人一起成为蔗农了。刚开始的十几天还真不习惯，肩膀和腿都极为酸痛，但老罗还是自告奋勇承包下山挑水的任务，两百来米的距离而已，但扁担已经把锁骨上的肌肉压出红彤彤的烙印。老罗两边的肩膀左右开弓，一路上走走歇歇，许久才挑回两担水（其实路上摇摇晃晃地都洒出来了一半），罗母远远地看着他弓着腰挑水的样子笑得眼泪都出来了。这回老罗可不敢像以前那样再浪费水了，淘米的水可以先洗菜等吃完饭了再洗碗筷洗手浇菜喂猪。

闪着光的稻穗，如是你我。南越之神用温郁的目光一遍一遍地凝视万千布土的膜拜。

一捆阳光把休憩的罗母锁在树下，她的目光因绿色而善良而闪亮，亘古未变。这是片炽烈刺眼的蔗林，甘蔗的拥挤使土壤发甜，也使罗母喜在眉宇。十万圈年轮，圈着吐舌头的狗，圈着远处招手的秋天。

大地嘴唇干裂，天空嗓子冒烟。风睡在许多人都看不到的地方。某片夏摇了摇头，给井水一记桃形的轻吻。瓜藤不知何时已沿着电线杆子攀向井口的蓝色。一只变色龙沉眠在这个响晴的时间里。

老罗接过罗弟递过来的烟，一看，靠，居然是最廉价的“甲天下”。这种烟够辣够呛，老罗抽两口便得喝一口水。罗弟奸笑道：

有烟抽就已经蛮不错了，你还想挑剔啊？

闷。汗。一场未知的雨或是在酝酿灵感，在荒野，在村子上空，在众人焦急准备中，在天际绘一幅深色的油画。

它点支长烟，慢慢构思着，但是抽完了烟，只拍了拍裤脚的灰尘，从山的发丛上，走开了。

午后一闭双眼，蝉声便凋落一地。众蝉似乎在酒瓮中絮絮醉语。老罗的听觉神经是一株高柳。两扇窗户没关上，像螳螂之眼盯看着他。乱蝉嘶鸣近似一位宋朝人的深秋。山对面，两张剪影交谈，说一些他听不见的词语。

犹记得上个月蝉声凶猛如水，行将淹没山的头顶，一小队玉米腰包鼓鼓，老罗认为它们的栖息地应该在那里。乱雨肆虐数日，山峦、房屋暂时隐居雨里，丰收的西瓜逐渐腐败。转晴后的大地，重新生长，成熟，甜美，使蝉声固体化是当务之急。

种植甘蔗，除了需要风调雨顺之外，还要应付蚜虫的侵扰和顽强的野草抢食肥料。老罗真的希望自己和家人的劳动心血和收入是成正比的。三四年后，收成会不会比自己放弃的工资要高呢？对于暂时看不见的远方，他其实就是一个失聪者。谁不说远方？一些湖水在树梢背后轻轻翻滚。

天空都煮老了吧，再远一些就看不到了。钟表累坏了，像个哭够了哭累了的小孩坐在窗台边凝视。

一些灰色的时间粘在玻璃上，一些说不上名的鸟从天空经过，再远一些就是乏力的远方，而老罗又是谁的远方？

夏蝉抖一抖巨翅，收编了白昼。许多扁担循路而归，担着两箩金黄。山对面的老奶奶关上门窗，截获一屋子饭香。

家乡的水稻向云中生长。远方借老罗而去现又归还，使他重新臣服于村庄之下。水稻神圣，落泪千行。水稻出身泥土，可没有人舍得她们白白滑到地上。

一只池塘乡亲之碗，不接台风雨露，只是种植玉米，玉米叶长如昔年的鱼尾。

谁会舍得白白来这世间一趟？不恋一物，不爱一人，即使想起水稻深处的坟墓。

落日偏爱旋转自己，缩小为嗜水的杯子，一片远山如燕麦片溶解于纯净的黑夜露水。比较实际的天空抖落草鱼胆，有人用它来泡药酒服下，孩子们用来涂在纸张上，放生到碧绿的池塘，这些顽皮的纸会自动游走。

天空的银杯定是破碎了，因傍晚火烧的云盏。从傍晚的大衣里掏出归巢的白鸭，嘎嘎，嘎嘎。身后的杨梅树吓得只剩下黑头颅，这棵树曾是游鸟划过天海抛下的锚。

忙乎了一天，老罗累得不行了，把锄头随便一丢，靠着墙角闭上眼睛大口大口喝水抽烟。他用烟蒂狠狠地吸一口暮色，他感觉山上坟墓在呼叫。汗水，井水，也闭上眼睛，深呼吸混合深呼吸，这是一天的尾巴。在他身旁，大树根失掉了水分，咧着嘴等老罗挥舞柴刀完成使命。饥饿才能理解火焰的珍贵，宿命是木头遇上火焰。烟的解释虚无缥缈：什么会化为灰烬，随风飞散？菜还没有炒好，老罗背靠着墙仰着头，等着夜的乌丝，一匙一匙地，灌满大地。

龙眼树把干枯的枝条伸向干枯的池塘。黑夜低垂，吃掉老罗心中唯一的光芒。老罗的心脏一片漆黑，如同矿灯熄灭后的小煤窑。锋利的白月吃吃发笑，如同鸱鸮，它割掉他唯一的火焰的耳朵。黑夜像分离的水，为什么他开始怀念爱情和自由？黑夜独自梳理自己身上的茸毛，为什么他似乎无法安然接下来的劳作生活，难道就因为渴望的眼泪仍在暗夜中闪光？——眼泪里包裹着唯一的火种，老罗必须用力把它拧出来。拧出来！滴在更多的木头上，更多干燥发涩的木头上。木头的年轮磨出水面，并磨出火的香味，所以老罗不仅确信木头中埋葬着一辆穿过黑夜的车辆，还确信木头中埋葬着水和盘缠，更确信木头中也隐喻着死而复生的能量。

灶台边躺着口渴的月亮，黑夜紧紧拥抱着烛火，黑夜微微动摇。

抚摩一屋子的烛眼。雨，答应你们一趟旅行。可是她的行李太多，已经堵车或是迷路了。

罗母嘟哝道：这老天爷怎么都不下雨的呀？

唉，老罗对于雨更情有独钟，那种水声，能削出他思想的醉舞。当细雨纷扬时，你能否认她们不正是天空之遗羽吗？

倘若下雨了，梦想的种子就应该发芽，阳光会变成走避的奢侈。在往昔与今朝的交会处，因未知的强弱消隐，夏天卸下王冠，无数果实向雨鞠躬，下野的无所归宿。

只要有雨，老罗就是尚未痊愈的骄矜，把雨当作不离不弃的情人。

谁说，火苗是温暖的脸？跳着谁的眼？至少谁再一次映亮落日和归锄。米酒！米酒！还有火的温度；来，来碟酸笋，再来一大块卤有酱油和柠檬的肥猪肉。醒一醒吧：背篓、竹篱、葡萄藤，都摇起来吧！

一只大碗，盛着浑浊的暖酒，老罗的喉咙赋予了它声音，并挽留了它的光泽。劳作辛苦的老罗甚至能喝下两斤米酒。酒饱饭足后，拎个桶下山冲凉去——

今晚去得晚，否则还得排队打水。旁边砖场稀疏昏暗的灯光照过来，老罗发现自己的上身呈现出从未有过的古铜色，和原先白皙肤色截然相反。把满满的一桶水高举过头，他把他自己洗成闭眼的象形文字。这一刻突如其来居然忘记是冷是热。

这一隅现在只属于他，忘却指针的倒流，任意忘记自己，忘记折回的帆，却无法洗却五官和假装坚强的面孔。奢侈地享用这唯一的独处吧，让思想从井边被冲入地心，在疏散的未知中慢慢凝结，或变成没有意义的词语，或融进灰烬与树根，总之，与城市的喧哗无关。

在冰冷的席子上，老罗卷起被单。他喜欢睡在竹子上。充满了竹子的香味，你可以想象。夜雾同样冰冷，在竹林的眉毛上凝聚。屋檐也属于钟表，来回走动。

黎明慢吞吞地划船而来，鸡鸣是湿漉漉的桨声，高高低低。太阳是模糊的图腾，松枝举手提问，三枚桃花戴在桃树手腕上。爆炸，一连串桃花想要逃走。

五十九

一个陌生男子，拿出五块钱想跟阿江换零钱。阿江只有三块零钱。不，阿江不要多的，他要简单的！

阿江赠他两块钱。男子的微笑搭上公交车，风也追逐他头发里秘密的夜晚。

公车上，你一看口袋里的时间不多了。没有人向你提问，没有人给你答案。果实里的籽粒，拥挤在一起，互不相识，互不干涉。公车上有人阅读手机的光芒；有些人的嘴，做着很浅的梦境。公交车轻轻扯下一张张面无表情的脸，带向终点。刹车声异常亢奋，在许多人心边烙上厄运。

窗外的天空摇晃，闪烁。在短得令人迷惘的道路中央，一场普通的小车祸致使语言之石交换着愤怒之火。

堵车让阿江心急如焚。唉，看来待会买不到车票又得明早才能回到家了。好不容易才挨到下车。

“后生崽，去夏火对吧？”一个乡音从路边窜出来。阿江本是不屑同这些黑车搭边的，但此时他匆匆地询问：多少钱？人数够了没有？准备开了吗？

呀，就差你了。乡音麻利地从阿江手上夺下最重的行李，从前面开道。等乡音把阿江的行李全部塞到后车厢锁好，阿江才感觉后悔了。乡音敷衍了阿江几句，又跑去拉客了。阿江虽则不爽但又不好发作，只得买包烟自顾自地蹲在路边等候。

风像失明的手指摸索城市的这个角落，风累了就躺在落叶上喘息。

久违了：落叶与空气最后一搏并迸发出相似的叹息。

风甚至和阿江一样，还没有吃晚餐。

逐渐陷进黑暗沼泽的城市东倒西歪。时间越数越深，颜色越来越浓。风摇不散太极鱼一样挽着手的情人。孤独的风寻找到美酒，饮用不足 590 毫升的温度。最猥琐的啮齿动物——老鼠把黑夜当成白天食用。一些风把近在咫尺的碎石当成远方。一毛钱天真的纸钞被车流气旋裹挟，无人捡拾起部分的生活。匆匆的夜市商人像秒针，纷纷指向工作时间，这也是生活。

翻检空洞瓶子的老妪目光迷离。一辆可爱的保时捷敞篷跑车疾驰而过，惹得失控的烟尘跳起机械的舞蹈。疲倦的小贩扁平如卡，从旧方向轻轻推开城市的肩膀。有人只希望风永远奔波，他们渴望自由的尘埃；几粒蟋蟀献上阴郁的自语，像一群淡漠的星星升进云层。声音陡然增大，盖过了整个城市的马达，仿佛向远处借来一些问候。

大约半个钟头后乡音才铩羽而归，从他黑沉的脸可想而知，这一趟车他只拉到阿江一个人，连油钱都赚不回来，心情肯定不爽。阿江只想着快点回到家里，心想，挨宰就挨宰吧。

阵风把这个时代的树木推得倾斜、踉跄，把首府和首府的冬天摇得像船甲板一样倾斜。阵风又把突来的微雨吹倾斜，雨率先仆倒在地破碎了骨头、魂灵。昔日的歌声以及誓言无可奈何地向前方流去，一切都倾斜如瓷器，一切都注定要破碎，平等地汇入流水，向深渊流去。

天空吊起嗓子，为演唱暴风雨做好了准备。道路跟随着汽车疾驰，像死海卷轴全面展开。轮子维系着金属的沉默，道路的声音被一一撕裂。汽车大灯以粗暴的速度，向黑夜借走了一条路：一条离天堂最近的捷径……阿江将永远地闭上双眼，其实生命和忧郁一样，并非那么遥远。它像深夜低泣的风，风化他既有和虚幻的沉思，不离不弃是它所要坚持的原则，并且这一生注定与他结缘。它像一首悲伤的情歌，缝补着孤独患者破裂的心。

它常常引领另一个他来到海边……它的诞生地。

他仿佛疲惫地躺在浪花想要触摸的崖边，就像躺在它的手心。

一波一波情绪拼凑成的日子，明显偏瘦。信号向危险倾倒，在司机异样的自信和发泄里。

胃癌的病毒像墨水在宣纸上狰狞攀爬，言语迷失，痛苦布下的八卦阵围堵住阿江和晓玲即将迎来的幸福，至少阿江是这样认为的。

上个月，一条光亮管道照亮他的胴体长达半个小时，那短暂的精灵榨取了他半年的辛劳，直让阿江苦不堪言。

冬天冻住了语言，换回可能更持久的延续。面对这美丽的挫败，阿江是该高兴，还是神伤？他不知道，一粒粒娇小的胶囊是否能胜任，将生命和灵魂的另一半找回。

之前许多个夜晚，灵魂被拉扯，血液沸腾暴涨，意识严重脱水。

阿江的抑郁足以攀上高高的电塔，赶赴与上帝说好的约定。

一只迷惘的鸟陪着他在聆听高压电的歌声。时间一次次染白天空的头发，风儿述说并不美丽的童话。也许，这是一次惬意的征服，最能逼近恐惧最深处的内核。

放手吧——飞翔是一种幸福，一切都会松疏止无，让痛苦也无法遁形。

犹豫不是延迟最好的理由，黑暗吞吃着金色的晚霞，垂直落体运动是最纯粹的选择，命运也只是一瞬间的事。

你是别人眼里少有的风景。你开始不耐烦地催促……不！不！不！受够了你的甜言蜜语，你不是我，你无法决定我的生活，你控制不了我。

黑暗淹没呐喊，我还要不要继续……

向日葵曾告诉他，它是一个微小的胆，是闪电一直想要追求的美食，但它从未表露过死神所希望的胆小。

暴露的神经曾吸吮雨的自卑。时间多么葱郁，尽管一半的脸开始向黄色低头。

只要还能看到风景，只要脚印在空中发亮，无论到哪里，活着，都是一种意境。

他把思想搀扶到黑暗处，对于他而言，这是生命中必要的章节。

时间给阿江的脖子套上了绳索，勒紧，然后开始倒计时。路狂热，奔跑，拉扯不安的决定。车轮蛊惑树叶，割裂了甲午之年的皮肤。

阿江好像很清晰地在下一秒感知命运就此终结，剩下的日子将没有人代替他走下去。只是他不会知道：他却输在了路上。

被栗色的血花围歼，同时阿江也用头骨送车窗一道甜蜜的痂皮。先是骤然灌注液体和素色的蛇信子。气力受不了捶打，纷纷充当叛徒。

还欠他麻木的神经，可能，或者一对荼白的唇。又被匿名的痛质问，它瞥见棕红色的钢锯架，猫在他折断的手腕边上。忽明忽暗：无数妩媚星辰同时闪过。数十条闪电打烂了他的眼球壁。好客的沟渠给他打地铺，用荆棘，用遗忘的碎石。扼住沟壑的锁骨，铧犁好的悬崖。夜色如注，诡异的冷风前仆后继，表皮瞬间凹凸不平。生命的裸体腐败得紫黑，从他发根盘罗，右手无法叹息，被铜绿的孽潭灼伤。自此，痛苦不再是痛苦本身。

清泉试问石头：你想去地狱还是天堂？石头严肃地反问：这有得选择吗？

阿江在黑胶唱片的时代游泳，他去树木年轮间游泳，隐秘而平稳，没有啄木鸟敲门，他最后的手势是莫扎特醺酒后的音符。

他的命运宛在漩涡游泳，一切归结为一黑点，一切如一句号。

其实阿江并不会游泳，所以仅有妖艳的死亡会奋不顾身救他。

阿江已被自己旋转，不停地旋转，好像几近凋谢的时间，痛苦而快乐地扭断自己。

婚礼就这样，变成了葬礼。时间过于仓促，以致很多亲戚朋友都没通知到位。大家都带着喜庆而来，来了又哑口无言，他们无法直接接受老天爷开的这个大玩笑。

院子里的树，带着某年的黑刀伤漠漠生长自己灰色的孤独。枝下曾挂过红纸灯笼，纸灯笼下也曾悬着金“福”字，直至被砍伐，燃烧或腐朽，而现在它的脖子挂着长条状的冥纸条。密密的枝丫被介入黑颜色，就此变成生命不可抹去的皱纹。

阿江的老父亲，他从未预想到自己会白发人送黑发人。他把曾经追砍阿江的那把菜刀用尽全力丢到屋后的竹林里，然后不理会众人，躲在墙角狠命地抽竹筒烟。

竹林坡上的松涛一阵阵弥漫、侵袭。山葡萄自生自灭，缠络着枯枝。生命如青藤上一枚绿叶，许多年前还未能出世，许多年后早已从世上消失——直至被遗忘得恰到好处！

院子外的栀子花潸然凋零，盼不来人迹，只好在烟岚里销掉一截往事。许多年前没有人知晓，许多年后更无人愿意提起，空留淡淡的树荫被一层层幽冷掩翳。

来来往往的风吸饮一副时间的毒剂，而后飞蛾憩息。桃花已开，没有人赏析疏疏的粉色。写东风吧，没有人记得风中的阿江竹叶青青，指向西方极乐！

连风都还活着，阿江却静止了。唉，与太阳飞舞的寿命相比，人类也是婴儿罢了。

人生苦短，去日苦多。人生是什么？傍晚待蓄的雨，穿过云肤的兀鹫，峭壁上的孤树，暮色中的苍穹，都是又都不是。

还不到一年的时间，老罗和阿江已相继诀别，叶笛不想往事也就不哭，一想起来泪腺就脆弱了，如雨未止，如雨不止。眼泪哗哗哗地滴在往事的棉花上，像一个个水锤子那般无力，哪怕即便是铁锤子又如何呢？锤子打在棉花上，能有什么结果？

他用手机给两位故友的电邮发了封邮件：

生命啊，我相信你，如同相信死亡。

他们三个人曾像河流、入海口和折扇似的三角洲彻夜交谈。用台风和巨浪相知相处相伴，与漫长的时间海岸线深吻几千米。

但现在又怎么样呢？风流云散，一别如雨，波涛滚滚，终将俯首。断岸一千尺，起身看北斗，友人色、香、味俱已消逝，仿佛一小把灰白的骨灰，连踩上去都没有一丝声音，只能播进风里播进水里梦里。

他们在没有皱纹的命运中相遇，面对面的阴影不必解释。手臂述说最艰难的往事，原来他们从前做起来很简单，什么都不能得到，反而将所有翅膀失去。

人家谈论生，他们谈论死，渐渐地说得更加自然，不能转弯不能躲避。

不问前生，不问来世。前生一场雨，来生一张纸。阿江这辈子就是一些在纸上被微雨晕开的象形文字。

叶笛想起了那年，田垄上，风用最简单媚俗的语言赞美秋天，花儿用最洪亮的音喉传达闪烁的美。

老罗阿江叶笛文峰把薯块塞进小瓦片垒成的小世界，这个玩意叫做红薯窑。秋天的竹笋，是位沧桑的老人，经过前些天的暴风雨洗礼后，一个个都活蹦乱跳地出来了。蟋蟀躲在笋芽边上，看着泥烟囱发出的红色瑟瑟发抖。

天边的天空游到头顶：白鳞片。

夕阳是嘴，放射出红光。牧牛人穿着黑色的衣服。河滩有雀斑，但见几顶越南斗笠。在田里收割落日的老妇人，带着一种难以言尽的凄美。

一捆捆水稻，安静地等待运走，打谷，晾晒，和着谷仓的农事诗。

温柔的昆虫发出的声音穿透文峰的蓝衬衣，白蝴蝶翻检的波涛泛了黄。

阿江说他自己不想考试，避免重复别人，他只想孤独。

而老罗活得像一粒米，住在锋利的镰刀下。

叶笛只愿意生活是一株作物，多少有一些收获。

远处是忙于劳作的几位渔夫，河中央的木桩已打进河水多年，拿来干什么用？偶尔给白鹭借一下风景而已，乍一看就像是一幅水墨画里的几小笔。而老罗他们忘记了河水的流动，忘记了初生的喉结勃发如鼓，好像秋天就被堵在这里，不走了。只有你抢我夺烫口的味道和年轻的笑容镶嵌在当时。

直到晚霞的软鞭子轻轻抽下来，他们才搂着肩膀消失在其间，而弥散的香味呢？

他们释放已抓住的古典安谧，轻轻抖落满身暮色，只将各自的脚步声带走。

如果真的可以把时间搬回来，叶笛宁愿自己只是个活在回忆里不愿醒的人。

一片片过去的风景！像医院的纱布包裹叶笛流泪的伤口，包裹着他哭。往事像纸制的红灯笼，红灯笼像是阿江常穿的红色球服蜷缩在那里。

说什么重生说什么投胎？别自欺了！太阳每天都是旧的。人们所希求的与一千年前的人们并无二致。

死去的人，活着的人，他们之间一定相隔了一兆个人的眼睛。纸对折只是有伤痕，而亦如白纸的生命无非就是芦苇，星散一地。

老宅子的天井仰起风雨飘摇的脸，凝视不知何时已从四面八方而来的云阵集结、出征。

阿江应该是火命，要不为什么他的一生都充满了雨水！

暴雨如注，雨之符咒连同雨水的尸体，连续地自上而下。整个灰葡萄般饱满的雨季让地面从没停止过痛哭。它们像是对着引魂幡大声疾呼：你们好！尘土。你们好！肉体。

满天是无声的闪电，凝成苍白色的尖叫，照亮阿江残缺身体里的两百零六块骨头。雷电标语般清晰，警告眼睛和耳朵：宿命如万有引力，这无非是受难的姿势！有没有滚沸的烈火？有没有毒戕的火舌？在生命的分野中，燃一把星次的狂歌！

佛曾曰：人生七苦，生、老、病、死、怨憎会、爱别离、求不得。刚刚好，阿江对此几乎无一遗漏。

葬宴上的一碗素粥等同于一片怨海，使叶笛无比平静并内心翻腾。

六十

一些行走如草木一样的人陆续回来。手指和星星沾满深巷中夜色的声音，就像一些呓语离开叶笛的嘴。叶笛摘掉白天的面具。（一名学生曾问过他五行：金木水火土）金生水，水克火。夜航班机从物质上飞过，不下雨，不说话，因为雨是他窗下的听众或抗议者。

他拒绝不了黑夜，满耳的风满眼的雨只发出低沉的吼声，用闪电劈砍天空，诞生出失传的雷声。他马上变成了一滴水。他的海在远方。逃到沙漠深处，等候一艘船的到来，告诉他说，那里曾经是海洋。唯有藏在大海深处才能呼吸，如同树叶躲进树冠，如同沙子躲进沙漠。

慢慢洗干净今天买来的葡萄，青色的甜，紫色的香味，这是葡萄必须拥有的本质。他想象它生长的地方——河谷、清风、七月的昏昏欲睡的阳光、鸟鸣，还有小虫们细碎的觊觎。吃完葡萄只有他想起了自己会不会无人采收，下降为泥土。

窗外的黑夜妄图逃走。黑夜是怯怯的，幽幽的，她受过白天应受的苦。叶笛叠好一匹灯光，请她进来躲雨。

她也像他，不愿说话。坐在床边，看着叶笛昏昏欲睡，如同勘探一口深深的废弃矿井。

只有她洞悉他的梦，还有罪与恶以及颜色极深的恐惧。

窗外是一轮圆满的月，恰恰是旧历的十五。尽管雨刚过，却丝毫不影响她碎步而至。她金黄色的眸波，掰开灰黑的云层，照在白色的楼层上，像是黏附的游魂，尽可能地填涂暗夜的肃杀与随之而来的恐惧。叶笛想，这样的夜，不太冷，风顶多能轻摇一下初绽的花，如此而已。

叶笛一直喜欢如此：一个人在有月色的夜里，让自己浮想联翩。

他的心何时才能变成一条路，探进深深浅浅的卷云？

可是雨的力量实在太过强大，它和风沆瀣一气，很轻易地又驱赶了月亮。

薄纱听雨的手指探得出巷子很深，长明灯在做闪烁的动作锻炼自己。楼上有人扶着墙回来了，隔壁有萎靡的捣酱缸之声。路灯指证细雨，如盐粒，坠地即化。

雨后巷口铃声很碎，拼不出另外一个铃铛。铃声持续动荡着，成为有形与无形的搏斗。结局奄奄将息。风遁入耳中洞穴。骨折的枯叶湿润静默，台阶无人。

明日雨歇了可以断定永远不会再有人来卖杏花。天气微微转暖的回南天，睡觉就像一块玻璃沾满水珠的絮语。小楼所有的房间都经过早晨，就像经过所有火车站点。没到时间，叶笛就有权把梦做完。

明明还没对黑夜说再见，她从他肩头，像青蛙一样跳走了。

没有禁区，没有界线，黄得发绿的果子，挤满天空的转门，把叶笛的思想碾碎。

叶笛醒在黎明的肝脏深处，像极了一艘老船，加上压舱石，航行过一幅破败的村庄。

雨水发生在跟荒草相反的方向。家乡的男女村民一如既往，仍然在草间生长。他们的手指在井水的边缘，水的冷静全无，水在桶内摇晃着天空还是天空。

土龙眼尚未完成采摘，相爱的过程还远没有结束。小小野花，笑容一样渺茫。

近山上的树林聚成一棵树，迷途的人儿散成无数个人。

河流远远绕过从前的喜悦，叶笛的心需要半个神灵。雨水肯定知道他不会轻易哭泣，也不会轻易熄灭。

六十一

老罗曾浪漫地认为：他所谈过的恋爱，就像榕树的密叶一样，深绿不退，独木成林。几年后，阿江则持更肯定的态度说，你啊，就连坐在海鱼店里待着都有人送上门来，用比喻的话怎么说来着，叫做，嗯，哦，就像你家媛媛在幼儿园里弄的那皱巴巴的小彩画，浑然天成！

不过老罗发现，没有升级成爱人的情人，其实都是阶段性的，以前天天见，天天恩爱，然而在特定的某个平仄时间段里，这些人成为记忆中的某个元素，再联系就只剩下手机里那一串可能已经是空号的号码，有时候想起来禁不住会淡淡的伤感。

叶笛很少跟他们聊及儿女私情和泡妞的事儿，一来是实在经验甚少，二来没太多兴致。只是他比较想不通的是，老罗究竟有什么过人的能力，几乎不到半年就换一个女朋友，或者脚踏几只船。所以我们今天来讲一讲一个人，那个老罗青春时期的转折点。

那时，老罗刚刚读高三。

“抠雅（土壮语，意思是傻帽），你看高一新来的那么多漂亮女生。”林帆指着窗外。

老罗把最后两口包子消灭掉，才抬起头回答：闲着也是闲着，你帮我挑一个，我分分钟搞定。

“你就吹吧你，咦，看，就那个，那个，看到没有，端着小小碗走过来，头发长长的——”

只见一位少女，抬起胳膊挡出旭日的光辉，那微微蜷着的手掌，刚好就遮住微蹙的蛾眉，多么像只娇羞的鸟儿，出现在满是淡淡阳光的枝头。

“收到。”话刚出口人早已跑出教室外。

老罗尾随女孩后面，待其进入教室坐定，才慢悠悠地进入其教室讲台，轻而易举地从点名簿上一扫探知敌情：张北辰。

细节无需多言，依旧是情书战术。在现今这个信息化迅猛发展的时代我们早已不屑和摒弃这种老土的做法，但是在那个年代，老罗的确是把这一战术提升到炉火纯青的地步，俨然达到百步穿杨的水平。而林帆功不可没，她像一只忠诚的夜鸽一直逗留在老罗的心台上——作为一个小小的邮递员，时刻做好踏夜为主寻芳的准备。截至北京时间 × 年 × 月 × 日，她已经帮老罗收编了四个女朋友，六个徒弟，九个小妹。

为了张北辰老罗居然可以放弃高考一本院校的正式录取，为了她可以暂时放弃自由和风流不羁。在夜的五指中成长和醒悟，这匹烈马生来就不曾下跪和妥协，但是那一次他真的就选择复读了，老师和长辈们不晓得个中缘由，还以为老罗志比天高，非清华北大不上。

他的心长出刚劲的脚趾，第一次为能动的生灵长出根须，而他用再熟稔的字眼词语都无法表达出来。

她的一袭长发宛如一束芬芳拴住他眼睛的长藤。她有美的聚合力，随性而醇正，像是自家酿的糯米酒。也是花丛中的诗词，并一向如此。她从平静走向明洁，如麋鹿的悬蹄那样的松软。甘甜多汁的李子偷偷等一季才玲珑如她。和她走在一起，老罗总能发现路人艳羡的目光。

老罗完全没有预料他会如此地迷恋一个女孩如此之久。以至于后来分手数年之后，依然还沉迷于幻想，一直还相信她说的“做一辈子的情人”。如果不是这个苍白而可笑的诺言，老罗想大约现在的他亦是另外一番生活景况。爱情就像牙齿：如果没有遇见她，他应该会遇见另外一个她，而他也许不会为了那个另外的一个她放弃到一个从未去过的大学求学，也许他的成绩依旧很好，顺利地毕业，找到一份众人羡慕的工作，远离家乡在大城市为了一个理想或者一套房子奋斗不已，而后也会有另外的老婆另外的孩子，孩子有着另外的性别和容貌，取另外的名字过更另外的生活，依此类推……

总而言之，他畸形地认为：时间的某个集合点上往往会因为谁的出现从而大相径庭，即便极其微小的邂逅和相遇。记忆可以像海啸一样透支了我们观赏浪花绽放的念头，但请记住：它每一次蜕变结束之后留给沙滩的，总是不一样的贝壳。

枝叶摇曳，风展露欢愉笑靥。腾空孤木，浮想眷恋往日绿意。宿鸟见闻而惊飞。泥泞将路延伸迂回而百转。脚印上有足迹，时光上无时间，皆因你我他都曾在路上。

某人的某话改变了某人的方向，唯有归去笑看来时。

谁走着黑蚁刚走过的路，一路无言？谁又随同落霞径直步入地老天荒？

老罗深刻地记得那时在学校里他和张北辰被称为“黑白无常”。因为两人经常不约而同地要么一身黑，要么一身白，并肩走在校园里，煞是惹眼。他俩谈恋爱是举校皆知的事儿。老罗的语文老师兼班主任黄丽蓉当时把他侍奉为宝，袒护胜过自己的亲生儿子，加上老罗和几个学校门卫以及饭堂的老大妈都混熟了，于是他成了学校的大奇葩。想上课就上课，想逃课就逃课，来去自如。又因为他是创校以来第一位在区里的希望杯竞赛中以英语 57 分数学 53 分而语文 93 分夺得奖学金的学生，所以他获得了三个虚职：一个是班里的学习委员（本来就已经有一位女同学担任了，老罗只是挂了个羊头）；一个是校报名誉主编（老罗自己写十七篇诗歌、散文和随笔，用十七个不同的笔名发表，几乎垄断了全部的版面）；一个是学生会的纪律委员（这个“官职”最让他匪夷所思！一个经常翘课早恋上课打瞌睡大摇大摆穿着拖鞋上体育课目无校纪别人做早操的时候他早已经在饭堂大吃大喝了偶尔还抽烟喝酒的人怎么可以胜任这个位子呢？）。

后来老罗似乎猜中了原因——大概是老师想用玉皇大帝御赐“弼马温”那一招来镇住老罗，不过老罗还真就不再逃课了，只是上语文的时候背英语单词，上数学的时候看文言文，上英语的时候复习几何。

只要他高兴，年级前几名总会有他的份。要是他脑子进水了的话，又敢担保考试考得特别惨，老师们对他又爱又恨但又拿他没法子，假使激怒他的话又不知道什么后果，便干脆理都不理他了，让他爱干嘛就干嘛，不要太出格即可。

那是一匹野马不能被驯服的年代，不知道是为什么，他放弃了看似光明的皇冠。几乎没有一片秋来见证。但在云端，张北辰作为半边天，像一座荒城压白老罗的殷红。当时的老罗十一分坚信着他将和张北辰厮守今生，但是后来他渐渐明白了：他想遇见最深的她，结果却遇见了所有人。

其实在那一段复读的日子里，老罗又搞不清楚自己到底坚持的是什么！那片看不见的海很现实，很现实。而她的淡雅，像高高的枫树叶子在日落那一霎，红遍老罗的大地，而又在每个深秋，与风交谈，沉入地表，滋养未来。

或许，舔着巧克力筑成的童话，才是他踟蹰的原因。

老罗对第一次通宵上网记忆犹新，因为那属于一个欲望空旷的时代。那一夜申请的QQ现在还是一颗星。那会儿一块玩儿的人现在早已星散在各地。老罗和张北辰一起在网吧的角落里看着《去年在马里昂巴德》。法国文艺片的枯燥让张北辰渐渐靠着他睡着了。可她的手紧紧地被老罗攥在掌心，这样，她才敢安然入梦。但后来老罗去了湖北后，继续温暖她的，已经不是老罗了。

如果说，没有任何的承诺，她也不那么相信。不会倾诉，不能改变。拥抱都不可能。旧人不在，旧情不复。往事像一道桥，总要经历各种大水考验。奇迹一般不会出现的。这辈子，没有人能还清谁的眼泪。她把所有的都藏好，忘记在不经意间，像注定好位置的小星宿，有多少人能用凡人的瞳孔看得一清二楚？因为期待，因为等待，所以坚持。老罗N多次地给她打电话说，等我。

女儿有贞，男儿有信。但是，可惜他和她都没有做到。

他们，都失去了什么。千江有水千江月，万里无云万里天，但在物欲横流的世界，爱情和理想成为纯粹的炮灰。

老罗确乎丢失了昨天，要不，他为何感觉时常混沌模糊？无论弯月圆月，都未能感受得到。张北辰送的火鹤花依旧摆放在老罗房间的写字台上，那种鲜红色的手掌就像是一颗凹凸不平的心，足可以把他融掉。可能，那场年轻的荒沙，早已运走写好的正楷情书，并被压在箱底的笔记本夹成干瘪的叶脉。

把日子两头，缝起来，中间的漏洞便证明了焦躁的放肆，像虱子，像风在雨中间才像是风，依此类推，暂失爱恋的老罗其实已不算真正的老罗。

有一天早晨老罗跑到山顶上，呆呆地看着远处的村人焚烧甘蔗叶：青苗，火苗，在微雨里雄踞，生长，仿佛哀伤的油画啮咬住纸张。纷繁的农活似乎再次让他忘却曾经的梦想，短暂的孤寂让他有如困兽！他想他需要一次绝对的自我催眠！每次静下心来，他总是跳不出对往事的温习。

打包好回忆，踏上小径。回回头：再望一望那曾经青春雨水踯躅缓行的异邦吧……

张北辰最喜欢和老罗去的地方是县宾馆，而且是周末的晚上，并乐此不疲。那个历史悠久又富丽堂皇的宾馆平常接待的都是达官显贵，装修极为讲究，连个普通石凳上雕的都是金色的龙；占地几十亩，绿化的程度堪比植物园，设施一应俱全。谁想一睹好车豪车，进来逛一圈即可。

因为其高调夸张独一无二的资调，很多普通人都望而止步。老罗这种天不怕地不怕的人就敢牵着张北辰的手大摇大摆地从门卫眼前混进去。而且老罗还特意昂着头瞥了门卫一眼，张北辰假装平静，心却扑通扑通地像初吻一样。她问老罗：

你刚才怎么不害怕的？

我也害怕啊，腿都软了，但是不能让门卫识破我们，只能装装样子了。

不过老罗身着衬衣西裤再蹬个皮鞋再把偏分头往后脑勺捋直的派头，的确有点富二代或官二代的样子。兴许那门卫以为他就是个风流的纨绔子弟来开钟点房也说不准，反正一来二往的，老罗真就每次都不可一世地走进去，又习以为常地走出来，但偏就没开过房。

宾馆里的小公园一直都很安静，他们俩就喜欢爬上那棵大榕树上面，坐在高高的树杈上约会。偶尔会有情侣坐过来，坐在榕树下的石凳上聊天或争吵。有时候张北辰都觉得这样偷听别人的隐私太龌龊了，不过她乐意和老罗在树上，动情了就亲一亲，抱一抱。树下从未有人察觉到他们。

宾馆的霓虹灯、隔壁政府球场的投光灯、天上遗落的星光和老罗色眯眯的眼神让张北辰的眼珠子变得异常绚丽。此情此景，老罗真想伸出藻丝去触摸一下面前这炷燃烧着的彩色珊瑚。

我是一束光，因你而存在。只要你看我，深邃自泪水中折射。

我是一朵云，因你而变身，只要你想我，灵性自烟魂中倾斜，并始终在你眉宇间飘逸，假如你不曾介意我黯然神伤，就请跟随我游荡吧。

多少年后，老罗自己一个人徒步而来。此时的宾馆早已因为黄赌毒而破败了，门卫室都变成了杂物房，听说宾馆早已转让给外地人作为写字楼和仓库。

乔木依依，乔木依旧，它们突然开始制造深秋，让老罗穿个短袖都觉得有点冷。生命像种子变成年轮一样，而成长总是很突然……他和张北辰曾在日子两头牵手，拼聚黄叶两面，又慢慢反射逆向的足印，直到从一对变成两个人。除了妻子王宁尧，相处时间最长用情用心最久的，非张北辰莫属。

太阳躲进高山的乳晕，方能窥见月儿。但是还能觅回吗！觅回从沉睡的身体里晃动的柳黄蝴蝶。

爱——（细咛：黛螺中的大眼睛），老罗宁愿采掘悬崖旁下一颗种子，此刻张北辰精致地醒在他的感情线上，她飞扬如絮，飘举如丝，空留肥沃的念想。

很好的微薄的阳光。在熟悉的大榕树下，老罗的脸庞和木叶重重叠叠，他在底层——像只鲫鱼呼吸天空的碎片。

地上的树叶，是渺小的昆虫，叶柄即冷静的尾巴，匍匐在老罗脚边。不规则的石头，像是灌木丛中浮起的野兽头颅，在雨后携手放出湿亮的流光。

树木仍醒在雨中，石头却愣在原地。

老罗很久没有写过情书了，很久很久没有写过夹带蓝色忧郁的云和冲动的绿色的情书了。那些曾经写下的字眼并非冰凉的，老罗和张北辰曾一起喂食的水果拼盘才是冰凉。

他不能吃未来，他只能偶尔咀嚼过去的关于和她的爱的骨头和骨髓。

而此时的他，不啻于一个印象派，谢绝了所有颜色和非颜色。

周围的静物，无一不因他在追忆往事都变得一一生动起来。这算是一种副作用吗？

所知的两场暴雨之后，一茎杂草超然于被修剪过的花木之上。灌木的根须，汲取弱小的河流。墙角的芭蕉叶，正如一卷宋词的房子，叶阴下住过情人的夏天，叶面上住过秋天的管弦，上边舒卷着一面婉约、凄迷的爱情弧度，住过疯狂的暴雨和身体。芭蕉叶里埋着未亡人，李清照，她，把北宋摆渡到南宋，早也潇潇，晚也潇潇。张北辰就是老罗熟读的宋词里面的叠字。

如果真的可以浪漫的话，老罗也可以假装自己是一个宋朝的南方人，轻轻推开一扇开向北方的窗子。两张芭蕉叶，面对两宋江山，面对说不清道不明的爱情。

下午风是一张犁铧，犁开树冠：紫色的花，白色闪光的鱼，鸟的嘶鸣。这是老罗今天唯一的收获。每一天都要有所收获，他觉得这是必须的。

离开宾馆后他重新回到大街上，许多摩托车带着两枚硬币，招摇而过。每个人都募捐一点影子，街道就会五彩缤纷。

似乎一切都还是几年前的样子，又好像一切都已经物是人非了。当年缠缠绵绵却又羞涩不已的张北辰估计现在正在喂她的女儿呢，他还听说她的丈夫比她大十二岁，完全是她父母的意愿，因为那个男的有钱。

老罗掏出手机，联系了好几个人，跨过了几道坎，终于问到了张北辰的手机号码。

“怎么样？活得还好吧？”

张北辰迟疑了两秒多，才回答：“你是？”

“呵呵，我是阿泽。”

“罗越泽！几乎是又惊又喜的声线。”

“怎么了？是不是我老了，声音也老了，连你都已经听不出来。”其实老罗很不喜欢别人喊他全名的，除了老师。没想到，曾经爱得轰轰烈烈的恋人，如今也这样称呼他。

“你肯定是喝酒抽烟太多了。”

……

后来，再后来，老罗实在不怎么记得那一次长达一个多钟头的通话都聊了些什么。不过他记得她说起到一件往事：有一天老罗混进她的教室陪她上课，那一节课是语文，老师在上面谈及海子的《面朝大海，春暖花开》，张北辰传纸条给他，“海子真傻，难道接受现实社会就真的有那么难吗？”老罗马上在纸条上回答：“我的辰辰笨呀！”

多少年过去了，当他和她已不再纯真，当他和她已经能够在分手数载后心平气和地在电话里无话不谈，当他们一起走过的地方已沧海桑田，当他们学会接受各种，才终于发现：原来接受现实不算太艰难。

老罗是奉子成婚，张北辰则是父母之命媒妁之言。当初他们爱得最深的时候，都深刻地认为对方将陪着自己牵手走很远，很远……

爱，却不能做主。这才是他们相互感慨的原因。

老罗继续瞎逛……曾经无数次发呆的河对面，现在高楼耸立但依旧人影疏疏。以前即使大白天也不敢走进去的听说有吸毒崽盘踞的小巷，现今已变成有名字的街道，小车畅通无阻。那个从来不装修的珍珠奶茶店里面的老板娘换成了一个D罩杯的假睫毛，烧仙草的味道很陌生。

老罗不知不觉走进彩元屯。准确地说用“踱”这个字儿更恰当。

初中毕业后他和几个朋友时不时来这里的篮球场旁吃烧烤。他精确无比地记得那时候篮球场旁边的杂树丛里他曾经和某个现在都不记得名字的她一边喂蚊子一边互喂唾液。倒退十几年，在他的印象里，那个地方只有一簇簇的竹子、一垄垄的青菜和一方方的稻田。很多次在学校劳动课上，老罗那个班都是扫那段儿不算街的街。那个时候的他，只穿白色的衬衣和黑色的西裤。白色是那种完全不带花的纯白，黑色是他固执地用他自己的方式来创造怀念。

坐在井边上晒太阳的老大爷，应该也有六十几岁了吧。老罗递过一支烟，和老大爷聊了一小会儿。

当他从那里走出来的时候，他知道，他已经不一样了。但是究竟哪里不一样他自己也不清楚。

他又重新听到截然不同的思想各自奔跑，并回到最初。路上的水洼匆忙地收集不同的脸色，又匆忙地吹灭。正如秋天举起高高的熟果，又被冬天一把火燃成灰烬。水洼残留着沉思的香樟。她莫不是唯一的生还者？裹着温润大地，今夜将滋生纯黑的单细胞譬如苍蝇蚊子。

吃下太阳种子的未来，在下一路口清晰闪耀。墙，离开另一半，向黑暗迈步，回首蓦然。 吃着苹果的小男孩，身体被另一个人穿过。

甲壳虫饥饿的蓝色，歇斯底里地争抢路面，转瞬又扔弃。

待售的纯米酒坐在路边的桶中，自己喝自己，越喝越淡，越喝越清醒。

一株绿树忽然停下来问路，它下面有三把浅褐色的椅子空空无人，但仿佛依旧在那里继续交谈。

不论哪个季节上台执政，楼房都会不断生长，一层又一层。但无人发觉树木重新染了指甲，它们只谈论新一轮冷空气南下。

老罗曾在若干年前设想着若干年后他会不会在他最不愿意的时间里和旧爱重逢的场景。但是，似乎一直就没有真正意义上的相逢，或者说，时间太快或者太慢了。

十年前在路口摆摊卖糯米饭团的阿姨说：我记得你哟。老罗当然也记得她那古董级别的三轮车，只是糯米饭团的味道早就消遁无迹了。

张爱玲说的没错——你年轻么？不要紧，过两年就老了，这里最不缺青春了。老罗正惊讶这位阿姨现在一头白发的同时，也摸到了自己冷峭不屈的胡须。

是啊，青春像火豹子一样敏捷。

一位惊艳的高个短裙女坐在药店门口的塑料椅上消耗她的一小段光阴，等人或不等，风被缠在她的裙裾上，不少路人偷偷在意这些东西。

人们把自己装进长颈瓶中，对别人的欲望却总是蒸发出来。

六十二

叶笛带着晓玲回到家正好就是大年初一。按照壮族的习俗，晓玲属于已经“落典”（相亲订婚）的女子，不能随便更改婚姻，但是阿江已弃世，晓玲眼巴巴地看着自己在娘家和准婆家间进退两难。叶笛执着地守护“准大嫂”晓玲的执念多多少少受到自己家人的阻挠，但是他义无反顾地认为这就是自己兄弟的爱情也是自己的爱情，他的诚恳和坚毅很快地感动了晓玲家里。

老罗的婚姻也没有请客喝酒，叶笛也不图这个过程。就是简单叫了些同学朋友来家里吃下饭，算是通知他们自己已经不是单身了。酒席还算丰盛，只是大家都有点尴尬和拘谨，大抵是因为来吃饭的朋友有大半都晓得阿江和晓玲的事情，所以大家都是有所顾忌地边聊天边猜码边玩牌边吃酒，话题都尽量脱开酒席的核心话题——“成家”。

晓玲穿着很漂亮的壮服，自顾自地低头吃饭。这种壮锦应该是她家人用五光十色的丝绒为纬，原色细纱为经，精工织制而成的。手工很细腻，上面的吊钟花和水波纹无比精巧。叶笛觉得，如果她笑起来的话，就更加漂亮了。其实她真的有笑。附和的笑？真实的笑？欣慰的笑？无奈的笑？连叶笛也看不出来。

叶笛平时喝酒很能克制自己，所以很少真正醉过，但是现在坐在旁边喝酒的朋友少了老罗和阿江，似乎没有什么理由不好好痛快地醉一场。喝到最后已是午夜，众人已散，叶笛都不记得自己喝了多少。叶笛发现晓玲已安然入睡，便把门轻轻掩上，径直走出门外。

三只家鼠衔着黑夜，经过肮脏的菜市场，城里的月亮不见了，也许被拿去磨牙了吧。

郊外的星辰一如无有，夜用沉默的指节为叶笛引路。地面升起一个软的太阳，路灯上无数蜜蜂相撞。星空的骨架上停着麻雀们的可怜。如此热闹，肯定也有着某个谁谁谁无法安睡。

叶笛像蛇一样蜿蜒，许久才到达一座塔（雄峰塔）的裤脚。他低垂双臂，凝视着三五只乌鸦风化在桡骨上。

环顾苍穹，一定藏着更黑的黑暗。而在白天阳光却无处潜伏。叶笛的耳朵被风沙灌入，弄碎了他的髌骨：跪在古旧的灰尘上，许久不能自拔。

酒真是个好东西，可以让路七纵八横，又可以让每一栋楼房看起来都一模一样，直到从山腰中沉寂。夜仿佛也醉了。深夜才喝醉酒的河流推开喧响的甚至嗑过药的灯火，歪歪扭扭地滑出小镇的口袋。

岸上松树蓬松，水里不晓得有没有冰轮，叶笛只看见一架架破碎的中国灯笼，犹如一匹匹红色丝绸很东方。风像变异的天虫用无数的步足侵扰着水面，所有的肉体沉寂，孤独的木筏滑进火焰的嘴，滑进亲切的火焰喉咙里。一座红宝石天空下面就是葡萄酒的河面，叶笛摇啊摇，石榴红的波尔多酒因他而醉。褐色的蝙蝠很轻，飞过他的脸。

他的船很轻，不喜欢他带有酒气的忧愁。

叶笛变成进退茫然的边卒，迷失在城市和乡村的边缘。他发现有一匹野马长出翅膀，惊起漫野的花香，它涉过大地的血水，秩序与钢筋被一一摧毁。那无法倒流的河川，那灯火明灭的问候，那桎梏游离的轨道，那喘息战栗的空城，无一不盛满夜色的思维。

郊外的墓地里有很多人，但他们不能和叶笛一起游荡。一根羽毛的轻盈，穿透石头脸孔。石头是老虎，石头是叶笛自己。草很吃惊，将军迷路在汉代在西域沙漠。石头绝对是很凄清的老虎，叶笛只看见一根轻盈的羽毛隐没在石头墓碑的夜晚。

七分熟的稻浪汇入河流，啊，这朴素的农业如母性之手舀取一碗粥喂养那些装满后现代忧愁的胃。

河流也似乎抱着黑棉被睡着了，桥站他肚皮上，举起颤动的灯光。汽车车灯偶尔交织，或去往石缝里的家，或赶往最远的远方。叶笛的脸变成了猪肝色。

夜半是明澈的。道路呈现从未有过的宽广，他和他之间的对话没有听众。

灯下印在地面的叶笛的身影重重叠叠又似乎衍生出虚边和暗影，是否说明他的身体里其实隐藏着好几个自己？夜色可以包裹住人的懦弱和无助，反之亦然。

夜把芯取出，黑得窒息的外壳停在一条痛苦的河流上，无处斟酌。

天为何一直黑着？他看见黑色而甜蜜的花朵、黑色的彩虹和黑色的月亮。

一把黄色镰刀，从云垢中割开这样的夜，叶笛岂能不浮在酒的独橹上？倘能熨平徒劳，又该用何遗忘无法摹拟的记忆？突然有那么一瞬，他真的想对月长谈。

酒自己知道它是一种牺牲品吗？但它的灵性可以转化成兴奋和麻木。叶笛终于大概明白为什么老罗有段时间总喜欢沉溺于酒精中了。因为酒是那么的冰凉，可它的心又是那么的火热。只要谁肯放下所有包袱，就会感知到。

回来时经过桥上，叶笛看见一位二十出头的女孩子孤零零地站在桥上，只有她的电动车陪伴着她。对于叶笛的靠近，她突然提高了警惕。

那时，热的引力被风舍弃了。他和她，隔着千万片夜鳞。青、黄、赤、白，霓虹灯来了，吹来五色的风。老聃在警告。昆虫变成老聃。叶笛变成翅膀扇起的波纹。

他在想：假如没有这座桥，假如她没有停留，假如他没有喝多了瞎逛……

稀疏的光影无法止息，绝对会有同样柔媚的另外一个她，会有不同姓名的她飘散，但都不足以证明当时的她在桥上站过。

后来叶笛怎么想都想不清那晚的她穿的裙子是什么颜色，红？白？青？红？黑？他对此的记忆一一冻结，夭亡至无。

他只隐约记得自己陶醉在她的眼睛中，很像两把钥匙，酸冷的，没有温度的金属钥匙。

叶笛仿佛听到老罗在说：在你们的世界走了一回，每一种想法都如此奔放，来吧，接纳我，你的所作所为都只会成为假设。

其实天亮后叶笛醒过来已经不怎么记得昨晚他独自夜游的事情了，脑海中确乎浮现他走到郊外的一些片段。估计是喝太多，脑子短路了，出现了记忆中的断片。

叶笛家阳台上的天竺葵，凋谢在荒芜的尽头。在昨晚，很委屈地被叶笛用手指头弹掉。她的红色，她的痴愚，像黎明后的露珠，或晴朗时的太阳雨，也很像我突然写出这几句话，以一个空格，结束。

六十三

王宁尧这会儿已经在梦河载渡了，罗媛媛蜷起来窝在母亲的怀里，眸子也搁了桨。小家伙习惯了睡觉之前教着老罗数数，学着大人的样子，甚是滑稽。好几次她总会调皮地仰起头，问，爸爸，你知道一万加一万等于多少吗？老罗沉思几秒，才回答，呃，呃，等于三万吧？然后媛媛会很得意地举起V状手指告诉老罗，等于两万啊！爸爸，你没好好读书，对吗？老罗只能回答，对呀，爸爸没读过幼儿园呢！

这种童真之笑靥，往往能让老罗忘却悲戚的源头。而对于媛媛无邪的假装啜泣，老罗又能摸得到水仙的笑纹。有一次她被老罗的眼睛吸引住，昂起脑袋，皱着一点儿小眉头，像是想说点什么。小手紧紧攥着老罗的拇指像春天舔着新笋。

想说点什么？宝贝，那旋转的风扇，竟诱使了你稚嫩的手臂也轻轻挥舞起来，这手臂软得像小羊羔的肚皮。在老罗的臂弯里，她总能很快入睡。安恬的睡脸，与这世界的喧嚣无关，嘴角抿起童幼的弧度，任月色偷偷爬满窗棂。

某个周末，老罗看着她画画陪着她说笑，明明是很温馨和快乐的，但老罗竟不知道怎么的，眼泪倒差一点流了出来。这种极其复杂的泪水连他自己都弄不明白怎么回事。

经过超市门口，媛媛总会拉着他的大手开心地说道：爸爸，摇摇车……一枚可爱的硬币，便换得她片刻的快乐，及午夜简单的甜梦。但老罗的快乐……斑纹颇多却又已不清晰，他甚至连自己最想要的是什么都无从得知。爬上罗媛媛脸上的单纯，隔着无数匆忙的面具，戴着僵硬的笑容，背着重重的躯壳，往返在遥远积木里的尘埃间。

哈，让大人欲罢不能的孩童的天堂啊。别嘲笑稚小的珠沫，许多将枯的梗，反是早已羡慕你们。

好吧，一曲牙牙学语的儿歌，跃出干净的笛孔。

老罗喜极而落泪，被染湿，溅到那倒影着媛媛的微蓝上。

看着妻子熟睡的样子，他不禁回想起那些逝去的年华，仿佛浅绛色的梦无法回顾和重温。能再如何和妻子年轻地温存和对鼻子？假如是老罗久已习惯或忘却！

算起来，两人从认识到现在也足足有十个年头了。

糟糠也曾是出落的花，虽然不是惊艳的美丽，也有潋滟的春姿。但此刻在这幽黄的灯光下，王宁尧显得略显枯槁，额头的皮肤让老罗想起摩挲的鞭炮纸屑。她有每一个池塘的平静，她有每一片湖水的浩淼，却没有每一片浪花的炽烈。老罗从来就不曾坚信过自己会和她一直走到婚姻的殿堂，因为他的青年时代有过太多太多的浪花围绕，可是到最后，他还是选择了这片平静的池塘。这还真是：与其跟着流水一万里，不若作池塘沉思绿。

皱着眉头的乌龟仰望大地。风景急逝，马扬起鼻息，婚姻可能与苔藓有关，因为苔藓总是很短，而一生阴湿温和。

指针也入夜了，看一张丰满的弓静静地和小生命铺在床上，老罗默默地摸出打火机点起一支萦绕的枪。

其实最隐秘的狙击手，是看不见的人间烟火。

老罗曾有一个梦——

有一个池塘：千屈菜要挽着菖蒲，凉亭一定要镶嵌在夜台中，篱笆里圈着红颜、紫唇、长发，大瓷碗米酒端来一丛纤指。

醉了便要写诗作画，安排横竖撇捺的交集。伊人不用为我研墨，朕的心没有枷锁，没有芒刺，更没有罗盘。用皮肤的触角挥毫，写你剥豆我煮酒，写你浣纱我煮酒，写我们每一个黄昏的灌木丛。

我还要一条黄狗，即便你甩下这段剧情，狗是不需要绳索的恋人。

倘若，有匹马更好。赶集的时候我能收集多少晨光！

和着羊羔细嫩，马儿永远定格健威的名单，它们反刍世故的韵律。

公鸡，露水，总是你们唤醒我。我趴在袒露的鲜花旁，你们那么红，是不是被我的酒气熏的？

激越的寂静（水音涟涟），不可或缺鱼的任性。青草冉冉，鱼潜莲底，抱箍住唯美镜头。

怎么可能没有鸟，倏忽便见阔嘴鸟，放些儿阳光的鸟，扬起蓝黄黑的绸丝带。

不过梦终归是梦。最切实际的还是现实：结婚生子后，老罗开始借酒消愁了，有时候自己喝都能喝上一斤多。因为不能再像以前那样大大咧咧地跟异性交往了，不能想去哪就去哪玩了，也不能无所顾忌地和朋友喝酒打台球逛窑子了，再加上现在经营的海鱼店不能没有能说会道懂察言观色的人打理，所谓的他最看重的自由啊什么的，统统没有了，没有了。还好生意还行，可以说是蒸蒸日上。每天打烊之后洗尿布、买奶粉、哄孩子睡觉、陪老婆逛夜市、陪老妈子打拖拉机……

似乎这种生活在旁人看来也蛮好，但个中滋味老罗最明白。他慢慢地发现了一点：做生意的人，对于年月日的概念已经不复存在了，星期一二三四五六七有什么区别呢？1号2号3号……27号28号29号又有何相异呢？只有自己想给自己休息的时候才能放假，但往往越是节假日他就越忙。

有时候和朋友同学喝酒，老罗还没喝尽兴，他人已拿翌日起早上班为托词匆匆离开；有时候朋友弄到野鸡啊蛇啊松鼠啊什么的，但老罗正在看店便注定无缘加入其中。

阿江对他说："钱是永远挣不完的，注意休息劳逸结合啊！"可是老罗真的舍不得丢掉哪怕一天，因为少则几百多则几千的日收入的确让人手痒心痒啊。

老罗只好为自己开解："以前很难实现的事情，现在觉得并不算什么；以前稀疏平常的事情，现在却觉得遥不可及。"

"得了吧，别得了便宜还卖乖，以前我觉得难实现的事情，到了今天还不是没办法实现。"

“不，你没理解我的意思，我的意思是以前觉得很看重的事情，现在看来也不过如此。”

“那不能怪谁了，只能怪你自己不满足现在的满足，野心太大。”

“呵呵，好吧，说不过你了，不过等有朝一日你变成了我现在这样，你就会明白了。”

有一次他有了次出轨的机会，但是他忍住了，对方是个已示暧昧、未嫁并独居的女子。老罗带着几许迷离回到家，拿出笔墨纸砚，写了一幅条幅勉励自己：

> 把自己融化成清水，才能在雨里安眠至少十个小时。
> 把自己装扮作大雁，才能在太阳飞舞至少十圈轮回。
> 把自己提炼出个体，才能在人群呼吸至少十座城市。
> 把妻子简化为肋骨，才能在尘世相爱至少十次沧海。

王宁尧站在一旁呆呆地看着，相当惊讶：哟！你，你还会写毛笔字的啊？

这时候老罗眼角的泪光才意识到：自己是真的爱着妻子的。

日复一日重复单调的生活使得他想去到空旷的海边，哪怕半天也好。那一片海曾住着 23 岁的他，每一缕风都有影子，许多手掌弯曲，他也曾紧紧附随其间。等一波波白色的浩瀚冲成许多约等号，必定被顽皮的青蟹牵引住。老罗必定暂时洗涤或丢失自己的暗影，必定再与老友沿海岸线赛跑，跑到累垮，直到肢体投降，躺下来使劲喘气。任潮涨淹没彼此的喘息，就那样静静地吸净每一毫克空气，连心跳也是波浪的步履。

如果海洋闹起颜色革命，不再坚持亿万年的蓝色立场，老罗希望它变成彩色的。

一个人去，也不行！没人傻傻地陪着捡贝壳，捡快乐。没有海更不行，自由托云寄来信：我们的船太慢。所以，再等等吧——自由之鸟归来的那天，投身大海，追逐皱褶的咆哮。

六十四

阿江念念不忘那个因为停电而得以提前收工的夜晚：当无力的脚步慢慢从车间展示给月光，阿江发现此时此刻的星光，无比地接近，多么的灿烂，仿佛自己笼罩在一群仙女的笑颜下面。

失去比例的黑夜把楼顶的眼睛压到最低，他看到了流星撕破天空那微弱的声音。工友们很是不解地一一从他旁边走过，他们不会读透一个喜欢风花雪月的浪子孤独地仰望天空的心情。

当他品味到孤独的真理，不管有多少陷阱在前方，半枯萎的心都会为他每天激荡十万次（人的心脏每天跳动大约 10 多万次），只是很可惜，他很久很久很久很久没有因为某个她而感受炽热的心跳了。

月亮成为一个句号写在天心上。还是那个独眼月亮，干枯的月亮，炎热的月亮，使阿江微微发烧。今夜众星闪烁得颤抖，多有飘摇之意。他乡犹怜其故乡，人生七苦实难避。

阿江想到有的人包括自己，一辈子端坐在一颗大蘑菇下，那种挂满星斗的蘑菇，连放手一搏的机会也没有给自己，像水分一样微薄而重复累赘，可能他们自己也这样觉得。

回到宿舍，阿江看见舍友建鹏对着手电筒，点燃烟，与寂寞共舞。香烟勇敢地在浑浊的光线中迸裂，蓝色的浑浊的光一点点燃尽，最后只剩下折了腰的烟头像一群弃婴拥抱着互相取暖。这多么像一个喝醉的人总是想不起怎样把自己送回家。

建鹏丢给阿江一支烟，阿江只是把它别在耳朵上。看见阿江都没有了抽烟的欲望，建鹏鬼使神差地从枕头底下掏出一瓶小糊涂仙酒，但见阿江马上兴奋地光着脚跑过来。

两人喝着拿月亮泡的酒，月亮从窗口先偷喝谁的心？一些杯弓蛇影游过月面，酱香型的味道显得很上头。

一颗低血压的星星接近地平线，阿江努力查阅它的名字但未果。梦境有宿舍楼那么高，阿江远远可见远处老城区的一群瓦屋弓起灰鱼脊，挤作一团，为黑夜之巨网所捕捞。

家事、眼泪、情爱以及忧伤并作一团在阿江的脑子里，又瞬间湮灭。

当人的风景复杂起来，他宁可要简单的远方。

是啊，有时候，简单就是一种特别。

今晚月亮好大，谁能一个人坚持把它看完？众工友早已入梦，唯留半包“羊城”在阳台陪着阿江。都说烟酒不分家，喝得半晕的阿江此刻才真正品味出香烟的香味。但是午夜之风告诫阿江：把烟灭了吧，寂寞是没法烧完的。

月亮伟大而卑微，作为湿漉漉的钟摆：不相信几点钟了？有风他们也回来，人们问他们什么时候再去。有雨他们也出去，人们也会问他们什么时候回来。原来他们的故乡是漂泊。原来他们的爱情也叫远方。

远方永远如雨，未止，如雨不止。

六十五

罗媛媛在画册里认识了很多动物。她见得最多的是鸟，因为老罗家附近就有两家卖鸟的。

“媛媛，我们带那头牛牛回家，好不好？”

“不好嘛！”她的嘴巴嘟成喇叭状。

“为什么不好呢？”

“牛牛咬人的，我要鸟鸟。”

她所认识的鸟和老罗不一样，这一次老罗在河边指给她看——“喏，媛媛，看天上——白色的鸟鸟啊。”

落日的葡萄藤缠在她脸上许久许久，她微微皱眉，想不通了：为什么爸爸认识的鸟竟然会飞！在旁的王宁尧忍不住扑哧笑出声来。

每个夜晚，和老婆小孩的牵手，无疑最惬意。没有工作的繁缛，卸下一天的包袱的感觉比什么都好，前提是生意一定要好，提前让海鱼店打烊。

看着幸福的流水，不用开口。听着落叶的絮语，不用睁眼。把草地压出另一个自己。风来时，老罗便不再属于老罗。

太阳光，西高东低，流向野地。捕鱼船的马达声很轻，仿佛行走在一天的河流上。

老罗突然觉得这饭后的散步颇为闲适和久违，归途中他特意绕远了一大圈，想去看看新城区。风中的夜景，流光溢彩的同时也黯然，悄然，凄然。

这种暮色被无数霓虹灯点缀的场景让他突然想起长沙的一片夜色——

那一年的那一个晚上，霞光暗黄，并肩卷起在天际，隔着眩昏的重量和时间。坐在开往家乡的火车上的老罗突然伸长脖子，只见一条宽广的道路掠过埋伏已久的夜色，与火车轨道下方呈平行十字相遇，像穿胸而过的惆怅，耷拉在归途的行李箱旁。川流不息的轿车在路灯和建筑物的衬托下，简直就是血管里的红血球来来往往，这是他永生难忘的一幕。这也是罗母辛辛苦苦种甘蔗希望自己的儿子在大城市中立足的一幕。

呜咽的火车，当她拽着老罗奔离憧憬的繁华，车窗玻璃保留着他暖暖的指纹。

老罗曾被书页夹成文学青年，也曾刚好把年韶对着象牙塔宣讲，更有过和爱情并肩的欢呼，但现今任雪火一一融掉。

他又像一只迷路的兔子，刚好学会野生，刚好嗅到母亲衔不回来的蓝蘑菇。

还记得父亲送他去湖北求读的时候，罗父尤为中意校门口小餐馆的肥肠鱼，可惜游不回老罗熟稔的家乡了。

租住的院子里，房东大妈经常送好吃的给老罗，时不时嘘寒问暖，而老罗比较不厚道，下小雪的晚上，和几个同学脱光身子在井边洗澡并大声唱歌，惹得房东女儿隔着窗户偷偷地成长。一直下雪的湖北之夜，漫天都是同一颜色，老罗回到南方后，将不会再见到了。

那个民风淳朴的地方，几乎可以夜不闭户。老罗想去校外寻租房子的那几天，很多大门都只是虚掩上而已，以至于老罗最后明白自己为什么在那里读了三年书哪怕只是一次都没有见过什么警察或者警车的影子的原因。

他将很难再回到那个地方了。

哀婉吗？不。

另外，或许，这才是一个真实的七月。

别了，两湖，九宫山，赤壁。

别了，被辣椒吻透了的桂花。别了，庸俗的流年。

想到往事的时候老罗最不喜欢说话了。女儿拉着他的手问这问那的他都不予理会。

可能时间本来就没有原则。但有人停止询问，并开始询问。

六十六

一包挂面和六块钱的快餐，老罗和王宁尧可以吃一天。这样的生活居然持续了一个多星期，不过这种窘迫并没有成为老罗离开港口回家的理由。他似乎都麻木了，而且强烈至极的自尊心促使他不跟任何亲朋好友开口借钱。天越发地变冷，俩人一起盖一张棉被显得相当局促，但哪里还有钱购置新被子呢？原来在公司宿舍住的时候至少还有张木床，但由于主任的反对意见，搬出来后的他和她现在只能蜗居在同事表姑家的空房间里，连一张床垫都没有，唯一铺在瓷砖地上的只有一张竹席，为此穷困潦倒的老罗还顺手从拉家具的货车上偷了一张废旧的厚毡子。老罗寻思着再次去卖血，但是王宁尧这次可不依了，她拿起老罗的剃须刀，往自己的手腕上比画着：你去啊，去啊……老罗不敢吱声，连连摆手让她先把恐怖的家什放下来。

虽然老罗看似妥协了，可是王宁尧还是不放心，匆忙没收了他的采血卡和身份证，这才把剃须刀还给老罗。

她还是沉浸在昨天的赌局中："其实你一开始手气就不好，如果我上场的话，肯定不一样！"

老罗听罢当然不服气了：

马后炮有什么用？我们现在都欠他们差不多三千了，还有二十天才发工资，饭票只有七张了，我裤兜里还有三十多块钱，呵呵，跟着我吃苦幸不幸福？

是我自己傻嘛，哼，反正这种苦日子我们又不是没有经历过，现在的算什么呢？你还记得我当初跟着你的时候不是更苦吗？

这句话倒是让他立马想起来了那段不堪回首但又值得回首的往事：

大二的时候老罗打麻将和玩赌博机赌输得一败涂地，基本都是靠蹭饭和朋友救济勉强度日，有时候一天只吃一顿，天冷也没有钱买衣服。

话说其中有位朋友叫柯昌华，他到老罗的出租房找他玩，恰好碰见老罗熬稀粥配榨菜，心底不由一颤，便委婉地告诉老罗他写小说发表了，往后的一个月老罗的一日三餐他承包了。

老罗听了唯有苦笑而过。其实地方饮食习惯才是最难沟通的。柯昌华是湖北本地人，一直习惯了面食和米饭，但是吃稀饭在他看来是穷的表现。而在老罗的家乡，一般都是气温颇高，有时候冬天都像夏天，大热天的吃没有水分的米饭怎么行？当然也只能喝稀饭了，最好还要吃凉的，要不实在难以下咽。不过经济拮据加之盛情难却，老罗还真就屁颠儿屁颠儿地跟着柯昌华混了大半个月。老罗还有个朋友叫赖挺，得知这番情况后也伸出援手：他假装和老罗打台球，谁输就负责台费和一份热干面。其实两人实力相当，但是赖挺懂得放水，故意装成不可一世极为骄傲的姿态，但几乎每次都输给老罗，这样一来，他就可以堂而皇之地请老罗吃面了。热干面才一块五一份，但是老罗吃得比谁都香，往往赖挺还没吃到一半，老罗就已经擦嘴巴了。赖挺一狠心，课也不上了，一门心思和老罗打台球，几日下来，终于如愿以偿地输掉了三十几碗热干面。老罗一日四餐，餐餐都是热干面，吃得他忙向赖挺诉苦："咱能不能不吃这个，换点花样啊？刀削面、兰州拉面或者蛋炒饭，都成啊！"

这正中赖挺下怀："中。"

之后王宁尧刚好被老罗追到了手，可是总不能也带着她一起去吃人家的面啊。

都说女的会当家，这话实在不假。王宁尧用自己的生活费去超市里买了打折的面、鸡蛋、米、油、盐、咸菜干，然后去和她同学借了套闲置不用的厨具。

老罗不解了，问她："买那么多面干什么呀？"

她笑了笑回答：总比你买那些方便面划算，你想啊，一包挂面的分量足够我和你吃两餐了，而方便面的话你自己吃一包都不会饱，算下来我们能省至少一半的钱。再说了，打折的东西有时间规定的，就这个星期打折，以后就又恢复原价了。

老罗似懂非懂地点了点头。

王宁尧得意洋洋地补充道：你知道吗？我逛了两天，才发现超市里只要是能吃的快消品，如果碰到打折促销的话，总会比去菜市场买便宜一些呢！

早餐是吃鸡蛋面或者前一晚的剩菜，午餐是吃稀饭就着咸菜干，晚饭吃得比较迟，因为老罗要厚着脸皮去借同学的自行车，如果借不到的话只能和王宁尧走路去三公里外的大菜市场外面抢购滞销的剩菜，运气好的话碰到急着回家的菜农就能得到比平时便宜一半的价钱。菜买到了，再去不远处的超市，此时如果碰到两块钱一小盒包装好的猪骨头，他们会开心得仿佛回到了童年。这种几乎一点猪肉都没有的骨头，应该是库存许久的冻货，不过总能让他们吃得津津有味，相视而笑。

小型闪电，通过铝线，打进小小的房屋，照亮老罗和王宁尧如白昼般耀眼的小幸福。

王宁尧一直没有得到老罗任何浪漫的礼物或约会，甚至最离谱的是连婚礼自始至终都没有举行过，她就一直傻乎乎地和老罗过日子了，唯一的浪漫就是他写给她的几纸情书。她读过顾城的诗，莫名地她感觉到老罗就是她生命中的梦以外的顾城。

“小溪跑得太快，倒出一星音调。谁闯进鸟儿的晨会，撞见了露珠的温度近在盈尺。”王宁尧能一字不漏地背出这几句诗，因为这几句简单但她觉得不简单的诗是在她的初夜，老罗即兴写给她的诗。

老罗用拇指摁住微红的太阳，摁住一小会，好让每一块卵石从野花的叶掌下洗消掉黑色。然后王宁尧就会从太阳的瞳孔中出现。

慢慢地省吃俭用，两个人一天的生活费压缩到几块钱一天，居然慢慢地把赌债还清了。其实债主都是老罗的同学，他们之中没有一个人催着他还钱，可老罗就是那么犟的人，他总是觉得欠别人的不舒服，哪怕是赌博输掉的钱。只是有点苦了王宁尧，很快就瘦了差不多十斤。

餐具、食材、火候、爱。缺一不可。举起筷子，王宁尧翻动汤里的酸甜苦辣，虽然有点累，可她还是甜蜜得正如腌干的野柿子。她吃的分量特别少，老罗不喜欢喝汤，她便承包了全部汤水，其实老罗也不笨，他知道她是想多省一些给他吃饱。他很多次很多次地去想：如果自己不去赌钱，该会有多么丰盛的饭菜来把她养得白白胖胖啊？

但是他从来不会像那些庸俗至极的电视剧上面的情节上的男主角一样感动得如何如何溢于言表。他不想说话的时候，可以好几天不说话，除了"嗯""哦""啊"。面对感情逐步升级成为生活，太多的言语是毫不需要的，不必遵循学会的词组句子。不上课的时候，他牵着她的手到河边走走，什么都不吃，什么都没买，她都已经觉得很幸福了。

老罗在情感上经历过太多的悲欢离合，这些天王宁尧让他相信了一次人间烟火。

面前的这位女子，麻利地洗刷好碗筷，又开始烧水准备给老罗洗澡。等着水开的空暇，她两只手就搭在窗台上看着星空，然后回头问躺在床上的老罗：

今天是十五吗？月亮好像很圆耶！你快过来看啊——

窗外，候鸟渡过城市夜间的头顶，星星们匍匐在地，低于翅膀的高度。

想看见正方形的小月亮，也不是不可以。沙漠迷途的人能看见月亮发暗的牙齿，情人能看见月亮的宁静海与地球上的浪花相合。在咬苹果的时候，月亮充满红富士甜脆的香味。在喝龙井茶的时候，月亮只不过是茶叶上的一颗夜露。在吃蛋糕的时候月亮如是甜的，软的，会沾嘴角。你跟我轻声说话的时候，月面上回荡着你温柔的嗓音。

老罗贼贼地笑道："傻瓜，月亮如果今晚死掉了，我们就用剪刀再剪一个。"

六十七

饮尽一瓢素颜的河流，便唤来那轻颦的娇小麻雀，无比柔弱，嵌在那顽兔躯体上。梦魇抑或清晨？一座桥拥抱成直线，好让我也是直线！冲向爆发的灿阳。

那低声呢喃，是泥土与根在颤栗。

水如月光，水平面隔开两种光芒，交集就在河水中央。你我澄明的瞳孔间有个两三言语的车站，等汽笛来来往往。

拨弦的老曲子，离得几层山。几片水那么远吗？

神经像青藤沿悬崖攀援，在黎明前疯狂滋生。有些笑声执意于怀旧，何妨再重开一次花蕾？

幽暗深夜掩盖谁颤跳泪水，寂静午后烦闷谁缠绕心结。梅雨骤歇，潜水而逝。一伸手便是春末，却在睁眼那一瞬间，云儿变化了枝叶的面容。

呼唤盘桓坠落，鹰的断翅穿越69个日夜的胴体，留驻那片竹林湿地。

秘而不宣的言语秘而不宣，让谁心旌摇曳，昨日心海还被雨揉得波光粼粼，今朝又让熠熠闪光的阳光抚摩。

雨丝轻轻掰开熙熙攘攘的冬青，不时打动平缓逶迤的长条液体。有声音脱下外套，跳入尘世，宛若来生青烟荡舟而来。

满是药味的走廊，弥漫着悸动不息的玫瑰。它的刺是一条条小路，通往任何时间一隅。玫瑰眯着眼，吃下你的指纹，仅仅只为了这份颤抖。如期而至，是否能让爱死灰复燃？

絮絮叨叨，是因为时间的荒坟。四目相视，足以消却些许误解。汹涌澎湃的流星被冲昏头脑。

不屑旁人，我将你紧紧拥揽入怀。噢，我的情人，假如明天你将为人妻，希望他像今日的雨水，滋润你这颗酸梅。我在微光四溅中，讲不出虚伪的祝福，任凭水沫斑驳迷离，洇成九盏蓝莲花。

六十八

站台上的陌生人，让我们一起等夜车。

苦与蜜，坐进蓝色车厢。一只活着的问号和一位女孩从旁经过，视我为一件过期商品。

想百里之外，第一个男人和第一个女人之前，家乡是海水，现在是林海。我的脸像发蓝光的水母，晃晃悠悠，照亮你贫穷而人口稀少的手掌。

看着他们，男人的雨，女性的太阳。他想回到过去，她想寻找未来，就是没有人怜悯现在。

这就是浮世绘：在风老得叫不动一枚树叶的森林里，人们交换各种数字，交换沙漠，甚至交换肉体和灵魂。热闹的菜肴也会想念孤独，虚构也会想念真实之碑。爱情在剥离肉体，肉体在嫌弃爱情——多么混乱的时代。

白天也会想念黑夜，铅笔也会想念橡皮。鱼在水中赶路，鸟停留在空中——这是我的思考方式。

冷却的灰烬也会想念火焰，死亡也会想念寿命漫漫。风沙在逃脱迷茫，大雨射向天空：这是我唯一的方法。

把五月的身体交付未来，五月来了，五月离开。你有一点点蓝的天空，一席草地，两颗白冷的星星。白星在上，那里一定很静谧，没有麻将和车轮声的喧嚣，可惜今晚天空只有长着白色鳞片的星星像银鱼一样游泳，并掀起云朵。可你抓不住他们呀，当你看到白色的身体高高在上，你就会明白了。

五月雨水很多，树根拼命汲取，于是雨水变成枝叶。五月的花木过于繁茂，难免被园艺工人截肢。

五月的体香来临，你任由一场暴雨误伤，而另一场暴雨安慰你，并开始怀念那年秋天的首府。

一座吱嘎嘎的木桥还有矮房子从远处要求你。家在喉咙里喊你，五月的孩子还在远游，无法让回家的时间抽芽。父亲却准备好启程，皴裂的掌纹，放下漫长的劳动。母亲从河里溯流而上，两手如桨，领受双倍宿命。

五月的不幸只有一个，像父亲斜插进水泥模具里的塑料制品，足够你用一辈子来降解。五月的母亲充满悲哀，因为父亲就要启程了。

今天晴空万里，不咸不淡。五月的鲜花一触即谢，结出死亡之果那小小的雏形。

风声，早已淹没你的额头。超市里刚下晚班的女工从你身边滑过，她们疲惫地笑着流过眼前，风大概也如此。风里的时间不多了，风里有水。树下的阴影越来越短，我知道我必将消亡。

你该问你的身体，你该把所谓的战利品放下，为爱情的渺茫腾出黏稠如蜂蜜的时间和空间，还要把已满的身体倒掉。

你需要偶尔发发脾气假装是皱眉头的池塘，你需要随风起伏在水稻间，你需要收割生长期漫长的安慰。

你将通过永远失去，好好了解永远本身。